公元787年，唐封疆大吏马总集诸子精华，编著成《意林》一书6卷，流传至今
意林： 始于公元787年，距今1200余年

意林®轻文库

青春最美，梦想出发
中国式好看轻小说优鲜品牌

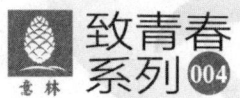
致青春系列 004

梅吉
MEI JI 著

青柠时代 IV

吉林摄影出版社
·长春·

图书在版编目（CIP）数据

青柠时代. Ⅳ / 梅吉著. -- 长春：吉林摄影出版社, 2017.10
（意林. 致青春系列）
ISBN 978-7-5498-3375-7

Ⅰ.①青… Ⅱ.①梅… Ⅲ.①长篇小说 – 中国 – 当代Ⅳ.①I247.5

中国版本图书馆CIP数据核字(2017)第265845号

青柠时代Ⅳ
Qingning Shidai Ⅳ

著　　者	梅　吉
出 版 人	孙洪军
总 策 划	安　雅　张　星
责任编辑	施　岚
图书统筹	蓝曦悦
特约编辑	丁　旭
绘　　图	BOBO
书籍装帧	胡静梅
图书设计	王周益
作家经纪	卢晓凤
开　　本	700mm×1000mm　1/16
字　　数	330千字
印　　张	13
版　　次	2017年10月第1版
印　　次	2017年10月第1次印刷

出　　版	吉林摄影出版社
发　　行	吉林摄影出版社
地　　址	长春市泰来街1825号
	邮编：130062
电　　话	总编办：0431-86012616
	发行科：0431-86012602
网　　址	www.jlsycbs.net
经　　销	全国各地新华书店
印　　刷	北京嘉业印刷厂
书　　号	978-7-5498-3375-7　　　定价：25.00元

版权所有　侵权必究

如发现印装质量问题，请与印务部联系退换，电话：010-51908584

初心未泯，以致青春

《意林》杂志创刊于2003年8月，一直以现实温暖和寓意深刻的小故事吸引读者，强调励志和人文关怀，是中国目前很有影响力的杂志之一。

"一则故事，改变一生"是《意林》一贯的宗旨，通过关注读者身边的大事小情、平凡生活，倡导一种积极健康的生活理念，力求打破这个快节奏社会人与人之间的交流壁垒，表达人与人之间的真挚情感。

凭借着这样的理念与办刊初衷，意林集团在2015年推出了专门为中学生打造的图书系列——"致青春"。我们希望用细腻真实的人物情感，贴近中学生生活情景的故事背景，曲折动人的事件发展，带给读者一种发自内心的青春共鸣。

"青春"是一种群体记忆，青春给人留下的回忆或甜美，或心酸，或遗憾，或孤单，但都是弥足珍贵的，带着一种不足为外人道的隐秘情绪，令人久久回味。

如今市场上充斥着许多所谓的"青春文学"，为了吸引眼球，故事被过多华丽繁复的细节包装，人物情感脆弱，灵魂苍白，缺少内涵，脱离了真正的校园生活，变得格外极端和残酷。

《意林》希望将充满正能量的青春展现给读者。在成长的道路上，有守护在你身边的亲人，也有默默陪伴你的小伙伴，更有为了未来不断努力拼搏、奋斗的身影。我们希望这样优秀、纯净的青春故事能够如清新的春雨般滋润人心，引导青少年成长为人格健全、价值观正确的成年人。

◎青柠时代，你我同行

《意林》选择《青柠时代》作为"致青春"系列的第一弹。之所以叫"青柠时代"，是因为作者表现出的青春就像青色的柠檬一样，微酸、微涩，还有一些甘甜。作者梅吉极为擅长细腻的情感处理，于细节处感动人心。当然也会有悲伤，却不会有颓废，因为真正的青春就应该是永不放弃，不断地努力与拼搏。

身边小伙伴们天真、纯粹的友情是我们整个青春时代里最重要的陪伴。虽然也会有争吵，也会有埋怨，然而我们都不曾忘怀一起牵手走过的岁月，那些携手共度的倾城时光，是值得一生珍藏的美好回忆。

◎青葱校园，感动成长

成长总是伴随着疼痛与喜悦，而校园，作为所有人成长的起点，有太多感动的故事在这里上演。每一年的相聚和别离，每一次的欢笑与泪水，都被记录在关于青春的回忆中。

所以,"致青春"系列的主要故事背景也设置在校园中,更加贴近学生生活,书中的主人公们如同陪伴你一起成长的小伙伴,手拉手一起前行。子曰:"三人行,必有我师焉。"如今的校园已经不单纯是学习的地方,更像一个"小社会",同学们都充满个性,每个人看问题的角度也不尽相同。从校园这个视角出发,可以折射出社会的不同面,在不断的学习过程中,我们收获的自然不仅仅是课本上的知识,更有做人的道理,以及更广阔的视野。

◎**另类高考,致敬青春**

《意林》作为位于中国发行量前列的学生杂志,一直非常关注高考。"意林体"屡次命中高考作文,让众多高考考生对于意林杂志更为追捧。如今,"高考"已经成为《意林》杂志的一个关键词,我们愿意通过那些鸡汤式的励志小故事,给众多考生启示,也传递出温暖的人文关怀。虽然高考十分重要,却也只是一次考试而已,未来的人生,还有更多的考验。

每个人的青春都是千差万别的,而不同的青春又拥有着时代的共性,每个时代都是最好的时代,我们向不同的人生、不同的青春致敬,希望"致青春"这个系列的故事可以让你回忆起最初的感动,勿忘初心,致敬青春。

Contents
目 录

第一章 **001**
DI-YI ZHANG
错误的开始

第二章 **017**
DI-ER ZHANG
在你的爱里走失

第三章 **035**
DI-SAN ZHANG
胆小鬼

第四章 **053**
DI-SI ZHANG
意外的访客

第五章 **071**
DI-WU ZHANG
我想见见你

第六章 **089**
DI-LIU ZHANG
沉溺深海

Contents
目 录

第七章 105
DI-QI ZHANG
最冷的冬天

第八章 123
DI-BA ZHANG
心归何处

第九章 143
DI-JIU ZHANG
记忆的尾声

第十章 161
DI-SHI ZHANG
不负初心

第十一章 177
DI-SHIYI ZHANG
回到原点

第十二章 193
DI-SHI`ER ZHANG
原来是她

 第一章

错误的开始

一

因为一场暴雨，飞机延误了近五个小时，毕夏抵达家乡时，已经是夜里九点。

灯火通明的大马路，车灯照射过来，在这样的光线中，毕夏显得格外疲惫。她抱着手臂轻轻阖上眼睛，脑海里纷沓而出的过往，是一些纵横交错的镜头——或明或暗。

父亲的事已经过去两年，真凶落网，真相大白……可是那些无法心安的痛苦，依然郁结难纾。

她想也许离开，离开这里的一切，午夜她就不会再被噩梦惊扰。

毕夏还是会想起楚君尧，想起他们最初的那一段。

那些他给她的感情，就像漫天绽放的烟火，绚烂耀眼以后，就急切地消亡，留下的只有荒芜落败的时光。

往事终究是过去了。

出租车停在小区门口，她下车准备拿行李，听到母亲惊讶地唤了一声："毕夏？"

毕夏下意识地回过头去，目光从母亲脸上移到她身边的那个男人身上。她依稀记得见过他，但想不起是谁了。此刻他站在母亲身边，两个人之间的距离近得很暧昧，而他一脸堆笑的讨好样子更是让他和母亲的关系显得非比寻常。

"真的是你！"母亲沈梓瑜的表情从惊讶到欢喜，上前拉住女儿的手，"怎么回来了？为什么不打电话，妈妈好去机场接你。"然后她想起什么似的说，"喏，这是你付叔叔……你爸爸的朋友。"

付文博殷勤地想要接过毕夏的行李箱，她微微一笑，用眼神拒绝了。

毕夏认真打量着眼前的这位"付叔叔"，中等个头，四方脸庞，鬓角的头发稍微秃进去一些，狭长的眼睛闪着精明的光，他穿着浅色衬衣西裤，倒是比同龄人多些挺拔和儒雅。而今天的母亲也是不同的，绾着头发，穿着一条浅绿色长裙，颈项上还戴着一条珍珠项链——这样隆重的装扮，毕夏已经很久不曾见过。

"阳台上的花架子坏了，你付叔叔帮忙来修……"沈梓瑜察觉出女儿的冷淡，语气变得有些急促，"老付，你赶紧回去吧。"

"那好，我先回去，有事给我打电话！"付文博不是第一次见毕夏，之前没有多少印象，只觉得这女孩长得不错，今天这匆匆一面，她那种拒人于千里之外的态度让他觉得尴尬和不悦。

对长辈怎么一点儿礼貌都没有？一定是被毕清军惯坏了，也难怪，家境那样优渥，

她自然会任意妄为！如果她出面阻拦，那他和沈梓瑜的事会不会变得困难？付文博的内心有些忐忑不安起来。

付文博是三个月前在超市门口见着沈梓瑜的，她提着一兜菜走得很慢，他上前打招呼才察觉她身体不适，在他的坚持下他送她回家，又留下来给她做饭拿药，一来二去他就动了心思，在他眼里，四十岁出头的沈梓瑜各方面条件都很有吸引力。

毕夏站在母亲身后，看着她目送"付叔叔"离开，感觉北京那一场大雨一直在下，好像有雷声轰隆隆地在心里直响，很压抑。

母女俩各怀心思地回到家，毕夏感到家里已经有些微妙的不同，须臾之间明白了，是关于父亲的一些东西被收了起来。

"那个……"母亲一边给她换床单，一边不经意地说，"最近多亏了你付叔叔，公司有一批货在运输途中被扣下来，他托人找关系才能及时送到经销商那里，要不我们损失可大了。"

"他到公司上班了？"毕夏突然问。

"我一个人忙不过来，你付叔叔也在一家公司做管理，所以我请他来……"

"妈！"毕夏皱皱眉，加重语气，"抛开工作能力不说，您了解他的底细和为人吗？不要随便找个人就来管理公司……这是爸爸的公司！"

母亲手上的动作一顿："你爸的公司难道就不是我的吗？"

"妈，这个人可靠吗？"

"他是个好人。"母亲有些难以启齿，"已经两年多了，毕夏，你今后有你的生活，而妈妈也要有自己的生活……"

毕夏盯住母亲冷冷地反问："所以你的新生活就是这个人？"

"你怎么和妈妈说话的？"母亲愠怒地站起身，"毕夏你怎么回事？一回来就给妈妈脸色看！难道你要妈妈为你爸守寡一辈子……"

"妈！"毕夏几乎是喊出声，"可是这才多久呀……"

"两年了！"母亲眼眶一红，默默垂泪，"对于别人来说，两年的时间很快，但对于我来说，这日子是怎么熬过来的？一睁开眼我就想起你爸满身着火的样子，他死得太惨太冤了！我不难受吗？我甚至想跟着你爸去了……"

母亲啜泣起来，毕夏于心不忍，走过去揽住母亲。

"公司那么多事，以前都是你爸做主，现在我来管是力不从心。"

"家里呢？电视坏了、下水道堵了、灯需要换……"

"还有我的身体，越发不如以前。"

"就算只是出门遛弯,看着别人有说有笑我都得走快点儿。

"你在那么远的地方,如今又要去更远的地方,妈妈一个人这日子怎么过?"

……

毕夏无言以对,她知道妈妈说的都对,因为她们一直是一家人热热闹闹地生活,所以对这突如其来的孤独难以适应。她也知道,独处的时候,心会陷入一种无边无际的茫然,那种痛楚无法言说,只能拼命隐忍。

也许这个人会带领母亲走出这种境地,也许母亲会重新获得幸福。

这样想的时候,毕夏把母亲朝怀里揽得更紧了些:"有时间请付叔叔一起吃个饭吧。"

虽然毕夏默许了母亲和"付叔叔"的关系,但心里到底对他有些介怀,隔了两日,母亲便让他到家里吃饭,他满满的周全谦卑,母亲的脸上亦是一派幸福甜蜜的样子,依恋之情溢于言表。

毕夏专门去公司一趟,想要找孟叔叔了解一下公司的情况,却意外得知孟叔叔已经被辞退。

"到底怎么回事?"毕夏回去问母亲,"之前因为赵总另开公司抢客户的事,孟叔叔没少帮忙,怎么就把他辞了呢?"

母亲漠然地回答:"这里面的关系太复杂了,你以为他是好心吗?挤走了一个赵平安,他好能上位,没想到我让你付叔叔过来,他不乐意了,跟你付叔叔吵了起来……"

"妈!"毕夏停顿一下,"所以是他要辞退孟叔叔?"

"下属当面顶撞上司,我如果不给予惩戒,怎么服众?"

"那他们为什么吵?您了解过情况吗?"

"你付叔叔新谈了个客户,利润更高,所以他提议先把一批货给这个客户……这也是为了公司利益着想!这个大客户你付叔叔争取了很久!"

"那答应别人的货呢?"

"他已经要求员工加班赶工……也不是什么大事。"

"妈!"毕夏咬了咬唇,脱口而出,"您怎么好歹不分?一个公司最重要的是信誉,不能见利忘义!蝇头小利只是暂时,失去诚信就难以在行业里立足……"

"你懂什么?"母亲气咻咻地回答,"公司的事我说了算,轮不到你插手。"

"这是爸爸一生的心血!"

"难道我想毁掉它吗?我所做的一切不是为了公司?"

"你偏信小人！"

"你说谁是小人？"母亲气极，声音发颤，"毕夏，你太不像话了！"

"好好说话！"付文博推门而入，满脸讪笑，"母女俩能有什么大矛盾，说说就过去了。"

沈梓瑜知道刚才的话都已被付文博听去，瞪着女儿厉声说："给你付叔叔道歉！"

毕夏冷哼一声："我没有说错，为什么道歉？"

"毕夏还是孩子——"

"我已经成年了！"毕夏打断他，一鼓作气地问，"为什么辞退孟叔叔？他是公司元老，我父亲的心腹，你一来就排除异己，居心何在？"

"毕夏！"母亲尖锐地喊出来，"你闭嘴！"

毕夏不管不顾地盯住付文博："你之前有什么从业经验？又做过什么管理方面的工作？你懂营销、懂人事、懂得怎么谈判签合同吗？好，这些都不谈，那你对流行时尚有什么看法？公司是做服装的，照我说，你对剪裁设计更是一窍不通。"

毕夏的话让付文博的脸红一阵青一阵。

"毕夏！"他的语气尤为诚恳，"我知道我很多方面都有欠缺，但是我会努力地学！你放心，我已经把公司当成是自己的事业……"

"你是想把公司当成是你的！"

沈梓瑜终于忍无可忍，一个耳光扇到毕夏的脸上，"啪"的一声，毕夏的脸上瞬间浮起清晰的红印。

毕夏捂住脸，难以置信地望着母亲，母亲也有点儿后悔，嗫嚅着想要说什么。

"都是我不对……"付文博讪讪地，"你们母女俩别为我吵架了，我这就辞职……"

"你别走！"沈梓瑜拉住他的手，冷冷地对女儿说，"妈妈本来想晚一点儿告诉你。"

"但既然已经闹开了，我就明确告诉你，我和你付叔叔已经决定结婚。"

"所以，他不会走——"

毕夏失神地望着窗外。风从外面灌进来，掀动着窗帘，在盛夏的蝉鸣声里，她想起两年前的某一天，他们一家人坐在玻璃阳光房里，谈笑风生。

父亲的容颜未变，奶奶的模样依旧，她和母亲相视而笑——只是简简单单的生活场景，却让她痛哭失声。

想要离开的心变得越加急切,她害怕去想过去和未来,甚至害怕面对当下——所有的一切都变了,所有的一切都不同了。

连看着镜中的自己,都觉得陌生至极。

一直到她飞往遥远的加州,毕夏和母亲的关系都没有改善,她们的相处变得陌生而小心翼翼,仿若周围有很多的雷区,一踩就会爆炸。

走的时候她对母亲说:"明年清明如果我没有回来,记得去看看爸爸和奶奶。"

母亲点点头,算是答应了。

关于付文博,毕夏什么都没有说,她知道母亲听不进去,更不会相信。

毕夏也问自己,是不是因为对感情没有了信心,所以才会对母亲的新生活反应这么激烈——但那些誓言,那些甜蜜,就像山谷里的回声,在千回百转后,最终消失。

时光已经把她驯服成现在的样子——悲凉,落寞,毫无斗志。

二

九月开学,裴雨阳去教务中心申请转专业去导演系,可是因为成绩没有达标,被拒绝。

裴雨阳意兴阑珊地给沈冬晴打电话:"看来他们还是希望由我来拿奥斯卡。"

"那你稍稍努力下,让大家称心如意吧。"

裴雨阳幽幽叹口气:"可我永远没法当男主角了。"

他面颊上的伤口愈合后,留下一条三厘米长的疤痕,即使颜色已经很淡,但在他原本俊朗帅气的脸上,更显得突兀和遗憾。在公共场合,他还是会用口罩来掩饰,那些异样揣测的目光,还是会让他无所适从。

"那你就做我一个人的男主角好了。"

即使两个人已经在交往,但要说出这种甜蜜的话,沈冬晴依然觉得羞涩,脸不由得热了。

裴雨阳也是一怔,得寸进尺:"你都还没有说过那四个字——"

"什么?"沈冬晴明知故问,脸越发红了。

"就是那四个字呀……"

"那你就乖乖留在表演系好了。"

"又转移话题!"

裴雨阳在心里沮丧地问了一遍:说一句"我喜欢你"有这么难吗?即使是现在,他依然无法坦然面对这段感情,明明站在她身边的人是他,明明已经牵住了她的手,明明什么都没有发生，可他依然有四面楚歌的感觉。

那种不安，让他的心患得患失。

"裴雨阳，要记得吃饭。"沈冬晴继续转移话题。

"吃不下……不舒服。"

"哪里？"

"就是浑身不舒服。"

沈冬晴原本想要安慰裴雨阳几句，但她不仅没有让他心情好起来，反而让他更加不悦，不禁心里有些自责。她知道他想要听到什么，但她的心好像还在徘徊和迷茫，也许她在心里还没有彻底接纳裴雨阳……

裴雨阳的孩子气太重，一旦恋上，就特别依赖，每日的电话，从早打到晚，舍友们都笑："男朋友查岗呢，盯得这么紧？"

她有时正忙着，匆匆想要挂断，他会觉得她在敷衍，她只能耐着性子解释她正要做件什么事，可是次数多了，会觉得心累。

沈冬晴去找邵伶伶商量社团的事，没想到邵伶伶匆匆忙忙地准备出门，背上扛着一个满满当当的帆布包，一身利落的冲锋衣，见着沈冬晴劈头就嚷："我得赶火车，你帮我收拾下暗房。"

"啊，去哪儿？"

"桂东。"

"现在？"沈冬晴怔住。她知道桂东距北京有一千公里呢。

"现在。"

邵伶伶风风火火地拉开门，膝盖磕到了椅子，疼得她闷哼一声，却一点儿停顿的动作都没有："杨平邀我去拍鸟。"

邵伶伶旋风般地出了门，留下沈冬晴在那里愣神。

沈冬晴知道邵伶伶去的地方是桂东的罗霄山脉，每年在这个季节都会有各种候鸟南迁经过那里，成群结队的场景颇为壮观。只是那里实在太远，只是周末的时间根本不够往返，而让她千里迢迢奋不顾身的，不仅仅是可以拍到好的照片，还因为杨平是邵伶伶的男朋友。

他们在一个摄影论坛相识，即使身在一北一南，但也谈起了恋爱。因为这段恋爱，邵伶伶把所有的空余时间都贡献给了铁路，有时候只能在杨平的城市待上三个小时，但来回却是三十个小时的火车，她也毫无怨言。

沈冬晴突然朝邵伶伶追了过去："等等，我和你一起去火车站。"

"不用送我。"邵伶伶抬手拦出租车。

"我想去上海。"

邵伶伶终于停下来，盯住她，深深地问："你是认真的？"

沈冬晴望着她，点点头。

"你确定楚君尧……这一页已经翻过去了？"

"不然呢？"

"你要分清楚感情和感动……我去找杨平是因为我心甘情愿，而你呢？是因为想要安抚自己不确定的心，还是想要为他做一些事才觉得对他公平？"

沈冬晴抿抿唇，不知如何回答。

"上车吧。"邵伶伶揽着她的肩膀，"既然想去，就去吧。"

沈冬晴望向窗外，这么美好的夕阳，云层分明，她仿若看到那个树荫下望着她笑的少年——从来没有一个人像他那样，对她的好如此干净、澄澈，毫无瑕疵。

也许喜欢楚君尧，是她给自己制造的一场海啸，而裴雨阳，会让她的感情变成平静的海洋。

当她站在裴雨阳面前时，他脸上那种欣喜若狂让她的心安稳了下来。

裴雨阳听到楼下有人找时，趿拉着拖鞋拖拖拉拉地下楼，见到那个熟悉的身影，错愕地张大了嘴巴，随后整颗心都在胸腔里乱窜，他抬脚想要冲过去，却因为脚下的拖鞋一滑，"啪"的一声摔了个四脚朝天。

一向重形象的裴雨阳在一片哄笑声里，红着脸朝沈冬晴走过去。

"就为了看这个？"裴雨阳绷着脸。

"摔疼了？"沈冬晴笑得很欢畅。

裴雨阳突然间抬起手，一把揽她入怀——他的心忽然被填满了，有着说不出的柔情似水。

"裴雨阳。"

"别动。"

"喂，裴雨阳。"

"说了别动。"

"你确定吗——好多人在看。"沈冬晴羞红了脸，又推了推他，"我的脚麻了。"

裴雨阳这才不情不愿地松开她，然后十指交错地扣住她的手，朝楼上扫了一眼，果然那里很多人探头望向这边，他像宣示主权一样把她的手朝自己的身边再拉了拉："这下他们总相信我是有女朋友的人了。"

"为什么?"

"因为我太受欢迎了,每次拒绝别人说有女朋友,都被当作是借口。"裴雨阳捂脸做苦恼状。

沈冬晴无声地笑了。

"不过,你怎么突然来了?"裴雨阳突然惊慌地望着她——难道是专程过来分手的?

沈冬晴没有明白他的内心戏,也不知如何解释,避重就轻地回答:"你得给我找个住处。"

她的回答让他越发不安,开始胡乱地找借口:"我一会儿还有事,晚上也有事,明天也有事……怎么办?要不有什么话以后再说吧。"

"那我回去好了。"

裴雨阳停下来,揽住她的肩膀,艰涩地望向她:"好吧,我听着,你想要说什么?"

沈冬晴就明白了,揶揄道:"果然是不能制造惊喜,会被别人当作惊吓。"

"你是说惊喜?"裴雨阳的表情瞬息万变,"就只是惊喜?"

"不然呢?"

裴雨阳心里激荡,俯下身在她脸上轻轻一点,又怕挨打似的跳了老远,脸上却全是得逞的笑。

沈冬晴的心里突然生出感动——她是谁?她有什么资格让裴雨阳如履薄冰?

在他的欢喜中,她出人意料地踮起脚尖,吻了吻他的脸。

那一刻,整个城市的街灯,都温柔地注视着他们。

三

楚君尧是从何晨宇那里知道毕夏去了加州的,何晨宇一直和黎允儿有联系,而楚君尧却因为和毕夏分手心里愧疚,没有再主动和黎允儿说过话。

"这算是不错的安排。"何晨宇说,"现在她的心情那么低落,换个环境也许会恢复得更快。"

"她什么时候走的?"

"八月份。"

楚君尧无言以对。

他和毕夏之间的一切始终是他的错,他辜负的不仅仅是一段感情,还有青春岁月里那些最真挚的时光。他想要认真喜欢这个女孩，想要呵护她一生，却最终带给她满身的伤。

何晨宇和敬嘉瑜在这件事上对他诟病诸多，因此也和毕夏的关系疏远起来，几个好朋友因为他们的关系变得心有芥蒂，这是他当初万万没有想到的。

他也向"火枪手"倾诉过，他在网络那边淡淡地回答：人总是在经历过一段感情后才会明白他真正需要的是什么，命运让你们在对的时间遇到对的人，但也抵不过人心的复杂——每个人都会变。

楚君尧承认他说得对，他的心变了，感情变了，可这一切是怎么发生的呢？他曾经那么坚定地相信自己，相信自己对毕夏的感情，可是时光却带走了这种相濡以沫。

那个小镇，安安静静地长满了"一年蓬"，那些紫色、白色或者黄色的小花，一直开到了海边——白衣蓝裙的少女，头发上还粘着小小花瓣，当她转身，楚君尧看清了，是沈冬晴，是她，而不是毕夏。

当他检查自己的内心时，惊慌失措地发现藏在心底的女孩是谁时，才知道自己变了。

新学期初始，各大社团都开始大肆招纳社员，楚君尧之前参加的法援社社长鲁远今天也非拉着他来现场招会员。

他们和其他社团一样，在这条梧桐道上摆着小桌子，竖着广告牌。楚君尧整理桌上的一沓报名表时，旁边的师兄鲁远打趣道："如今，果然是看脸的世界，昨天我在这里招收学弟学妹，无人问津，今天你一坐镇就收了这么多申请表……"

鲁远的话说到一半不由得停了下来，双眼呆呆地望着前方的某个方向，楚君尧顺着他的目光望过去，一怔。

没想到会在这里遇到她——米荔。

她穿着横条纹背心和背带牛仔裤，但牛仔裤故意没有在一侧肩膀套上背带，松松垮垮的，竟然透着几分时尚和俏皮，小小的面庞说不上多美，但很可爱。

此刻她正挨个儿"巡视"社团资料，所到之处一众的男生殷勤相待，但她都只收资料，并不停留。

"同学你好！"鲁远看她走近，口若悬河，"加入我们'法援社'吧，这可是助人为乐、彰显正义之事……其实也就是为需要的人提供免费法律咨询和心理疏导。"

"他也是'法援社'的吗？"米荔用手指轻叩桌子。

鲁远怔了下，拍拍楚君尧的肩膀："当然，他可是我们'法援社'的核心成员。"

"那我报名！"

"噗！"鲁远失声笑出来，"这位学妹，你目的性太强了。"

楚君尧皱了皱眉。大一下学期，因为法援社的一个案子涉及电子信息方面的知识，他帮忙解决后感觉对法律方面挺有兴趣，于是加入了"法援社"，闲暇之余看了许多相关书籍，并且还背熟了基础法条，在案例分析上比许多法学院的学生都做得有理有据。

"师哥，以后请多多关照。"她抬手作揖，目光直接又火辣，"我叫米荔，医学院的。"

"那，米荔同学，先填表吧。"鲁远顺手想要递申请表过去，被楚君尧轻轻按住。

"你一个医学院的，参加我们'法援社'不太合适。"楚君尧出言拒绝。

"这不是兴趣社团吗，跟专业不冲突。"

"那你说说我国的六大基础法律是什么。"

"这个有关系吗？"米荔昂着头，不服地问。

"不是对法律有兴趣吗？那最基本的知识应该知道。"楚君尧冷冷望向她。

米荔噘嘴撒娇："师哥，通融一下行吗？"

"不行！"楚君尧淡然地摇摇头，"去那边吉他社或者话剧社报名吧，比较适合你。"

鲁远看着俩人呛声，有心想帮助米荔，干脆用口型告诉米荔基础法律。来法援社报名的女生很多，但她们遮遮掩掩，欲盖弥彰，只有米荔坦诚率真，她望向楚君尧的目光灼热得像一把火，"嘶嘶"地燃烧，连旁人都感觉到火星四溅。

米荔冲鲁远眨巴眼睛："有民法、刑法……还有精神法……"

鲁远急得出声："经济法！"

"虽然我不懂，可是我会学呀！"米荔托腮卖萌，"你教我呗。"

"楚君尧，看她如此有诚意，就让她报名吧！"鲁远正色道，"再说我才是'法援社'社长……"

"可是她真的不适合……"

"你怎么知道？"

"因为我认识她。"

"那更要通过——"

楚君尧刚一松手，报名表就被米荔一把抢走。

楚君尧埋怨地瞪了鲁远一眼，后者讪讪地笑了。

楚君尧一直觉得米荔是一个麻烦难缠的女生，可鲁远却有心保她，他说："楚君尧，有这样一个古灵精怪的女生在，社团的气氛会变得不同，再说你要看到她身上的优点，第一，她可爱；第二，她很可爱；第三，她太可爱了！"

楚君尧跟米荔认识很多年，两个人曾是邻居，但一起玩耍的时候不多，对她的印象不深。后来因父母离婚，米荔随母亲出走美国，再见面时，她已经是十四岁的女孩，那次她回国探望父亲，可家里没人，她拖着行李坐在楼前，小小的脑袋上戴着一顶硕大的老式雷锋帽，样子很滑稽。

楚君尧从她身边经过，她跳起来一把拽住他的手臂："楚君尧，你是楚君尧？长这么大了？"

那语气、那神态就像是长辈看小孩儿，让楚君尧一时接不住话。

借着灯光，楚君尧想要看清她的脸，却看到雪花在她头顶飘落，然后落在帽上就融化了。

"这个？"她以为他觉得她帽子不错，得意扬扬地说，"我在华人街淘来的，很时尚，对不？"

"你是谁呀？"楚君尧终于问。

"我是米荔呀！"

楚君尧还是没有把她从记忆深处找出来。

"就是以前住你家楼下的米荔，我爸是米剑峰，跟我妈离婚后，他又生了一个女儿米妮……"她噼里啪啦地自我介绍，楚君尧终于知道她是何方神圣。

她跟着楚君尧去他家等，母亲见到米荔，倒记得很清楚，于是一通热闹的寒暄。那几天，米荔总是跑来找楚君尧，连母亲都看出点儿什么，打趣他"人缘不错"。

"你喜欢我吗？"走之前，米荔直截了当地问。

楚君尧满头黑线，一时语塞。

"我喜欢你呀！"米荔眸子黑亮黑亮的，带着无尽的笑意，"不是每个人都好意思跟你表白，因为你实在太帅了！但就算被你拒绝也不是丢脸的事，我只是表达我的想法。"

面前的米荔，大胆，聒噪，精力旺盛——楚君尧没有见过这样的女生，但他却是一个讨厌麻烦的人，这样的女生就让他觉得特别麻烦。

所以他也直截了当地告诉她，他有喜欢的人。

那时候他还不知自己的心意，只是说这句话时脑海中想到了毕夏，时过境迁，再想起当日，只觉得仿若隔世。

米荔回美国后他们没有联系，却没有想到会在这所大学里遇见她——而她还是这所学校医学院大一的新生，简直像空降部队一样突然介入到他的生活中。

楚君尧想要绕开她，可是她却步步紧逼，他总是频繁地在校园里见到她，用她的话说，她要不断地在他面前"刷脸"，希望他能重视起她来。

更令楚君尧惊讶的是，不管他去了哪个食堂或者是哪个自习教室，她都能晃荡到他面前。而"法援社"的社团活动，她更是比谁都准时积极，所有人都看出了她的目的，她的喜欢从一开始就大方、招摇。

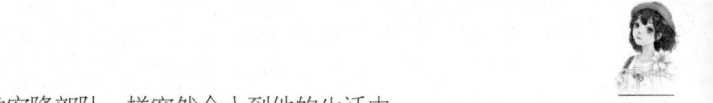

四

虽然毕夏和黎允儿都在美国，但一个在加州，一个在纽约，中间隔了几千公里，所以毕夏到美国好几个月了，她们一直都没有机会见面，平日里就在网上聊天。

黎允儿在上了一年的预科后，考上了康奈尔大学，而她和欧洋的关系也更近了一步。

那天晚上他们一同在图书馆看书，不知不觉中她竟然睡着了，她醒来时，正对上欧洋饶有兴致的目光，她的脸闪过羞涩。而他突然抬起她的下巴，在她的错愕中，蜻蜓点水般吻了一下。

她的心情很复杂。

她承认自己对欧洋有好感，但她还没有想好要不要和这个男生开始一段感情，她对自己的内心尚有疑虑，而他已经大刀阔斧地牵住了她的手。

"试试吧，"毕夏在电话里说，"并不是所有的感情都从一见钟情开始，日久生情也是一种。"

"那你呢？有什么打算。"

"先苟且于眼前。"

"忘记他了吗？"

即使她们的聊天中再也没有"楚君尧"三个字，但谁都知道"他"是谁。

"也许还需要一些时间。"

黎允儿没有想到一个楚君尧会将毕夏击得溃不成军，在她或者所有人的印象里，毕夏多强大呀！她有着最坚不可摧的气场、最卓尔不凡的意志，可是一段感情却抽走了她所有的骄傲，她甚至放下自尊去找楚君尧和好——原来毕夏的性格里隐藏着瓷性，外表坚硬却易于碎裂。

如今，黎允儿已经决定放下姚元浩了，不放下又能怎样？他们之间已经没有再继续的可能，就像现在这样，当个旧时的朋友也不错，偶尔问候，简单聊天，没有任何负担。

和欧洋的感情，就"试试"吧，虽然她总觉得哪里不对劲儿——年少时的感情不是这样的，那种心悸和震动，那种欢喜和疼痛，那种宿命感，再也不曾有。

她已经没有勇气了，不是那个一而再、再而三表白的女生，特别是弟弟的离世，让她整个人都沉静了下来——也感受到了孤独。

欧洋的出现慰藉了她的寂寥，但这是爱情吗？

交往以后她才知道，欧洋跟姚元浩除了眉眼，其他一点儿都不像。他性格很强势，会每天打电话问她在哪里、做什么，会突然出现在她面前，以前他们喜欢去图书馆，但现在他喜欢去她住的小屋，他说他是去蹭饭，但黎允儿发现他偷偷动过她的电脑……

有一天她看到她的聊天头像变成了他们的合影，有些哭笑不得。

"我知道我的行为很傻，可我只是想得到'名分'。"他可怜兮兮地望着她。

黎允儿白了他一眼："换个头像能代表什么？欧洋，你真幼稚！"

那天晚上她坐在窗边看纽约的夜色，这么繁华的盛景，可她却特别想念家乡——那座海边的城市，连空气中的潮湿都让她回味。

她不知道，此刻的姚元浩，在看到她和别人的合影时心碎一地。

他坐在电脑前，许久都没有抬头，感觉大风呼啸着穿梭而来，周遭骤然变冷。

他们离得那么远，他的思念就像磐石，压在心里——但他不断隐忍，想一点儿一点儿地重新走近她，可没有想到，他已经失去了资格。

"姚元浩？"室友惊讶地问，"你怎么哭了？"

姚元浩下意识地摸了摸自己的脸，淡定地回道："有沙子进了眼睛。"

他知道自己的回答很蠢，可是他这个人原来就是这么蠢，在该珍惜的时候没有珍惜，在该挽留的时候没有挽留……所以那个女孩，她彻底地走向了别人。

终究还是忍不住发了消息过去："那个人对你好吗？"

黎允儿已经睡着了，但她被小企鹅"嘀嘀"的声音惊醒，从床上一跃而起，奔到电脑前，看到姚元浩的头像时，有悲哀淡淡地晕染了她的心。

姚元浩的问题让她思忖了一会儿，欧洋对她好吗？其实谈不上多好吧，他们认识不久，也不算太过熟悉，他们只是一起吃饭、一起去图书馆，或者看一场电影。他曾说："黎允儿，你真是一个安静的女孩。"她当时就呆了。何曾有人用"安静"来形容过她呢？她可是校园里最闹的女生，她最喜欢和男生掰手腕，走路都带风……

她和姚元浩一起时是怎样的？她叽叽喳喳，掏心掏肺，每天满脑子都是他、他、他……想到这些唇边不禁就挂上了一抹笑。

"还不错。"她回答姚元浩。

"你呢?"黎允儿问他。

"没有什么改变。"

姚元浩打了很多份工,他每天都很忙碌,连轴转地想要攒钱,旁人都以为他女友在美国,所以才会凭借"爱情的力量"让自己每天只睡四个小时。

两个人匆匆地聊了几句,下线的时候都对着电脑发了很久的呆。

姚元浩终于明白过来,有一种感情叫时过境迁,那个不顾一切喜欢他的女生,已经和他背道而驰。

第二章

在你的爱里走失

一

毕夏在取款机上查了很多次，都没有母亲的汇款，虽然她拿的是全额奖学金，但因为没有申请到学校的宿舍，她只能在外面和人合租，还有生活费、各种杂费，也得需要母亲的资助。

毕夏给母亲打了国际长途，没想到是付叔叔接的电话。

"你妈不太舒服，在家里休息，怕一些业务电话打扰到她，所以她的手机我拿着。"付文博语气很淡，他现在已经掌握公司的大半权力，对于远在美国的毕夏，便没有那么多顾忌，再想到之前见面时她的不礼貌，心有不甘。

"我会转告她你有打电话过来。"付文博的语气故作匆忙，又画蛇添足地对旁边的人交代几句，末了说，"晚点儿让她给你回电话。"

意料之中，母亲的电话一直没有打来，毕夏感觉有些心凉。

如果母亲有心找她，自然随时都能联系，而她现在，一定已对付文博言听计从。

毕夏拿的是F1学生签证（美国领事馆发放给在美国全日学习的外籍学生的非移民签证，这种签证的持有者不得在美国商业性质公司、企业、组织内工作获取工资），在校工作收入太低，她只好去偏远的华人餐厅打工，做一些最累最脏的活，比如洗盘子和端菜，也就是"打黑工"。虽然还得时时提防警察的突然袭击，但可以当日结现金，对于毕夏来说能解燃眉之急。

她在家里哪做过这些事，刚开始双手浸入油腻污秽的水池中，胸口一阵阵恶心，分分钟都想要扔掉盘子走人，不仅如此，一站就数个小时，她累得头晕目眩，精疲力竭；更要应付一些刁难的客人，对她来说，难以想象。可是经历过最初的痛苦和煎熬，她也就默默地度过了这样的日子，好在因为太过劳累，她一回到出租屋倒头就睡，不再胡思乱想，夜晚变得好过许多。

这天晚上，连同小费她拿到了六十美元，心情难得轻松，只是在回家的路上，她察觉到身后有两个外国男子尾随，顿时紧张起来。和她一起打黑工的女生告诉过她，这条路时常有些酗酒吸毒的人，缺钱了就随便堵住一个人抢劫，他们大部分只为钱，所以给了就是。

但毕夏现在的工资要攒起来支付房租，如果再不交清，她只能流落街头了。

她环顾四周，这是个偏僻的街道，行人稀少。

她想起前面有一家便利店，加快步子想要跑进店里求助，可是她听到身后的脚步声步步紧逼，在极度惊恐中，一只手拽住了她的头发，她被用力一甩，摔到地上。那两个外国人用英语激动地逼着她交出钱来，她尽量让自己镇定下来，忍着痛打开钱包从外面

拿出一些零钱:"就这些,你们拿走吧!"

"全部!要全部!"他们继续叫嚣,"快点儿,快点儿交出来!"

他们看她护住挎包,干脆抬手来抢,毕夏心里惊惧,却死死不肯松手,争执之中听到一声大喝:"住手!警察来了!"

两个外国人不由得回过头去,见只是一个势单力薄的中国男人,笑着骂起来:"快滚,这里没有你的事!"

出手相助的人毕夏认得,他叫简宇成,来自汕头,在隔壁餐厅打黑工。两个人是在逼仄的后巷倒垃圾时相识的。

"救我!"毕夏大声哀求,"救救我!"

"警察很快就来了,你们快走!"简宇成站在不远处,声音微颤。

两个外国人干脆放下毕夏,掏出刀来朝简宇成逼近,他退了几步……

"我给你们!"毕夏举着钱包喊出声,"我这里有六十美元,够你们喝上一顿了,快拿走!"

"不行了,现在你们俩,统统都得把钱包交出来!"

在身强力壮的二人面前,毕夏知道,简宇成自身难保,她也察觉出他的害怕,也许因为同为中国人,所以他才鼓足勇气来多管闲事。

"拿走!"他有些沮丧地把钱包丢过去,双手举过头顶,"我记住你们了,如果你们还想要更多,那我会向警察描述你们的长相……"

两个人对视一眼,此刻有警笛呼啸而来,他们选择拿了钱赶紧离开。

毕夏浑身发软地坐在地上,眼泪默默地流了下来。

"别担心,这个月我已经第二次遇到这种事……"简宇成挤出一个笑容。

"很抱歉,害得你……"

"钱包里只有五美元。"他狡黠地笑了,然后指了指自己的袜子,"还是放这里可靠些。"

毕夏哑然失笑。

警察带他们回警察局录口供,这时毕夏才知道简宇成已经到美国三年了,住的地方在这附近。虽然知道这里治安不好,但因为房租便宜,也是一些穷学生的无奈之选。

"刚才谢谢你!"毕夏由衷地说。

"我为你的六十美元感到遗憾。"他耸耸肩膀,"但你刚才跟他们争抢的样子不是明智之举,他们随时有可能伤害到你。"

毕夏垂了垂眼,如果不是因为特别需要,她怎么会因为六十美金就拿生命去冒险?

简宇成望向毕夏，之前总在昏暗灯光下匆匆照面，如今在明亮的灯光下才觉得她竟然格外地美，小小的面孔，皮肤白皙，大大的眼睛犹如深不见底的潭水……他的心不由得一阵激荡。

"你是毕夏？"一位警察拿着他们的护照走过来，"口供已经录好，你可以走了。"

他们站起身。

"简宇成，你得留下来。"

"为什么？"简宇成不满地喊出声来。

"你涉嫌非法滞留，我们要调查核实。"

毕夏也慌了，她赶紧向警察解释他们刚刚遇到打劫，现在她可以不追究这件事。"非法滞留"是很严重的一项罪名，如果查实就要被遣返回国。

"你们一定弄错了！"简宇成申辩，"我在这里上学，已经三年。"

不管简宇成如何解释，警察就是不同意他离开，无奈中毕夏只能先行离开警察局。她没有想到这个意外会给简宇成带来这么大的麻烦，早知如此，她索性直接把六十美元给那两个抢劫者了。

看得出来，简宇成在美国的日子也不好过，他穿着打扮很普通，国内的家境也不过如此。如果他真的被遣返回国，那她不知如何面对他了。

第二天她一早去警察局打探简宇成的消息，才知道警察已经查到他被学校开除，像这种情况是不得继续留在美国的，所以警察才会扣留他，如果15天内不离开美国就会被强制遣返。

毕夏又去简宇成之前的大学，希望他们能通融，但被告知简宇成GPA（美国平时各科成绩的平均数）成绩低于2.0，之前给了他留校察看的机会，但他的成绩依然没有改善，所以才会被开除。

"像这种情况可以申请转校。"和黎允儿打电话时黎允儿说道。

"15天之内就要强制遣返，现在去哪里找学校？"毕夏自责极了，"就算找到肯接收的学校，手续也很烦琐，15天之内要办完根本不可能。"

"确实，如果有这种黑历史，他以后想再来美国，根本不可能。"

"都是我害了他！"

"只是巧合——"黎允儿安慰道，"那种情况之下只能报警，毕夏，你为什么要打黑工？"

毕夏垂了垂眼："我母亲没有汇生活费来。"

"是不是国际汇兑出问题了？"黎允儿问，"或者是银行账号写错了？问问沈阿姨……"

毕夏怔住。她竟然从来没有想过汇款会因为这些问题延误，她和母亲竟然疏离到这种地步，她连求一个答案的勇气都没有。母亲一直没有打电话过来，她打了几次，都是付文博接的，她也就不愿再接着打了。

"简宇成的事我再想想办法，你别着急……账号给我，我先汇款给你应急。"

毕夏想要拒绝，可她确实太需要钱了。她要保释简宇成，还打算去找中介想办法帮简宇成转校，这件事因她而起，她觉得自己有责任解决。

很快黎允儿的汇款就到了，她去警察局接简宇成出来，才一天的时间，他已经憔悴不堪。

"我不能回国！"他一见到毕夏，整个人的情绪就面临崩溃，"爸妈是卖了家里的房子才送我出的国，他们一直以为我在美国念书，以我为骄傲，要是我回去，他们就会知道我已经被开除……我怎么有脸去面对他们！"说着他抱着头蹲在警察局门口痛哭起来。

"先回去再说吧。"毕夏轻声安抚，"我们一起想办法。"

"那我们逃吧？"他混乱不堪地说，"加州待不下去，去别的州……我可以做别的工作，什么都行……总之我不能回国，回去一切都完了！"

"简宇成，你冷静点儿！"毕夏摇晃着他的肩膀，掷地有声，"我们哪里都去不了！"

"我完了！"简宇成踉跄一下。

"现在我们来准备资料，申请新的学校。"

"15天，勒令我15天内就得离开这里。"

"简宇成，没有到最后一刻，不要放弃。"

简宇成已经不抱任何希望，整个人陷入惊慌失措中，神经质般絮絮叨叨："又过了半个小时了，天哪，时间怎么这么快……要不我把自己弄伤，也许受了重伤就可以留下来？对了，我可以找人假结婚！随便谁都可以——"

毕夏不能明白他对美国的执念，但她相信他真的不能回去，以他的精神状态，一旦回国就会立即崩溃。

"简宇成，你听我说，假结婚被查出来的后果会很严重。"

毕夏送简宇成回他的公寓，一居室的房子，潮湿阴冷，水池边绿苔丛生，垃圾桶边堆满了垃圾，整个屋子充斥着一股难闻的味道。

毕夏在心里长长地叹了口气，即便是居住在这么恶劣的环境里，他也没有想过回国，父母对他的希望让他就像守着一座孤岛般守在这里。

"我并不是不想认真学，可我真的学不进去！"简宇成不停地说，"每一次给父母打电话我都想把实际情况告诉他们，但怎么开口？为了我，他们卖了房子；为了我，他们四处打工；为了我，他们甚至连一件新衣服都舍不得买。我真的很想嚷嚷，谁要你们这么做了？做了这些就为了让我感恩吗……"

毕夏默默地看着简宇成的成绩单，上面真是一团糟。

这样的成绩很难找到愿意接收他的学校，而且中介费也将会是一大笔钱，但现在别无他法，只能试试了。

毕夏把简宇成的资料重新整理，并且将他以前在国内的学业经历写得更为生动好看，然后打电话挨个儿地向加州的学校申请，资料发过去后的第二天就赶紧打电话询问结果。

简宇成已经不抱希望了，他每天只是躺在床上，对着墙自言自语。

毕夏很担心他的精神状况，她也曾劝过简宇成，让他先回国，如果有接收学校，他再来美国。但谁都知道，一旦被遣返回国，再次申请签证，百分百会被拒绝。

那十天毕夏过得心力交瘁，要去学校上课，要联系简宇成转校的事，还要每天去简宇成的公寓给他送吃的。有一天她去的时候，发现他把行李收拾好了，他说他决定去偷一辆车，然后朝墨西哥的方向走。

一个人的绝望足以逼得他做出任何疯狂的事——毕夏能够预见，简宇成这样一逃，他的前途未来尽毁。

这一切只是因为他好心地想要帮助她。

毕夏焦灼极了，她联系了很多人，动用了一切关系。

"毕夏，有一所私立学校这两天会发转学公函到他之前的学校。"

当毕夏看到楚君尧在QQ上发来的这句话时，怔住了。

楚君尧是看到了毕夏在同学QQ群里发来的求助信，才知道了简宇成的事。

"你是说简宇成的事？"

"就是学校不太好，一所私立学校。"

"你是说你找到了愿意接收简宇成的学校？"

"其实这一类的学校很多，只是手续太赶了，所以可挑选的不多。"

"你是说真的吗？"毕夏感觉自己敲字的手在发颤。

"是真的。"

毕夏停顿了许久，然后捂住自己的脸，眼泪从指缝间汹涌而出。

这些天对简宇成来说备受煎熬，对她来说同样煎熬。

没有想到在最后三天会绝处逢生，而这个帮助她的人竟然是在大洋彼岸的楚君尧。

他怎么做到的？面对这么困难、结果这么渺茫的一件事？

此前，她打了无数个电话，说尽好话，苦苦哀求……可是所有的消息都石沉大海。而简宇成的精神状态越加糟糕，他甚至不肯去警察局报到——要知道他超过24小时不去警察局，就立刻会被通缉。

二

在楚君尧看来，能让毕夏这么急于帮助的人对她来说一定很重要。他也在自己的圈子里询问了一些人，看是否能想到更好的办法。

没想到解决这个问题的是他一向不待见的米荔。他这才想起来，米荔之前在美国待了多年，她应该会更熟悉美国的转学流程。

米荔跑到图书馆，把学校资料摆到楚君尧面前，扬扬得意道："你欠我一个人情……"

她的目光流光溢彩，一副十分得意又可爱的样子，楚君尧不由得笑了："请你吃饭吧。"

"我等你。"米荔坐到楚君尧旁边。

"现在？"

"怕你反悔！"

"一顿饭而已。"

"所有的关系都是从吃饭开始的！"米荔凑到他面前，"至少我们的关系更近一步了。"

楚君尧蹙起眉，刚要开口就被米荔打断。

"别说拒绝的话，反正说了我也不会放弃。"

楚君尧无可奈何地继续看书，米荔偏着头含情脉脉地注视着他。

"能安静点儿吗？"

"我很安静呀。"

楚君尧一脸挫败："你再安静也会打扰我！"

米荔两眼放光，惊喜地问："我坐在这里你会不专心吗？"

"会。"

"为什么？难道……因为紧张？"

"你总是这样盯着我。"楚君尧在心里默默补充后半句：有点儿瘆人。

"可我就是想这样看着你呀——楚君尧，我知道一定有很多人跟你说过，你长得好帅！可我还是忍不住说，你真的好帅！"米荔一脸"花痴"模样，甚至用手背擦了一下唇角，仿若真的因为"秀色可餐"而流下了口水。

"去吃饭吧。"楚君尧无可奈何地站起身。

米荔乐滋滋地跟在楚君尧身边，他稍稍拉开点儿距离，她赶紧"贴"了上去，他觉得很尴尬窘迫，再拉开一点儿距离，她再次靠拢，如此反复，在旁人看来，好生搞笑。

路上遇到楚君尧同班的男生齐枫向他打招呼。

"我们去吃饭，一起吧？"楚君尧不由分说地拉上他。

"啊，现在？"

楚君尧朝他求助地眨巴眼睛，后者忍俊不禁，压低声音："至于吗？"

齐枫看了一眼旁边的米荔，不由得想起一首词："俏丽若三春之桃，清素若九秋之菊。"虽早知楚君尧在学校里受欢迎，可是能被这样的女孩喜欢，实在令人羡慕，偏偏，他本人还不觉得这是好运气。

秋风里的米荔亭亭而立，喇叭长裙翻跹而飞，即使楚君尧在跟齐枫说话，完全没有搭理她，但她的面孔还是不由自主地朝向楚君尧，眼神千回百转地把心思袒露在阳光里——齐枫竟然看呆了。

"齐枫，齐枫？"楚君尧连喊数声，他才醒转过来。

"吃饭？好呀！"

"不行！"米荔急了，"我们不方便捎带着你。"

"没有不方便。"楚君尧说。

"正好有事想找你。"齐枫忽略米荔目光里"嗖嗖"的冷箭，对楚君尧说，"一起吧。"

米荔噘着嘴，狠狠瞪了一眼这个不识趣的家伙，好心情一落千丈。这可是她来到清华大学后和楚君尧第一次单独相处，之前她可是一点儿接近他的机会都没有。

自从十四岁离开国内，她就决心要向他再次靠拢。在知道楚君尧在清华大学念书时，她通过美国所在的学校和清华的"联合招生"冲刺了一年，才得以以优异的成绩考入了清华大学，成为他的学妹。

好不容易打听到他加入了"法援社"，可他常常躲避着她，她知道自己的方式很不矜持，但为了见到他，她也只能"死缠烂打"了。

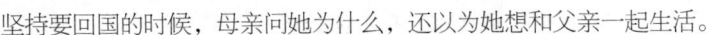

坚持要回国的时候，母亲问她为什么，还以为她想和父亲一起生活。

母亲开明豁达，所以她开诚布公地说是想去追自己喜欢的人。

母亲并没有反对，半开玩笑地说这也是她成长的一部分，若有一天她坚持不住，就一定要果断放弃——爱一个人也要有底线。

米荔似懂非懂，但她只是斩钉截铁地回答："当然不会。"

她当然不会"坚持不住"，不走到最后，谁知道结局呢？真爱一个人又怎么会有底线呢？再说她有这么多时间来和他耗，这才刚刚开始呢。

谁都没有问过她为什么是楚君尧。为什么偏偏就是他？也许这就是注定的吧。

米荔坐在楚君尧的左边，齐枫坐在了他的右边——学校旁边的中餐馆，此时时间尚早，整个餐厅唯有他们一桌。

"松鼠鳜鱼、麻辣小龙虾、水煮肉片……"米荔拿着菜单，语气飞扬，"老板，这些菜都不要放辣椒和花椒。"

老板一脸蒙："那怎么做？"

"这不是厨师的事吗？"

楚君尧忍无可忍地插嘴道："老板，你别理她，就按照她点的菜正常做。"

"可你不能吃辣。"

"没关系。"

"不行，我得去厨房盯着——"

"我吃辣。"

"什么时候？我记得你以前是不吃的。"

"无所谓。"

……

米荔和楚君尧绕口令一样的对白让齐枫再一次失笑，米荔的攻势太强劲了，如果是他，早就会被这样可爱的女生打动。

"你这么帮毕夏是因为对她念念不忘？"米荔突然转移话题，把楚君尧问得一愣。

"什么？"

"也并不是她自己的事，是她朋友的事，你都这么上心？"米荔盯住他，语气有些酸涩，"都已经分手了——"

楚君尧皱起眉，一定是他的室友何遇告诉她的。平心而论，米荔性格热情开朗，脸上总是挂着灿烂的笑容，亲和力十足，人缘超好。她很快就和何遇熟悉起来，所以他的行踪多半就是何遇透露的。楚君尧反对过很多次，何遇挠头回答："米荔的糖衣炮弹又狠又准，我方每一次的顽固抵抗最终都被打得落花流水，要不楚君尧，你就从了她吧。"

"我说过了……"

"哇！我最爱的麻辣小龙虾！"米荔夸张地大叫起来。每一次当楚君尧想要拒绝，想要劝说她的时候，她就顾左右而言他。

"不管怎样，谢谢你肯帮我！"楚君尧由衷地说。

"你的事就是我的事！"米荔笑得很欢畅，"我妈正好认识这所学校的校长，打个电话分分钟就搞定了，不过，那个人跟毕夏是什么关系？难道在交往？"

楚君尧没有解释。其实当毕夏在同学群里提到简宇成时，他的反应也是：是男友吗？毕夏一向清高傲气，根本不会为琐事求助于人，但她这样焦急，便显得他们的关系非比寻常，他故作随意地找何晨宇打听，被他一眼看出破绽，问他是否在嫉妒。

他嫉妒吗？他承认自己是有些酸酸的感觉——他和毕夏的过往依然是他心里最美好的一段时光，他对她不能做到完全无视。那些情愫，始终在心里有着重要的位置。但是，那感情却不是曾经的热烈，不可掩饰。

何晨宇还是简单告诉了他原委：她遭遇打劫，简宇成报警时被警察查出他的签证已过期。

对于毕夏的遭遇，楚君尧心里更加觉得愧疚。总觉得如果不是因为他的伤害，她没有必要选择背井离乡。

"楚君尧，问你呢。"

"什么？"

"毕夏和那个人的关系。"

"我不知道……"

"我想，像毕夏那么优秀的女孩，到哪里都会有很多仰慕者。"

"你怎么知道她优秀？"齐枫忍不住插嘴。

米荔瞪大眼睛："当然，她可是楚君尧的初恋！"

"不嫉妒吗？"齐枫忍不住问。

"嫉妒得不得了。"

"你！够诚实。"

"我的优点可不止这一条。"

"可是你的优点再多，某人也没有眼光欣赏，不如放眼整个清华，青年才俊比比皆是。"

米荔气定神闲地回答："这可不符合我在感情方面专一的定位。"

"哈哈哈哈！"齐枫忍不住笑起来，"楚君尧，你惹了好大好大一个麻烦！"

三

简宇成从警察局拿回自己的护照时，喜极而泣，当他抬起手来想要拥抱毕夏时，被她不动声色地退了一步避开。他没有想到毕夏真的做到了，不过是15天的时间，她竟然能找到接收他的学校，要知道他因为成绩太差被开除后就一直联系不到学校，即使有学校肯接收，也要收取昂贵的费用，他早就走投无路，只好逾期滞留美国打黑工。

原本以为他只能过着东躲西藏惴惴不安的生活，但毕夏的出现改变了他的命运。

他的心里对她突然间生出复杂的感情。

"毕夏，以后工作结束我送你回家。"

"不用了。"毕夏从他炙热的目光里觉察到他误会了什么，心里有些慌乱，"我已经换了工作。"

"你不去那家餐厅打工了？"

"嗯。"

毕夏没有想到，她竭力想要绕开想要回避的人却在这个时候给了她很大的帮助，不仅解决了简宇成的事，还帮她联系了另外一份工作——在一位华裔老人家里做家庭护工。

老人在求学时就来到美国，几十年鲜少回国，如今又因为身体原因不宜长时间乘坐飞机，所以子女想到找一个中国留学生来做家庭护工，陪着老人聊聊故乡的风土人情以慰她思乡之苦。

起先黎允儿说起这份工作时，简单概括道："时间自由，薪酬也不错……考虑一下吧。"

毕夏笑了："有什么好考虑的？能有这种轻松的工作，总比在餐厅里洗碗端盘子好。"

她后来给母亲打过电话，依然是付叔叔接的，不过在她的坚持下，总算和母亲联系上。母亲脱口而出："不是让付叔叔汇款的吗？"具体细节，毕夏没有追问，但她很快收到母亲的汇款，她把借黎允儿的钱还掉，又替简宇成购置了一些生活用品，所剩不多，她依然需要打工赚钱。

"我也觉得不错——"黎允儿欲言又止。

"不过你怎么会找到这份工作？这里是加州，你又不熟。"

"不管怎样，一想到你如果还去那里打工，晚上就会感觉心惊肉跳。"

"其实我有经验了。"

"这种经验不要也罢。"

"谢谢你。"毕夏由衷地说。

"其实，我也不知该不该说。"黎允儿在电话里吞吞吐吐，"这份工作是何晨宇告诉我的，他叮嘱我不要说，怕你知道实情不会同意。"

"是他？"毕夏立刻就明白了。

"对，是楚……"黎允儿急切地说，"他也是担心你的人身安全，拜托他在加州的师兄替你另外物色工作，所以不要拒绝，可以吗？"

毕夏沉默一下："好。"

在简宇成的事情上她已经欠了楚君尧一个人情，他又替她物色新工作，所有的种种是因为他就是她认识的那个楚君尧，仗义的，热忱的，善良而又温柔的。还是因为，他对她有着想要弥补的心理。

她已经想明白了，感情没有什么欠不欠的？

只是楚君尧永远也不会明白，失去他，毕夏就失去了她青春里最风华正茂的部分。

毕夏看到楚君尧在网上时，发了许久的呆，直到他的QQ头像灰掉，她才轻轻地敲出一行字：以后两不相欠，各自安好。

他们中间已经隔了一个太平洋，毕夏以为她会忘记楚君尧，但她依然会回想起年少的时光。

楚君尧给她制造过那么多的"美好时光"——他们在教室里看《冬季恋歌》，那是他们的第一次牵手；他在她的手机壳里藏一枚桃心；他从三亚回来带的礼物是"杯子"；他把所有的鱼都称作"毕夏"；他因为她说"想念"急切地要录音；还有圣诞节的教堂里，他们的初吻……

那些时光镌刻在她心上，无法磨灭。

即使只是看到屏幕上他的头像亮起来，也会让她的心蓦然一疼。

毕夏望向窗外，这座城市晴空万里，一派初秋的气息，她的眼泪，汹涌而出。

四

周末，法援社在学校里做活动，义务法律咨询，周围的居民都过来了，一位大爷一直拉着楚君尧咨询"如果子女不支付赡养费该怎么办"的问题。

米荔还只是"法援社"的新人，她背起那些枯燥的法律条文很是头痛，但她谦虚又好学，所以在社团也很受大家的照顾，不过像这种现场咨询的活动，她也只能是维持秩序，做做杂事，每每空闲抬头望向楚君尧，她的内心就像海底丰饶的水草，随波荡漾——他穿着一件白色的衬衫，松开两粒木扣，黑色的九分裤搭配白色的运动鞋，明朗帅气得宛若王子。

米荔看到一个女生试图接近楚君尧，便不动声色地挡在她面前："同学，你想做哪类咨询？"

"我不做咨询。"女生的脸可疑地红了。

"找他？"米荔努努嘴。

"也不是……我就看看。"

米荔促狭地笑了："那你自便。"

两个人正说着，楚君尧抬起头来，看到那个女生，怔了怔，然后走过来。

"是找我吗？"他记得她是沈冬晴的朋友，在她的摄影展上曾经见过。

"我男朋友在这里，我先走了。"

"请问……"

楚君尧刚刚想要开口，已经被刚才咨询的大爷打断，他语气火暴："喂，你这个同学怎么这样？还没有说清楚就不管我了？"

楚君尧只得抱歉地向女生点点头，然后继续回到原处跟大爷解释，可是他的心已经在顷刻间全乱了，忍不住望向那个已经走远的女生，在米荔的错愕里抬脚追了上去。

"抱歉，你……"

"薛珊，我的名字。"

"沈冬晴，她好吗？"楚君尧已经很久没有见过沈冬晴了，她也从来不在同学群里讲话，关于她的消息隐匿在最深处，他无从得知。心里有过无数个要去找她的念头——要不要再一次表白？他还有机会吗？她会接受吗？

也许他迟迟没有和她联系，也是在惧怕自己的内心吧，怕自己的"轻率"会再伤害一个女孩。

"她挺好的，就是太忙……一直兼职不断，对了，她工作的地方离清华不远。"

"这附近？"楚君尧的心不由得被撞了下。

"是在惠鑫超市做奶粉促销员。"

楚君尧有些心不在焉地回到咨询现场，得到沈冬晴就在附近的消息，他的心都乱了。刚刚那位咨询的大爷正缠着米荔发脾气："看我是老人就欺负我，敷衍我？"

"大爷，对不起，我刚才有点儿事。"楚君尧耐心地说，"根据您的情况是可以起诉您子女遗弃罪，不过我觉得可以先和他们谈一谈，毕竟走向法庭，亲情就会被完全撕裂。"

等大爷终于走了，一旁的社员抱怨道："这个大爷脾气这么坏，难怪他子女不愿意和他生活在一起，再说了，他年轻时抛妻弃子，和别人重组家庭，凭什么生病了就要求亲生子女出钱？"

"这种自私的男人还想着上法庭让自己的子女身败名裂！"另一个社员附和，"也就楚君尧搭理他，我都懒得跟他废话！"

"你们这种态度可不对！"鲁远走过来，"真正的律师是只会站在当事人角度出发，就事论事，为当事人争取最大的利益，在这一点上楚君尧是很专业的。"

"刚刚那个女生是谁呀？"米荔突然加进来一句酸溜溜的话，把一群人都逗笑了，纷纷打趣她，可是她继续追着楚君尧问，"你跟她说什么呢？看你这么着急。"

楚君尧停下来，想要回答，又被米荔连连摆手地拒绝。

"算了，我还是不要听了……跟我没关系！你喜欢谁都和我没关系，我喜欢你就是了！"

周围爆发出口哨声和喝彩声——只有米荔才能在大庭广众之下这么自然地表白，她太牛了！

楚君尧却无可奈何，他的心陷入了纠结和矛盾中。

要装作是偶遇去见沈冬晴吗？或者直接告诉她，他专门为她而去……

当他在喧嚣的超市里一眼看到沈冬晴时，他的心突然间安静下来——她就像幽静的深渊，把他困在渊底。

她穿着涤纶布料的工作制服，白色加闪亮的蓝，在人群里很突兀。她正拿着放着试喝纸杯的托盘向旁人推销，不断有人端起一杯喝完就走，但完全没有购买的意向，她也不恼，面露淡淡微笑，不卑不亢。

他终于知道她是一个神奇的女孩了，初见时她那种土气早已经荡然无存，她越发自信明媚，她活得就像是一枚钉子，牢牢地钉住生活不放。

他一步一步走向她，感觉心里有那么大一片空白，需要被什么来填补。

他的目光触到她的目光时，能感觉到她的慌乱和紧张，她的身体下意识地朝后一退，竟然碰到旁边高大沉重的铸铁展示架。

须臾之间，楚君尧飞身过去一把揽住沈冬晴，而架子在同一时刻朝他们倾倒下来，楚君尧和沈冬晴在"轰"的一声巨响里被重重压在下面。

楚君尧感觉到五脏六腑都要被震裂，痛得眼前一黑，不由得呻吟出声。

当架子被搬开，沈冬晴伏在楚君尧身边，看着他额头上流出的血，急得眼泪汪汪，颤声问："楚君尧，疼吗？是不是很疼？怎么办……"

有人递过来一块毛巾，她为楚君尧捂住伤口："能站起来吗？"

楚君尧疼得无法回答。

沈冬晴更加紧张："还有哪里受伤？"

她手忙脚乱地在他身上检查，当触碰到他的手时，他疼得一哆嗦，吓得她重新跌坐在地上。

"楚君尧，你的手……"

痛感已经告诉楚君尧了，他的小拇指被展示架砸中，应该伤得很重。

很快，商场的救护人员赶到现场，他们给楚君尧做了简单的包扎，送他去医院。

路上，沈冬晴自责懊恼不已："为什么要救我，楚君尧，我宁愿受伤的是我！"

"别担心，我不要紧。"楚君尧挤出一个有些勉强的笑容。

刚刚，他扑过去的时候完全出于本能，那种不顾一切之下只有一个念头：保护她。

这一刻，他明白当他在球场上脚抽筋时，她为什么会在众目睽睽下冲上球场——当时的她被多少人嗤笑和鄙夷，现在回想起来令他心酸不已。

楚君尧看着面前的沈冬晴，向她伸出手时，她迟疑了一下，然后稳稳地握住。

他想起母亲在阳台上种的铃兰了，花开时犹如一串洁白、细小的铃铛，挂满一串花茎——不打眼的花朵，细看却是极为动人，让人怜惜。

楚君尧头上的伤口只是外伤，缝了三针，严重的是小拇指粉碎性骨折，需要手术打入钢针治疗。

手术的过程采取了半麻，楚君尧的脑海中一直闪现着和沈冬晴相识相遇的点点滴滴——她撞掉他的相机时局促不安的样子，她站在他镜头前羞涩扭捏的样子，她替他挨了一板砖时英勇无畏的样子……

有时候，竟也是讨厌她的，她为什么要这么执着地来敲打他的心门，让他变成一个失控的人？

曾经的他根本不知什么是犹豫和矛盾，他总是当机立断、果断决绝，他自认为成熟的标准就是一个人能控制自己的情绪，但在遇到沈冬晴以后，一切都不受控制了。

他的心境全乱了。

五

坐在走廊长椅上的沈冬晴被手机铃声惊得骤然站起身，她紧张地望向手术室，然后才醒转过来——是自己的手机铃声在响。

上面显示的是裴雨阳的名字，她迟疑了一下便挂掉了。

但手机铃声随即再次响起，沈冬晴咬了咬唇，轻轻地接通了电话。

"在哪里呢？"裴雨阳愉悦的声音传来。

"上班。"

"不是已经下班了吗？"

"还没有忙完。"

"那好，你忙吧。"

沈冬晴沉默地挂了电话，她不想欺骗裴雨阳，但如果说真话他会怎么想呢？她怕伤害到他。最近这些日子他们的感情平稳甜蜜，可是为什么一见到楚君尧她就变得不像自己了呢？又变回了初见时那个怯懦、自卑、局促不安的她。

没有想到楚君尧会奋不顾身地救她，那个慌乱的瞬间，她的大脑一片空白，当她察觉到自己在楚君尧的怀里时，被他疼痛的模样吓得魂飞魄散。

医生说楚君尧最严重的是手指，粉碎性骨折。

她自责愧疚，全都是因为她不小心——他的手该多疼呀。

她已经决定这些日子要照顾楚君尧直到康复，只是不知如何对裴雨阳解释，心里幽幽叹了口气，那就先瞒着吧，多一事不如少一事——他在这段感情里原本就爱胡思乱想，知道了这件事不知会做出怎样的反应。

沈冬晴内心纠结的时候，她不知这一切都落入了裴雨阳的眼里。

他就站在走廊转角的地方，紧握手机的手默默地垂了下去，感觉身体已经被寒流冻住。

他知道她打工的超市，所以算着时间从上海赶到北京，可是一问之下才知道倒下的展示架差点儿砸到她，幸亏被别人挡下。他急匆匆赶到医院，在护士那里意外得知正在动手术的人是楚君尧——没想到救她的人，是他。

他一直没有勇气去问沈冬晴，她现在和楚君尧还有联系吗？他更是害怕正视楚君尧在她心里的位置——对手是他，他有什么赢的机会？

那么长的一段时间，不管他的心情怎样如河水般澎湃激荡，她给予的始终都是深暗的寂静。怎么会突然就给了回应？不过是因为他毁容了，她怕他自暴自弃，所以选择留在他身边。

他明知道是同情，可也贪恋着这份温柔。

手术室的灯灭了，他远远看到楚君尧躺在病床上被推了出来，沈冬晴俯下身，一脸关切地凝望着他——四目相对，那种情深款款，逼得裴雨阳落了一脸的泪。

他是彻底地败了。

他能怨她吗？他苦笑起来，原本就是他苦苦纠缠。

他离开北京时，天空中有数不清的云朵汹涌，就犹如他那种要为她前仆后继的心情，很悲凉。

他在火车上接到她的电话，说已经回学校，让他放心。

他笑着跟她闲聊，却数次落泪，捂着嘴不让自己的哽咽吓到她。

第三章

胆小鬼

一

黄昏的时候，黎允儿喜欢坐在哈得孙河边喝一杯咖啡，火烧云的背景，更显得水面蔚蓝明净，像一片倒过来的天空。

到纽约已经一年多了，她也慢慢适应了这里的生活。没有课程的时候会去图书馆看书，或者在中央公园骑自行车，再长一点儿的假期便会和朋友开车去周边旅行……生活平淡，心境也慢慢变得充沛。她依然会想起黎梓然来，并不全部是痛，想到有趣的地方便情不自禁地笑了，只是笑着笑着，不知何时已经泪流满面。

他的离开是她心里永远的伤，不管时光隔了多久，伤口依旧是血淋淋的，一碰就撕心裂肺地疼。

也是从弟弟离世后，她学会了珍惜，平日里经常跟父母视频聊天，哄得他们心情愉悦。想想当年她和父母针锋相对，甚觉后悔。

有一双手突然捂住她的眼睛，她不由得笑了，除了欧洋还会有谁？

她感觉自己的头发被亲吻了下，然后欧洋的脸出现在她的视野里，他微笑着说了句什么，黎允儿不动声色地把助听器戴回耳朵里，像是自然地整理了下头发。

整个世界的声音接踵而来。

她没有告诉欧洋她戴助听器这件事，在她看来，她和欧洋才刚刚开始，不用完全地坦陈自己。

"走吧。"欧洋握住她的手。

"你才刚来。"

欧洋的笑意里带着戏谑："你该不会让我和你一样，就在这种地方喝咖啡？绝对不要！"

"这里有什么不好？"黎允儿有些惊讶，"这里的蓝山咖啡非常浓郁。"

欧洋皱眉扫视一眼，嫌弃地说："难道就在路边喝咖啡……"

"这就是路边咖啡店呀！"

"我没有试过——"

黎允儿大笑起来："那去哪里？是高级咖啡厅，一边听专人演奏，一边正襟危坐地喝咖啡？"

欧洋觉得被黎允儿嘲讽了，沉了沉脸："一个人的品味决定他的生活层面，黎允儿，我已经尽量在适应你这种普通人的生活，起码你也要尊重别人的生活方式。"

"普通人？"黎允儿怔了一下，"别告诉我你不是普通人。"

欧洋的眼里闪过一丝慌乱，然后转过面孔掩饰道："我只是还不太习惯。"

黎允儿这才想起，欧洋似乎并不喜欢嘈杂的地方，他们碰面就只是在图书馆，那里静谧肃穆，后来去过她的公寓，她做中餐给他吃，最简单的菜品，他却吃得欣喜不已。他还说过一句莫名其妙的话：爱他的人却从未亲手做过食物给他。

她没有问过他的生活环境，除了知道他在纽约州立大学念生物科学，其他便一概不知。

"那好吧。"黎允儿站起来，迁就地说，"我们去你习惯的地方。"

"算了，不如我试试吧。"

气氛有些别扭，虽然彼此都有妥协，但已经各怀心事。

欧洋点了一杯蓝山咖啡，他只抿了一口就再也没有碰过它，两个人又坐了片刻，然后打算去吃晚餐。这一次，黎允儿让欧洋决定餐厅。

这应该是他们在外面餐厅正式吃的第一餐，以前黎允儿做菜给欧洋吃，只是觉得他穿着打扮普通，家境应该一般，只当他是节俭的中国留学生，所以不愿他破费。今天的约会却让她对欧洋有了新的认识。

他选的餐厅，环境别具一格，高雅舒适。

一进餐厅，连经理都过来向他们打招呼，毕恭毕敬得弯腰快90度。欧洋根本不看菜单，随意报了几个菜名，俨然是熟客。

而黎允儿一边看菜单一边惊叹，这将是她在美国吃的最贵的一餐。

黎允儿压低嗓音调笑地对欧洋说："难道你是国内煤老板的儿子？"

她周围留学生的圈子，也有很多是有钱人家的孩子，他们挥霍享受，攀比招摇。黎允儿选择远离他们，但原来家境也不错的欧洋，却是一个低调又喜欢看书的男生。

"如果我家里没有钱，你会喜欢我吗？"欧洋抱着手臂，盯着她的眼睛。

"在今天之前，我并不知你的家境，事实上，我现在也不甚清楚。"

"知道以后呢？"

"比较意外。"

"喜欢吗？"

"还行。"

"这是什么意思？难道你会不喜欢钱？"

"欧洋，为什么要一直问这种问题，你希望听到怎样的回答？"

"只是害怕。"

"害怕接近你的人都有目的，都是因为你的钱？"

欧洋没有回答，表示默认。

"我们才刚刚开始，我不会因为这个就改变我的决定……欧洋，事实上我家境也不错，虽然这样的餐厅我不能常来，但我也过着可以自由选择的生活。"

"你果然和别人不同。"欧洋深情地握住她的手，"黎允儿，这就是我喜欢你的原因。"

黎允儿淡淡地笑了笑，心里有些不是滋味。她并不是清高到因为欧洋的背景而觉得受了欺骗，而是觉得他的喜欢是有理由的——也许再也没有少年时的那种纯真，喜欢一个人只是一眉一眼。长大后遇到一个人，在考虑自己要不要喜欢上他时，竟然权衡利弊，左思右想，这真是一种难以言说的悲哀。

精致的餐品上来，米其林星级厨师做出来的口味就是不同，可是黎允儿却吃得意兴阑珊。

有小提琴手拉着悠扬的琴声走到他们这桌。接着餐厅的大灯灭掉，只有影影绰绰的射灯投影下来，气氛迷离浪漫，然后欧洋微笑着推过来一个精美的小盒子。

黎允儿有说不清的慌乱，她根本不敢打开那个盒子，迟疑之间对上欧洋殷切的目光，她咬了咬唇，下定决心开口："对不起，不管是什么，我都不能接受……"

就连一旁的小提琴手都惊得漏了两拍，欧洋扫了他一眼，他便讪讪退下。在他心里，欧洋的女友也太不识好歹了，她难道不知道她对面坐的是什么人吗？对着整个纽约的女生都会趋之若鹜的男子，她竟然说出了拒绝的话。

"欧洋，谢谢你为我安排这些，可是我觉得这礼物一定很贵重……我们认识不久，我不能收。"黎允儿要语无伦次了。

"我去趟洗手间。"为免尴尬，她站起身落荒而逃。

她没有看到，欧洋一直望着她的背影，目光深不可测。

黎允儿掬起水来拍打自己的脸，她有些失神，平心而论，没有哪个女生不被男友这样的举动感动，但她怎么会有怯意呢？

她听到外面隔间聊天的声音。

"恐怕塞丽娜还不知吧？"

一个女声鄙夷地笑了："知道又怎样？她哪里是塞丽娜的对手，看起来比之前的那些差太多！"

"这可不一定，我倒觉得欧洋这次很认真……"

"怎么可能？他只是艳丽的女生见得太多了，想换一种口味。"

"乔，你激动什么？我就知道你也喜欢他！"

"别告诉我你没有想入非非,上次你还向他打听他定制服装的设计师,不就是想套近乎吗?"

在她们的嬉笑中,黎允儿再一次震惊了,原来他的家境比她自以为的还要好。那些衣服她以为很普通,是她自己眼拙,那些根本就是有钱人才会穿的私人定制款。还有,他在他生活的圈子里早就声名在外,所以之前他也不愿意带她出现在他的圈子里。

看上去那么内敛秀气的欧洋竟然有这么深的城府,黎允儿的心情有些复杂,只是想想也难怪,一定因为家境太好,遭遇种种欺骗,所以才会变得小心翼翼。

人心都复杂,她不是也对这段感情顾虑重重吗?

那天晚上她给毕夏打电话,想要把当天的遭遇向她倾诉,可是一直到深夜都没有联系上她,QQ也不在线,黎允儿不免有些担心。

第二天,当她接到警察的电话时,才知道毕夏真的出事了。

二

毕夏走出公寓的时候,一眼看到等在路边的简宇成,他穿着一件卡其色的针织衫,反戴着棒球帽,比之前要清爽很多。

他已经到了新学校上学,心里再无负担,除了打工,就是认认真真地追求起毕夏来。

毕夏已经跟他说过多次,在爱玛奶奶家里工作结束后,她可以自己搭车回家,可是他去买了一辆二手汽车,常常过来接她,这让毕夏为难极了。

毕夏在心里叹了口气,朝简宇成走过去时,他已经殷勤地绕到一边,拉开副驾驶车门。

"简宇成,你听我说,今天我真的不能坐你的车了。"毕夏艰涩地说道。

"在生我的气吗?"简宇成不安地问。

"没有,我只是……不想浪费你的时间。"

"可我并不觉得这是浪费。"

"听我说,我很感谢你帮助我,但……我不能接受。"

"你难道不喜欢我吗?"

"是朋友的那种。"

"不!你对我那么好,帮我申请学校,为我买生活用品……我也喜欢你!你知道在这里我没有别的亲人朋友,而你也没有,我们可以相依为命……"

"简宇成,我不会因为孤独而开始一段感情。"毕夏注视着他,"我来到这里就是因为刚刚结束了我的初恋,我想要让自己静一静。"

"那我等!"简宇成急切地握住她的手,"我可以等你,多久都行!"

毕夏垂了垂眼："简宇成，我不想给你希望，事实上我心里依然喜欢着他。"

"没关系，我们可以先做朋友，对不对？"简宇成语气激动，"你知道虽然我在这里三年，可其实我一点儿也不习惯，我常常觉得孤独……就先做朋友，不要拒绝我，好吗？"

毕夏无可奈何地点点头。

当她同意坐上他的车时，他一脸如释重负。

"今天工作怎样？"

"爱玛奶奶今天一直犯困，我跟她聊天的时候她都睡着了。"

毕夏很喜欢她这份工作，因为爱玛奶奶是个有趣的老人，她总是会用家乡话和她聊天，然后抱怨她的孩子们都快忘记母语了。她虽然已年近八旬，但精神矍铄，健谈乐观，和毕夏很快就亲近起来。

夜晚的风舒适清凉，毕夏闭上眼睛想要休息一会儿，突然间她听到车子的轰响，一辆吉普车飞驰而过，远远地把他们甩在了车后，不过一会儿，骤然减速，挑衅般地压住他们车子的速度，震耳欲聋的音乐传来，简宇成被激得猛踩油门。

突然的加速让毕夏身体猛然后仰，她握住旁边的把手，对简宇成说："不用跟他们斗气，这不安全。"

简宇成全然不听，愤怒地盯着前方，低声咒骂一句，继续加大油门。

"停下来！"毕夏觉得这样很危险，伸手握住他的方向盘想要阻挠，"再这样我会下车。"

"他们就是欺负人！"简宇成怒吼一声，车身一横想要快速变道，却猛然看到前方一个人影，等他想要刹车时已经来不及，"砰"一声重重撞向那个人，然后眼睁睁看着他被车前窗弹起来抛向空中……

惯性让毕夏的身体朝前冲去，安全气囊被打开，她眼前一黑，晕了过去。

"毕夏！"

不知过了多久，毕夏听到呼喊她的声音，由远到近。她的身体被摇晃着，意识渐渐被拉了回来，她慢慢睁开眼，然后明白他们出车祸了。

转身看向一旁的简宇成，他满脸的惊慌失措，语气颤抖："我刚刚……刚刚撞了个人。"

毕夏艰难地打开安全带，立刻下车查看，当她看到躺在血泊中的男人时，吓得腿脚发软，她拖着步子走到他身边，抬起手来探他的鼻息。

"怎么样？他活着吧？是活着吧！"简宇成惊惧地问。

毕夏瘫坐在地上，一个字也说不出来，感觉如坠梦中。

"他死了对不对？他死了——"简宇成狂躁地跳起来，"不行，不可以……"

简宇成抬头看看四周，这里荒僻黢黑，他跪到毕夏面前："这条路没有监控，快，把他搬走，现在还来得及！"

毕夏失望地扫了他一眼，拿出手机开始拨打电话报警。

简宇成一把抢走她的手机，愤怒地吼起来："快帮我！你想让我也死吗？"

"自首吧！"

"不行！"简宇成激烈地喊出声，"我不要再被关起来了！我会坐牢，会被遣返！我的前途呢？"

"简宇成！"毕夏艰涩地说，"快报警！"

"不，不行——"

正纠缠中，一辆车从他们对面行驶过来，简宇成知道，他走投无路了。

警察很快赶到现场，毕夏浑身都在颤抖，她甚至能听见自己牙齿"咯咯咯"的碰撞声。

"是她开的车！"简宇成对警察哭着说，"我已经告诉她这样做很危险了，可是她不听劝阻……"

毕夏难以置信地望着他，脸色越来越青，突然之间身子就软了，向地上滑下去时失去了意识。

毕夏在梦里仿佛被猛兽追赶，它的一张血盆大口透着阴阴的凉气，当她被追到死角时，猛地睁开眼睛。四周安静极了，白色的墙壁让她明白过来，她在医院。

之前发生的事接踵而来，那个浑身是血毫无气息的男人——惊惧再一次排山倒海地压上心脏，她紧紧地闭上眼睛，感觉快要喘不过气来。

糟糕的事并没有结束，简宇成对警察说当时是毕夏开车——她知道简宇成脆弱敏感，但没有想到他竟然卑劣到这一步，毕夏心里是对他彻底失望了。原本因为他救过她，所以她才一直尽力回报，不忍严词拒绝，但原来他却是一个小人。

医生检查她无大碍后，警察将她带回了警局。

她在警局里见到简宇成时，他低垂着目光，根本不敢看她。

她甚至不去问简宇成为什么要这么做，她知道经过上一次要被遣返的事后，他已如惊弓之鸟。

他承担不起任何的后果。

其实只要警察在方向盘上做指纹鉴定,就可以清楚地知道谁是司机——毕夏猛然想起来,她为了阻止简宇成加速也握过方向盘。

只是,这样让整件事变得复杂了,何况那个偏僻的路段连个摄像头都没有,只要简宇成一口咬定是她,那她就无从解释。

三

黎允儿乘坐最早的飞机赶到加州,她在警局见到毕夏的时候,心酸不已。

她脸色苍白,神情憔悴,穿着一件沾满血渍的卫衣,双手微颤着交握在一起——过去十几个小时里,她是怎么熬过来的?

"毕夏。"黎允儿哽咽一声,扑到她面前,"我来了。"

毕夏艰涩地想要挤出一个笑容,眼泪却滚滚而出。

黎允儿握住她冰凉的手:"不会有事的,我一会儿去领事馆,他们会帮助我们。"

"那个人,他死了。"毕夏又想起那一幕,心里骤然一紧。

"是意外。"

"车速太快,他突然出现……"毕夏攥住她的手,痛苦不堪,"我可以阻止的!我应该更坚决一点儿地阻止,但是这一切还是发生了。"

黎允儿揽住她:"都过去了,都过去了。"

有警察过来跟黎允儿交代一些手续事宜,她惊讶地微启双唇,心里对欧洋充满了感激。

她匆忙赶去机场时,想起来她和欧洋今天有约,在电话中简单说了一些情况。

"她是谁?"欧洋问。

"我最好的朋友。"

没有想到她还没有赶到加州,欧洋已经找律师过来替毕夏办理保释手续。

黎允儿送毕夏回公寓,没想到在门口遇到了一位不速之客。

她穿着一件窄袖真丝连体衣,翻领在胸部下方自然交叉,腰部挽了一个蝴蝶结腰带,九分小脚裤露出好看的脚踝,浑身上下打扮得犹如女神一样精致典雅。

她倨傲地打量着黎允儿。

她已经见过黎允儿的照片,当时看来不屑一顾,欧洋身边的漂亮女孩多了,这黎允儿毫无优势,她甚至连苗条的身材都没有,倒有点儿运动员的健硕。她穿着款式最简单的衣服,身上一点儿饰品都没有,看上去就是那种粗鲁又不知天高地厚的女孩。可是这样的女孩却让她有些紧张了，因为她听说他动用了他家的私人律师来替这个女孩办事，可见他对她的重视程度。

但她不能在欧洋的眼皮底下找这个女孩谈判，所以她来到了加州。

"我是塞丽娜，欧洋的女朋友。"她盯着黎允儿的面孔，想要找到慌乱。

毕夏心里一顿，担忧地望向黎允儿。

黎允儿耸耸肩膀，从容反问："然后呢？"

"你不是第一个出现在欧洋身边的女生，当然也不会是最后一个，我只是提醒你，你跟欧洋玩不起。"

"那你呢？"黎允儿反问，"知道他有这么多女朋友，你也不离开吗？"

塞丽娜面露愠色："我的事不用你管，但你跟他在一起，只会被始乱终弃。"

"你怎么知道始乱终弃的人不是我？"黎允儿霸气十足地回答。

塞丽娜气急败坏："你知道他是什么人吗？他的家族岂能容你！"

"他的背景和我无关，但如果你真的是他女友，我会质疑他的人品，当然不会继续纠缠。"

"他的人品轮不到你评价。"

"看来你对他倒是忠心。"

"如果你不离开他，我自然会有很多方法。"

"假如你真的是他女友，请让他亲自告诉我。"

黎允儿说完，牵住毕夏的手与塞丽娜擦肩而过。

毕夏洗漱后换了家居服，黎允儿躺到床上摊开手臂，嬉笑着拍拍自己身边的位置："一定累坏了，让我的怀抱温暖你。"

毕夏笑着枕在她的手臂上，侧过身由衷地说："谢谢你，允儿，谢谢你能来。"

"我们之间，这是必须的。"

"你还好吗？"两个人竟然异口同声问出相同的问题，不由得一起笑了。

"我只是庆幸没有轻率地和简宇成开始一段感情。"毕夏幽幽地说，"有时候我也觉得孤独，甚至想，认识了别人是不是就能把过去淡忘？"

"忘了他吧。"

"我也想……"毕夏自嘲地笑了，"我自诩理智至上，却原来是极为不理智的人。"

"楚君尧就是个浑蛋。"

当黎允儿说出这个名字时，毕夏的心被刺痛了。她一直觉得逃离到这里，她就会有一线生机，但她依然逃不过那种挫败感和沮丧感。

她总是会想起他骑单车停在马路对面等她的样子，他额前的发丝被微风吹动，双眼如同星空，这成为贯穿她青春记忆的一幕，每每想起，便脆弱得不堪一击。

聊了几句，毕夏便疲倦地睡去，黎允儿悄然起身，拿起手机，才看到上面有欧洋打来的未接电话。

她光着脚走到阳台。

毕夏的公寓地势较高，站在这里可以看到璀璨如星河的城市，月亮清澈地挂在天际，那光芒显得苍白而冰冷。

她给欧洋回拨电话，响了许久他才"喂"一声接通，她有些愧疚："抱歉，你应该睡了。"

欧洋的声音清醒一些，语气责备："我给你打过电话。"

"手机调成静音了。"

"那你应该主动找我。"

"对不起——"

"以后去哪里做什么要告诉我。"

"可我只是去见朋友。"

"我是你男友，我有权知道你的行踪。"欧洋的语气越发严厉，"我的电话也不能错过。"

黎允儿有些无奈，她没有想到欧洋会这样强势，只能淡淡回应："今天的事谢谢你。"

"只是小事……你明天几点的飞机？我去机场接你。"

"我没有说明天要回。"

"那你准备离开多久？"

黎允儿感觉这通电话很不愉悦，她想要问他关于塞丽娜的事，可是再这样谈下去，两个人势必要吵架。

"毕夏这边的事比较棘手，我还得多待几天。"

"这个我会交代律师处理，而你，只需待在我身边。"

黎允儿哑然失笑，她不明白欧洋的逻辑。难道恋爱以后就不能有自己的空间和自由吗？想必在欧洋的世界里他一定是说一不二，周围的人都顺从着他，而她却不是那种小鸟依人的女友。

"很晚了，明天再说吧。"黎允儿的语气冷淡下来。

"你在生气?"欧洋惊讶地问,仿佛有人违逆他很不可思议。

而这一次黎允儿只是说了句"晚安"就不由分说地挂了电话。

她的心里有淡淡的怒气,有失望,有惆怅……原来她一点儿也不了解欧洋,他也只是眉眼长得像姚元浩而已——这个时候她又想起姚元浩,想起那个会因为紧张而脸红的少年。

遇到了再多的人,就算比他优秀,比他俊朗,比他富有,可统统都不对……因为再也没有过怦然心动的感觉。

四

邵伶伶举着相机朝在厨房里忙碌的沈冬晴连拍了几张,后者笑着把她往外面推:"别闹了!"

"给我多留一点儿,你的厨艺太好了,要是楚君尧再病一个月,我都会被你喂成个胖子。"邵伶伶嬉笑着说,"他是不是特别感动?"

手术后,楚君尧在医院住了一个星期。等到他出院回学校,沈冬晴会每天趁着没课的时间去邵伶伶的房子煲汤做饭,然后提着便当盒乘车给楚君尧送过去,路上怕冷了,她总是紧紧地把便当盒抱在怀里。

她怕他的手指会有后遗症。

"他是因我而受伤的。"沈冬晴辩解道,"照顾他难道不应该?"

"不是喜欢他吗?这段时间的相处正好可以加深你们的感情……"邵伶伶叹口气,"可怜的裴雨阳,其实我是站在他的阵营的。"

她见过裴雨阳,倒是有些错愕,裴雨阳看上去倜傥不羁,桀骜不驯,喜欢的却是沈冬晴这样中规中矩的女生,两个人在一起,他俯首称臣的样子更令人惊讶。

这样的男生一旦喜欢上谁,就会如此动心。

听到邵伶伶提到裴雨阳,沈冬晴心里黯然。

她一直没有对裴雨阳提起这件事,而最近他也说很忙,所以两个人的联系就少了起来,她的心里有些失落。

"他们两个,到底选谁?"

"我选?"沈冬晴莫名地问。

"要是我,也会左右为难。"邵伶伶笑起来,"这可真是甜蜜的难题。"

"我和裴雨阳在一起了。"

"既然这样,你可不能三心二意了!"

沈冬晴沉默下来，她知道邵伶伶指责得对，她这样对谁都不公平。她决定等楚君尧的伤好了以后，便不再见他了。

楚君尧拿着一本书在书桌前坐立不安，他不断地望向窗外，希望那个熟悉的人影出现。

这大概是他一天里最紧张最期盼的时刻了，舍友何遇都看出端倪，有些意外："原来是她……"

这个女生虽然属于清秀型，但并不让人惊艳，眼神有些淡漠凛冽，只有向他颔首示意时，唇边的一丝微笑让她有了几分柔美。何遇不明白，阳光开朗的楚君尧即使不喜欢同类型的米荔，那也应该是秀外慧中的初恋毕夏，而面前的这个女生，却显得内向清冷。

楚君尧的紧张显而易见，他整理自己的书桌，不断地看时间——这分明是在等待恋人的状态。

楚君尧的QQ有消息提醒，他看了一眼，是"火枪手"。

他的手受伤，不方便打字，已经告诉过"火枪手"，所以这些天他们聊得很少。

火枪手：今天下雨了吗？

西楚霸王：晴空万里。

火枪手：我这里下雨了，哗啦哗啦的，好像要把世界连根拔起。

西楚霸王：真是一场大雨。

火枪手：我现在在咖啡厅，看雨，也在看我前面的那对朋友。

西楚霸王：很奇怪？

火枪手：他们彼此相爱，却只是朋友。

西楚霸王：你怎么知道？

火枪手：我在这里见过他们很多次，如果不喜欢，那男生为什么总是和这个女生一起，而女生为什么总是会答应男生出来见面？

楚君尧沉思了一会儿。

火枪手：你还在吗？

西楚霸王：在。

火枪手：在想什么？

西楚霸王：他们为什么不告诉对方。

火枪手：也许他们都是胆小鬼。

西楚霸王：也许不是所有的人都有勇气告白。

楚君尧敲出这行字，才想起这曾经是米荔对他说过的话。

他有勇气告白吗？他已经对沈冬晴说过喜欢的话了，可是他并没有行动，他没有像那个男生一样不断地约喜欢的女生出来，甚至连见她一面都思虑很久。

沈冬晴出现在宿舍楼下时，楚君尧匆匆地跟"火枪手"道别，他起身时碰翻了水杯，手忙脚乱地收拾，又因为触到了受伤的手指，疼得"嘶"了一声。

他这才察觉自己太急切了，他整颗心都在剧烈跳动——这陌生而又熟悉的感觉。

楚君尧朝沈冬晴走过去，突然米荔跳着挡在他面前，惊喜万分："真巧，我正打算找你。"

米荔见楚君尧没有回答，顺着他的目光看去，就看到了站在一株冷杉树下的沈冬晴，秋日的阳光穿过青翠碧绿的树冠，轻轻笼在她身上，有一种岁月静好的美。

米荔见过沈冬晴很多次了，之前听说楚君尧受伤，她第一时间赶到医院，却意外地见到在病床前的她，第一次见，就知道楚君尧对她非比寻常，他的目光一直追随着她，那种含蓄的深情让她对沈冬晴充满了酸楚的嫉妒。

前有毕夏，现有沈冬晴，她什么时候才能在他心里有一席之地？

知道沈冬晴就读于北师大，米荔笑着说："这里离你学校挺远，不如你先回去——"

"我没有关系。"沈冬晴迎着米荔的目光回答，"他是因为我受伤，我要留下来照顾他。"

"不用。"楚君尧对她们说，"我只是手指受伤，没有大碍。"

"对，你们女生在这里多不方便，我留下来。"何遇笑着说，"再说米荔，你太吵了，一会儿护士也得来赶你走。"

米荔想要了解一下楚君尧和沈冬晴的关系，便拖着沈冬晴一起离开。在路上就问出来了，原来他们是高中同学。

米荔懊悔极了，她认识楚君尧最早，却成为最无关紧要的一个人。如果时光能够倒流，那些青葱美好的时光，她一定要争取留在他身边。

楚君尧朝沈冬晴走过去，米荔也巴巴地跟了过去，站在他们旁边，完全忽略空气里的尴尬。

"以后不用给我送……"

"是呀，食堂有，外面的餐厅也有。"米荔打断楚君尧，抢着说，"你过来一趟太麻烦，何况我也会照顾他的。"

说着米荔还亲昵地拍拍楚君尧的肩，楚君尧皱眉站开一点儿，米荔的手再想落下去就拍了空，她不知死活地再站近一点儿，讪讪地笑了。

沈冬晴抿了抿唇，从口袋里拿出一个信封："这是医药费。"

楚君尧皱起眉来，满心的欢喜突然间像酒精被蒸发掉，语气变得生硬："我不需要。"

"对，楚君尧纯属见义勇为，给钱就俗了。"米荔叽叽喳喳地说，"你也不用因为内疚总是想要弥补，又没有缺胳膊少腿，不严重。"

"你收下吧！"沈冬晴着急地把信封往楚君尧手里塞，后者躲闪，推辞间信封掉落，两个人又着急去捡，头挨头撞在了一起，失神地抬眼望向对方。

米荔把信封捡起来，轻咳一声："楚君尧，既然沈冬晴很有诚意，不如你收下吧！"

楚君尧从她手里一把夺过信封，交还给沈冬晴，冷冷地说："你拿走吧。"

他转身离开时，扫了一眼她手里的便当盒，满心郁闷。他并不想表现得如此糟糕，他以为自己在沈冬晴心中会有所不同，但没有想到她所做的一切都只是因为负疚。

在去医院的路上，他不是握住了她的手吗？为什么一松开就变得如此陌生疏远呢？

他这些天的等待就像是一个笑话——她已经不是当年那个自卑怯懦的沈冬晴，所以当她打动了他的心时，自己却放下了那段感情。

五

中秋有三天假期，沈冬晴给裴雨阳打电话问有没有时间见面。

"会在横店拍戏。"裴雨阳的声音淡淡的，"看来没有办法到北京，那你呢？不用工作？"

自从上次在医院见到沈冬晴和楚君尧后，裴雨阳一直在等着她来向自己"摊牌"，他想，他得随时做好失去她的准备。这真是一种悲伤的感觉，你明明和自己最喜欢的人谈着恋爱，却时时得提醒自己要做得更好更多，因为你也许很快就会失去她了。

"不如我来看你吧。"沈冬晴柔声说，"我还从没去过拍戏现场呢。"

"那好。"

沈冬晴觉得裴雨阳并没有表现出很愉悦的样子——以前的他并不是这样。

他有着孩子气的黏人，有时候她甚至感到压力重重，但如今他这种"无所谓"的态度却让她有些惆怅。她在想，也许裴雨阳并不如从前那般喜欢自己了。

裴雨阳到火车站来接沈冬晴，人潮汹涌，他们一眼寻到对方的时候，唇边不由得绽放出笑意。他疾步上前,手指抚摸她的脸,思念的话如鲠在喉,而她扬着面孔,那双乌黑的眼睛映出他的模样,显得格外动人。

回酒店的路上裴雨阳一直紧扣着她的手,即使他的目光望向窗外,却不由得会把她的手放在唇边亲吻,这样的亲昵,让沈冬晴觉得整个人都被棉花糖覆盖了,暖暖的,又很甜。

她觉得之前那种细微的冷漠是她想多了。

"你先休息一下,我去买点儿吃的。"在酒店安顿好沈冬晴后,裴雨阳望着她说,"我很快回来。"

他出门后她才察觉他忘记带手机。

这时手机铃声响了起来,她握住手机看着屏幕上面显示着"琳琳"的名字,怔了怔。

接着一条短信过来:为什么不接电话?我想你了。

沈冬晴感觉心在一寸寸收紧,她放下手机走到窗边,抱着双臂看远处山峦黑色的影子。

片刻后裴雨阳回来,而她已经选择了不动声色。

裴雨阳翻看了下手机:"一会儿我还要看剧本,明天早上再来接你去片场。"

"你也可以在这里看剧本。"沈冬晴直视他。

裴雨阳犹豫了下,坏笑起来:"你这是留我吗?我怕我今晚就会赖在这里——"

沈冬晴面色一红,推了推他:"快走吧。"

裴雨阳没有离开,反而走近她,眼神变成了丰饶的海,抬起手,手指在触及她眉心的时候,又触电般蜷缩起来——没有人知道他此刻的心情,那种拼命克制的悸动,那种想要狠狠把她揽住的冲动。

他突然泄气般地朝门口走去。

"裴雨阳。"

她柔软的一声,让他像弹簧一样立刻转身,期盼地望着她。

他在心里默默地说:留我呀,沈冬晴,只要你留我我便什么都不在乎……

"晚安。"

"晚安。"

门缓缓合上时,他们的心里有那么多郁结的情绪在汹涌。

沈冬晴站在河边，看着前方正拍摄的一场武打戏。

裴雨阳穿着民国时期的黑色中山服，他将作为革命党在这河面上伏击敌军头目。之前裴雨阳曾跟她提过这部戏，他饰演里面一个小配角，虽然场景不多，但他最近一直都为这部戏做着准备，特别是里面有打斗场景，他还去找了武行师傅学了些招式。

沈冬晴为现在的裴雨阳感到高兴，那个混不吝的少年现在做起事来认真多了。

当看到裴雨阳被枪"击中"摔入水中时，她不由得紧张地"啊"一声。

已是微凉的秋，待在水里太久亦会生病。可是导演没有喊"停"，所有人都继续表演，枪声、爆炸声、呐喊声……船只被大火吞没，然后侧翻沉入水中。即使明知道是拍戏，但看到这样的大场面依然让人觉得惊心动魄，直到结束，沈冬晴一颗要跃出来的心才落回了原位。

演员们纷纷上岸，一些人已经冻得浑身哆嗦，嘴唇发紫……一直到河面上没有人，她都没有看到裴雨阳，心又紧缩起来。

她冲过围栏朝着现场跑去，见人就问："看到裴雨阳了吗？裴雨阳呢？"

对方莫名其妙地望着她，然后摇摇头。

工作人员开始清理凌乱的现场，沈冬晴心里有一万个不好的念头，她声嘶力竭地朝河面喊："裴雨阳！裴雨阳！"

"你是谁？快出去！"有工作人员见着她，直嚷，"这里马上要开拍下一场。"

"还有个演员没有上岸！"

沈冬晴说着就要往河里跳，被眼疾手快的工作人员给拦住。

"你不可以这样，危险！"

"让我下去救人！"沈冬晴泪流满面地哭喊，"我男朋友还在水里，快……快救救他！"

"我在这里。"

当沈冬晴泪眼婆娑地看到站在她身后浑身湿透的裴雨阳时，脑子"轰"一声炸开，她不管不顾地扑了过去——他被她的冲力撞得往后退一步，然后抬起手发狠般地揽住她。

这种快要窒息的感觉让她真实体会到他还活着——过去的那一刻她觉得自己快要崩溃了。

"喂，"工作人员无可奈何地说，"能换个地方再抱吗？这里马上要开拍了。"

沈冬晴猛然醒转过来，面孔绯红地推开裴雨阳，而后者意犹未尽地干脆打横抱起她，朝着片场外走去。

"放我下来。"她在他怀里娇羞地呢喃，那笑容似芙蓉开尽，娇俏惹眼，他的心忽然被填满了，有着说不出的喜悦和激动。

　　他知道自己幼稚极了，刚刚他故意迟迟不上岸，就是想看她的反应，看她焦急万分的样子，他便觉得她对他其实还是有感情的，也许不那么多，但有那么一点儿，也就足够。

　　他把她带到临时休息间，找了一套戏服给她换："你的衣服也湿了。"

　　她想起刚刚那个拥抱，脸越发红了。

　　"你再这样……"他坏笑着挑起她的下巴，"我要吻你了。"

　　他的眼里全是宠溺，她出人意料地踮起脚尖，用自己的唇轻轻地印上他的唇，当她想要离开时，他一把托住她的头，另一只手圈过来把她整个人揽进怀来，深深地吻了下去。

　　他闭上眼睛，感受着她的温润甘甜。周遭忽然噤了声，他仿佛坠入夏天的热空气中，整个人眩晕极了。

第四章

意外的访客

一

听到敲门声时,毕夏的心惊跳起来。

她看看时间,才清晨六点,这时的访客会是谁?

她再看了一眼熟睡中的黎允儿,她呈"大"字形,几乎占了整张床。毕夏不由得笑了,黎允儿一直没有变,她还是那个率性随意的女生。

罩了一件外套,毕夏去开门,是一个陌生的男子。

他英俊绅士地冲毕夏淡淡一笑,充满血丝的眼睛让他显出几分憔悴。

"允儿在吗,我是欧洋。"

"是你!"毕夏惊得低呼出声,不由得朝屋里望了一眼,"她还在睡……"

"我能进来等她吗?"欧洋礼貌地问,"如果妨碍到你们,我可以在外面等。"

"快请进。"毕夏闪身让他进来。

他看到玄关处没有男式拖鞋,干脆直接脱鞋踩在地板上,一边环顾四周一边说:"昨晚我大概惹她生气了。"

"是因为塞丽娜?"

欧洋一怔,反问:"她来过?"

毕夏点点头,去倒了一杯咖啡递给他:"谢谢你替我找律师。"

"允儿的事就是我的事。"欧洋把咖啡放回桌上,想了想说,"她是第一个我想要接近的女生。"

正说着,黎允儿穿着睡衣,顶着乱糟糟的头发睡眼惺忪地走到客厅,看到毕夏,松了一口气,转身准备再躺回床上,突然定睛一看惊醒过来,霍地走向欧洋:"你怎么来了?"

欧洋看她瞬息万变的表情,不由得笑了:"昨天你挂我电话。"

"哦。"黎允儿望着他,"所以是兴师问罪?"

"你竟然敢挂我的电话?"他的语气没有昨晚的凌厉,充满浓浓的委屈。

她笑着拍拍他的头。他皱眉躲开:"我又不是小狗。"

"乖,先等我一会儿。"黎允儿不慌不忙地回房间。毕夏跟欧洋示意一下,跟着她回房间。

合上门时毕夏连声说:"他真不错,是的,允儿,他真心不错。"

黎允儿白了她一眼:"才见他第一面,就被收买?"

"就因为你挂了他的电话,所以他从纽约连夜赶来……"

"有钱人的任性。"

"不感动吗?"

"我应该被感动吗?"

毕夏怔住,她心生挫败——连黎允儿都在感情里成长起来,而她却固守着和楚君尧的那些"美好时光"。原来她骨子里是一个小女生,想要的不过是男友倾心的柔情蜜意。

看到毕夏脸色异样,黎允儿问:"我是不是很坏?"

"哪里?"

"也许我并没有那么喜欢他。"

毕夏找了借口出门一趟,把房间留给黎允儿和欧洋。

欧洋走到黎允儿身边,从身后抱住她,头搁在她的肩膀上,深情地说:"我和塞丽娜之间只是她一厢情愿,她四处宣扬是我的女友,而为了避免更多的麻烦,所以我没有反驳。"

"你的默许是因为对她也有好感吧。"

"并不讨厌……但现在极度厌恶。"

欧洋想要把她耳边的发绾起来,当他刚触碰到她的发丝,她就不着痕迹地离开他的怀抱,笑着说:"她对你情深义重。"

"我不许你离开我。"他再一次抱住她,"你只能是我的。"

黎允儿的心却觉得离欧洋远了,她不能适应他的霸道,他的言行举止都让她有很大的压力,感觉很压抑。也许她不应该这么仓促地开始,不应该去招惹欧洋——他只是像姚元浩而已,但他不是他,什么都不对,谁都不对。

她觉得此刻的自己真是糟糕透了。

在欧洋的坚持下,黎允儿只能和他一同回纽约,虽然她还想要留下来多陪毕夏几天,但如果她不走,欧洋也会整日都在。

在机场分别时,黎允儿有万般的不舍,毕夏官司缠身,还有很多要处理的事,而她却一点儿忙都帮不上。

毕夏宽慰道:"放心,我会照顾好自己……再说我还要去爱玛奶奶家工作。"

毕夏从机场返回就去了爱玛奶奶家,之前只向她告假,并没有说明具体原因,倒是爱玛奶奶一直追问她是不是惹了麻烦事。

见到爱玛奶奶,她拉着毕夏的手直呼:"孩子,怎么才几天你就瘦成这样?"

"在赶论文,比较忙。"

她撒了一个谎。

爱玛奶奶放下心来:"一个人在国外真是受苦了。"

奶奶的话让毕夏心情酸楚,她想念母亲,想念故土,想念那些熟悉的街道和风景。这里的一切都让她疲惫不堪,学业、生活、工作……她多想把这一切都告诉母亲,但是每每通电话,她却风轻云淡地聊着别的事,关于最真实的现状,只字未提。她在最亲近的人面前总是故作坚强。

那天她跟爱玛奶奶聊起了她的家、她的父母、她的奶奶。从前种种,再回想起来,她依然忍不住痛哭起来。这是她在国外第一次肆意地哭泣,那么多眼泪,那么多委屈,那么多害怕,压抑的情绪像火山,把她吞没了。

情绪释放以后,她困乏地睡着了,醒来时身上盖着毯子,炉火在燃烧,爱玛奶奶戴着老花镜坐在躺椅上看照片,室内一派祥和宁静。

她的心被这一刻深深地温暖了。

二

毕夏从爱玛奶奶家回公寓时,在门口竟然看到了简宇成,这些天他也不好过,眼睛布满血丝,下颌全是胡楂,穿着皱皱巴巴的衣服,整个人透着萎靡的气息。

毕夏冷着脸径直越过他身边。

"毕夏。"他跟在她身后,在喉咙深处发出小而含混的声响,"对不起!"

毕夏没有停下脚步,拿钥匙开门,当她准备关门时,简宇成却伸进来一只脚挡住了门。

"你要干什么?"毕夏怒斥道,"请你离开!"

简宇成"扑通"一声跪下了,他泪流满面地抓住毕夏的手,后者厌烦地甩开。

"我知道我很卑鄙,可是我没有办法!"简宇成颤声说,"当时我害怕极了……那个人就那样撞上来,全都是血!我从来没有见过那么多血!我好怕,真的,我怕极了,我竟然杀人了!"

"他是倒霉,那我不倒霉吗?我以为一切麻烦都过去了,但原来还有更大的麻烦等着我!"

"我不能出事的!要是我父母知道,这会要了他们的命!"

"毕夏,我错了!我大错特错!再帮我一次好不好?我知道警察会查出真相,但如果你能够认罪,他们就不会去调查了!"

毕夏对他所说的话已经不觉诧异,他真的是那种会为了自己而不择手段的人。

"你的律师很厉害!我打听过了,威廉是纽约的最著名律师事务所的合伙人!

"我只是一个穷学生,而你不是!有那么多人帮你,他们一定会让你逃避处罚的,但换作是我就不行了!

"上一次你帮我渡过难关,这一次你也可以帮我的,对不对?毕夏,我给你磕头,求你了!"

毕夏忍无可忍,推开他,一把把门关上。

而简宇成还在不断地敲门:"毕夏,帮帮我吧!你想让我怎样都可以!"

毕夏捂住耳朵不想再听,她觉得简宇成已经疯了。

那个夜晚她半梦半醒,每次从噩梦中醒来,胆战心惊地走到门口,从门洞往外看时,都能看到简宇成像个游魂一样坐在她家门口,他目光呆滞,喃喃自语。

毕夏吓得惊退三步,拿起手机准备报警,终是于心不忍。

等她再次醒来时,发现自己头晕目眩,浑身滚烫,艰难地拿过体温计一测,烧到39度。

她起身想给自己倒一杯水,扶着家具往厨房走,短短的距离却觉得随时都会晕倒过去,想要找些药来吃,可药盒里却没有退烧药。

听到敲门声,她紧张得整个人紧绷起来,连呼吸都不由得屏住。

敲门声再次响起,她咬了咬唇,走到门口背对着门喊:"简宇成,你快走!如果你还在这里,我就报警!"

"是我。"

听到这个沉稳落拓的声音,毕夏顿住,觉得是自己出现了幻听。

"毕夏,我是陆怀箫。"

这一次毕夏确认了,她快速拉开门闩打开门,在见到他的那一刻,泪水夺眶而出。

面前的人真真切切是陆怀箫,他穿着米色风衣,黑色长裤,显得温文尔雅,气宇轩昂。

陆怀箫凝望着毕夏,数月未见,她越发清瘦,一双乌黑的眼睛似秋凉里两汪湖水般哀伤,他的心怜惜不已。

毕夏朝他的身后看去,简宇成已经不在了,她长长地吁一口气,终于放松下来。

"发生了什么……"陆怀箫的问题还未问完,就见着毕夏身体软软地朝地下滑,他及时扶住她,触碰到她滚烫的皮肤,心里低呼一声。

她出国前打来那通电话后他们就没有再联系过。虽然真凶落网,她对他已无误会,但他们之间却越发疏离。有时候,他觉得他连她的朋友都不算,只能隔岸观望着她的人生。

她去加州了。

他没能为她送别,然而他对"加州"这个词突然变得异常敏感,每每听到,心都会被重重地敲打一下。那个女孩，改变了他的一生，而他，能做的就是默默守护。

当导师说要去洛杉矶开一个行业峰会时，他的一颗心几乎要蹿出胸膛，他对导师说："能在随行名单里加上我吗？"导师笑着回答说，本来就打算让他陪同，因为他是自己最得意的弟子。

"可是你一向并不争取这些。"导师问。

"因为她在。"

一句话就让导师明了。他早知道陆怀箫和毕夏的故事，对于他求而不得的感情甚是遗憾。

陆怀箫来到洛杉矶，等到常规会议结束后，导师许他自由安排一个星期的时间。他从毕夏母亲那里问来她的地址，一路寻到了斯坦福市。

他的心情激动紧张，急切忐忑，他一直觉得他能够把对毕夏的感情克制得很好，甚至能一直克制下去，但是在见到她的这一刻，他很想紧紧地抱住她。

陆怀箫去附近药店买来退烧药，让毕夏服下，一直用湿毛巾给她擦拭额头。

她昏昏沉沉，含糊呓语，不时在噩梦中蹙起眉头，陆怀箫一直伏在她身边轻声地安慰。

后来他轻声唱起了一首自己喜欢的歌，终于看到她的眉头舒展开：

Talk to me softly,

There's something in your eyes;

Don't hang your head in sorrow,

And please don't cry;

I know how you feel inside,

I've been there before;

Something is changing inside you baby,

And don't you know?

Don't cry tonight,

I still love you baby.

（温柔地向我倾诉吧，爱人，我已读出你眼中的异样；让我拭去你脸旁的泪水，亲爱的，别沉浸于哀伤；我理解你现在的感受，这一切我也曾经历；你的内心已经变化，难道你没有觉察？今夜别哭，我依旧爱你。）

毕夏醒来时，是华灯初上的傍晚。

她对上陆怀箫关切的目光，片刻的时间，他们谁都没有说话，只是静静凝视，她终于确信，她已经从噩梦中醒来。

她动动身体，感觉浑身酸痛，就好像有什么将她周身捆得紧紧的。

也许是那些过往吧，它们就像皮带上尖尖的铜扣，将她的人生束缚起来。

"烧已经退了。"陆怀箫扶着她坐起来，拿枕头垫在她背后，让她半倚在床上，"再遇到这种情况要打急救电话，如果一个人在家里晕倒，会非常危险。"

"你怎么会在这里？"毕夏气若游丝地问。

"我随导师过来。"

毕夏微微点点，苦涩地笑："有朋自远方来，不亦乐乎，可我却不能好生招待你。"

"我们之间无须客套。"

毕夏沉默一会儿："见到你，真好。"

陆怀箫抬起手来想要摩挲她的发丝，手在半空中垂落，转而拿起旁边的粥："冰箱里食物不多，我熬了些粥，刚刚凉。"

他舀起一勺想要喂她，被她接过去："我自己来……谢谢。"

"你还没有告诉我发生了什么。简宇成……他是谁？"

毕夏一边喝粥一边把到美国之后的经历告诉他，她的语气平缓简洁，却听得他胆寒不已。她到美国这些日子，不仅遇到抢劫还被官司缠身，别说她亲身经历，就算知道她亲眼目睹车祸现场，都叫他心疼不已。她得多害怕呀——

"我会想办法……"

"有律师在全权处理。"毕夏说，"不必为我费心，如果有多余的时间可以在这边观光旅游。"

"我会在这里停留一周。"

她避开他深邃的目光，沉默一会儿，说："如果你愿意，这些天我会尽量尽地主之谊。"

毕夏原本想带陆怀箫去纳帕谷或者好莱坞游玩，但他拒绝了，他说她身体不适，就留在家里休息好了。

"可是你第一次到美国，不四处游玩一下，多遗憾。"

"以后我会常来。"他自信满满地望着她。

"我相信！"她望向他，陆怀箫已经今非昔比。他不再是那个贫穷阴郁的少年，他已经羽翼丰满，即将展翅高飞。

"这一切都是因为你。"如果没有毕夏的善念，他将无法重返校园，若那样，他能看到自己将走上另外一条截然不同的道路——为生计奔波的工厂小工。

遇到毕夏，是他一生里最幸运的事，他铭记在心。

三

中秋假期结束后，沈冬晴回到北京，她始终没有告诉裴雨阳她看到的那条短信，她害怕去问，甚至想，只要不说，他们之间就不会有所改变。

她没有想到会接到"琳琳"的电话，她说她叫"文琳琳"的时候，她怔了下，反问："是谁？"

"我喜欢裴雨阳，你把他让给我吧。"

"喜欢他的人很多，重要的是他喜欢你吗？"沈冬晴冷冷地问。

"如果没有你的存在，我相信他会喜欢上我。"

"所以现在只是你一厢情愿？"

沈冬晴莫名地松了口气，原来这些日子她竟然一直在介怀这个问题。

"你们多不现实。"文琳琳挑衅道，"一个在北京，一个在上海，他那么帅气，你不守着他，他分分钟就会被人抢走。"

"我有把握谈一场有距离的恋爱。"沈冬晴语气更淡了，"倒是你，打这样的电话有何意义？"

"那你喜欢他吗？"文琳琳咄咄逼人，"如果不喜欢他就不要耽误他。"

"这是我和他之间的事，不足以告诉外人。"

说完沈冬晴便挂了电话，她感觉紧绷的太阳穴跳动着，带着一阵钝钝的痛意，她伸出手来，轻轻地揉。

她在之前刚接到父亲的电话，说家里养殖的珠蚌不知何故全部死亡。父亲在电话里急得泣不成声，说已经养了一年，现在颗粒无收，所有前期的努力都付诸东流。

因为母亲身体不适，父亲已经不能出海捕鱼，去年听说养殖珠蚌很有利润，便借了一笔钱，租了一处池塘开始养珠蚌。

起初沈冬晴也劝说过父亲，培育珍珠是需要一定专业水准和养殖经验的，他只是根据别人的经验养殖怕是不妥，不如先去学习一下，有了实际经验再自行投入。但父亲觉得这是一件很简单的事，兴冲冲地购买了蚌回来，只一年未到，珍珠还没长大，蚌全死了。

债主知道后怕他还不起钱，纷纷上门催债，他迫于无奈，只好给女儿打电话，看她能不能借到一些钱先给家里应急。

沈冬晴为难极了，她上大学除了兼顾学习，还一直在努力打工，发表照片得到的稿费，她攒起来还给了裴雨阳的母亲——第一年的学费是她帮忙支付的。

她思忖着是否能向邵伶伶开口借一些钱，在她的朋友圈里，邵伶伶的家境不错。

在沈冬晴为家里的事心烦意乱时，她不知道其实"文琳琳"的电话是裴雨阳让她打来试探沈冬晴的，他一直不知他在她心里的位置，只好出此下策。

文琳琳开了免提，所以沈冬晴所说的一席话全落入裴雨阳耳里。

"你真是无聊。"文琳琳白了裴雨阳一眼，"要是被你女友知道，看她怎么收拾你！"

裴雨阳讪讪地："可她从来没有说过喜欢我……"

文琳琳哑然失笑："本以为你是甩一甩衣袖不在意任何感情的浪子，没想到却这样专情。"

"只能说你没有慧眼。"

"她很美？"

"也不算有多美。"

"个性十足？"

"性格倒是有些内向。"

"身材很棒？"

"真庸俗！"

"那你喜欢她什么……"

"不知道，总觉得她很好，什么都好。"

当文琳琳看过沈冬晴的照片后，撇撇嘴："别说戏剧学院了，就咱们系最普通的女孩都能秒杀她……你就是眼拙。"

"滚！"裴雨阳愤懑一声，真生气了。

他不许任何人对她有不好的评价。

他等着沈冬晴来质问"文琳琳"的事，可是她依然对此缄默不提，他的内心被不安、紧张、忐忑、不确定填满。是"文琳琳"没有激起她的嫉妒，还是她原本就不紧张不在意他？又或者她期盼着他能主动提出分手……

他快要被自己给逼疯了。

裴雨阳给沈冬晴打电话时，她手机未接，他只好给她宿舍打了电话，是薛珊接的。

"她去香山公园了。"

"香山在哪儿？"裴雨阳一怔，几乎要脱口而出：和谁？

"离学校比较远。"薛珊也着急出门，匆忙地挂掉电话。

她不知裴雨阳的心情已经晦暗到极点。

他知道沈冬晴周末有兼职，但她放下工作去公园，不是和朋友薛珊一起，那就是楚君尧了。

他不知道，这是沈冬晴的新工作。

有天薛珊指着一个网站，笑说现在竟然还有"跑腿网站"，就是替人排队去买一些难买的东西……也就是花钱节省时间。沈冬晴凑过去一看，觉得薪水不错，而且对工作时间没有限制，应聘后可以就近选择工作地点。

沈冬晴入职后会在课余的时间选择帮人排队买早餐买演唱会门票或者抢购一些难买的东西，今天她接的工作是去香山公园找一处最适合野餐的地方。这是香山枫叶最美的季节，每日游客如织，要选最佳观赏点那就得起一大早，因为客户支付的薪金不错，虽然路程很远，她还是接了单子。

天还未亮，沈冬晴就坐地铁转公交，朝香山出发了，这也是她第一次来香山，抬眼望去，天空如明镜般清澈，远山处是一簇簇火红镶嵌在绿色的叶脉中，令人心旷神怡。她拿出相机拍了几张，心里不由得想，下次裴雨阳来北京，也要带他来这里。

她循着台阶一路朝山顶走去，即使沿途景色再美，她也没有再做停留，她必须赶在大批游客到来之前到达山顶，然后选择可以野餐的位置。

等她抵达香炉峰的时候，用时还不到一个小时，选好满意的位置，她拿出手机来，发现裴雨阳打过电话，她即刻回拨过去。

"刚刚没有听到。"沈冬晴的声音有些气喘。

"你在跑步？"

"没有，只是有点儿忙。"

"在哪里？"

"超市，我今天有工作，你忘了？"

裴雨阳短暂地沉默，他觉得快要不认识沈冬晴了，为什么撒起谎来一点儿都不紧张？那种自然而然的语气让他几乎要相信——可是他亲眼见过她和楚君尧在一起。

"说话呀，裴雨阳？"她并不打算对他解释她的新工作，她怕他反对，怕他追问为什么要这么着急地赚钱。她不想把家里的事告诉他，按照他的性子怎会袖手旁观？势必又得去找裴叔叔和周阿姨。

"工作时间不是不能接电话吗？"

"我正好走到一边。"

裴雨阳很想要质问一句:你现在是和楚君尧在一起吧?

他心里已经被狂风骤雨袭击,却无法打破他们表面的平和,他不忍看着她狼狈解释,更害怕听到她决绝的话语。

至少她还愿意骗他。

悻悻地挂了电话,裴雨阳抬脚朝身旁椅子踹过去,"咚"的一声响,却像有无数的石子劈头盖脸地砸向他,让他又疼又蒙,避之不及。

沈冬晴不知道这个误会对裴雨阳有怎样的冲击,那些日子他心情极度恶劣,最难受的时候他就去球场打球,挥汗如雨中那种快要爆炸的感觉会得到一些宣泄。

他没有再主动和沈冬晴联系,而她因为忙碌也没有跟他联系,等夜深人静时,她突然察觉那么腻歪的裴雨阳竟然很久没有打过电话,再想一想"文琳琳"的电话,心里也寒了起来,他身处在那样一个环境,难免会变。

也许文琳琳说得对,一场远距离的恋爱并不适合他们。

她性格里的那种"不争不抢"让她也对这段感情消极起来,心里也是痛的,有种裂纹丛生的感觉,却默默地隐忍下来。

四

开庭前,律师已经跟毕夏沟通过,一定会胜诉。

因为他找到了最关键的证人——那辆超车的吉普车上当时的所有人都可以证明开车的人是简宇成。

"那简宇成会怎样?"毕夏并没有如释重负,她想到简宇成跪在她面前的情景,虽然他很可恨但他也很可怜。

"应该会判两年以上。"律师说,"那个人是个吸毒者,当时毒瘾发作才会闯上马路,但因为简宇成的车速超过规定车速,所以他依然要负担30%的责任。"

毕夏怔住,她没有想到被撞死的那个男人会是个瘾君子。

"如果他不撒谎,就只是交通肇事罪。但依他目前的行为,检方将以'过失杀人'罪起诉他,据我了解,他家境并不好,所以无法积极支付赔偿金,法官会加重他的刑期。"

"如果是我主动替他顶罪,他是否——"

"那你也会因为妨碍司法受到处罚。"

毕夏沉默下来。

"这个交通事故案情简单，有人证证明是简宇成开车，也有方向盘上他的指纹，所以你不必担心，你一定会被当庭释放。"

"能帮帮简宇成吗？"

律师思忖一下："我尽力。"

开庭当日，她和简宇成在法庭上再一次碰面，这一次他没有再坚持是毕夏驾车。

他承认是他驾驶车辆，由于超速撞死了路人，事后他并无逃逸，并且主动拨打了911电话。

律师呈交了很多证据，包括吉普车上的人的挑衅行为，还有被害者当时的身体状况。律师甚至找到了在那个路段因为没有路灯没有交通提醒，所以在过去十年里发生了三次这样的车祸的证据，把责任推到了加州交通部的失职。

毕夏已经知道她会无事，但看着律师义正词严、据理力争的表现，她依然被震撼了。成为一名优秀的律师，是她一直以来的梦想。

庭审最后的结果，简宇成不用承担刑事责任，只用承担民事赔偿金，除了保险公司和交通部门的赔偿，简宇成连民事赔偿部分也占很小的比例。

当庭审结束，黎允儿冲过去给了年过半百的律师一个大大的熊抱："太帅了！威廉，您比我看过的所有电视里的律师还要出色！"

律师看着这个率真的女孩笑了，难怪欧先生如此上心，这个女孩率真简单，很可爱，但他没有告诉黎允儿，她这样的性格不会适合欧先生的家族。

简宇成走向毕夏，他满脸的羞愧："威廉律师告诉我了，是你拜托他替我辩护。"

毕夏冷漠地望着他："你我以后不必再见了。"

"对不起——"他嗫嚅嘴唇，欲言又止。默默在心里补充一句：我是没资格再喜欢你了。

那是毕夏最后一次见到简宇成，这个人带给她在美国难堪的记忆，她不愿意再和他有任何的瓜葛。

毕夏原本以为这件事就过去了，没有想到学院以她有交通事故的不良记录为由，取消了她交换生的名额。

走出校园时，毕夏感觉一场无形的暴风雨从天而降，把她的生活兜底翻起，而她所有坚持下去的意志如同树叶一般被刮走，整颗心都坠入了深渊。

她一直清高自傲，但是在高考时她为了稳妥选择了保送，也许从那时起她的锐气和傲气就再不如从前。

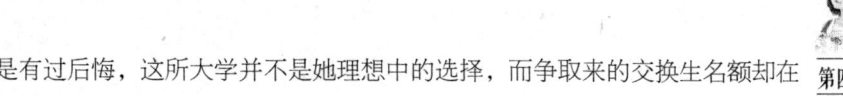

其实也是有过后悔,这所大学并不是她理想中的选择,而争取来的交换生名额却在短短数月内就被取消资格,这样灰溜溜地回国,她将成为校园里的一个笑话。

她觉得自己的人生失败透了。

当黎允儿听说此事时气恼不已:"他们凭什么这么做?法官都判你无罪!"

毕夏告诉母亲,她责备道:"你去那里应该安心念书,跟男生约会出这种事,影响太不好……"

她默默地听着,没有澄清也没有反驳。她和母亲之间的沟壑越来越大,她甚至不去问为什么就给女儿定了罪——她为什么不问问这些日子她是怎么熬过来的?

想必母亲对她也是失望的。

毕夏去爱玛奶奶家辞职,遇见她,是毕夏在加州仅有的温暖了。

五

二楼的包厢正对舞台,演员们的表演一目了然。

整个大剧院都响彻着表演者高亢的歌声,他们飞奔跳跃旋转,舞台的场景也随之不断变化,场面恢宏热烈,空气中流淌着肃穆庄严。

即使听说百老汇的演出门票一直很热,但来到纽约一年多,黎允儿却从未想过要到这里来听一场歌剧。她不好这个,更觉得正襟危坐是种折磨,听了一会儿就已经腰酸背疼,心里嘀咕着到底还有多久才能结束。

她后悔不该答应欧洋来听歌剧,可欧洋说他已经准备好了票,所以她只能迁就。《39级台阶》这个名字光听着就很枯燥,只是看到欧洋认真专注的模样,自己也只能安静地端坐,生怕会打扰了他。

又坚持了一会儿,黎允儿已觉得昏昏欲睡,干脆悄然离席,怕自己待会儿真的睡着。

走到大厅,黎允儿整个人就舒展起来,生龙活虎地伸了个懒腰,扭扭腰动动脖,然后对上了塞丽娜不屑的目光。

黎允儿转过面孔,想要忽视她。

塞丽娜穿着一件宝蓝色的小礼服,不规则的裙摆设计,一字领露出白皙的锁骨,修长的脖子上带着小巧的蓝宝石项链,显得身材妖娆婀娜,气质优雅高贵,斜垂在一边的海藻般的卷发,就连黎允儿都觉得她比明星还要动人。

再看看自己的套头衫、牛仔裤,简直跟她不在一个频道。

就连黎允儿自己也会觉得奇怪,这样的女生在欧洋的身边,他怎么就不动心呢?

"喂。"

黎允儿假装没有听见，手抄进裤兜，低着头就走。

"我知道你不修边幅，但没想到你会这么邋遢。"塞丽娜挡住她的去路，挑剔地说，"你难道就不能为了欧洋稍微整理一下？让别人见着，只会给他丢脸。"

"时时刻刻都要扮女神，不累吗？"黎允儿反唇相讥。

"你知道欧洋是什么人吗？"

黎允儿等着她自己给出答案。

"他的父亲是欧世桦。"

看着黎允儿一头雾水的样子，塞丽娜无奈地说："金融巨头，美国参议院议员……华人界里谁人不知，谁人不识？"

"啊？我不看新闻。"

塞丽娜觉得黎允儿说不知道就是撒谎，怎么可能？欧世桦早年就来到美国，从华尔街起家，还曾做过总统的财务顾问，新闻里铺天盖地都是关于他的报道，风光无限。而欧洋是他的独生子，但欧洋并不热衷于政治，反而喜欢一些学术研究，他的低调更令她倾心。

"你觉得你配得上他吗？"

黎允儿撇撇了嘴。

"他的家族不会接纳你的——灰姑娘的故事只是童话，我想就连欧洋自己都知道你们不可能，你要看清现实，他就是和你玩玩！"

"说够了吗？"黎允儿怒了，"你怎么知道我不是玩玩？"

塞丽娜难以置信地望着她："你是说你跟欧洋只是玩玩？"

"不可以吗？"

"欧洋——"塞丽娜望向黎允儿身后，得逞地笑了笑，朝欧洋迎上去，"你听到她说的了吗？这个女生真是狂妄自大，你……"

"你闭嘴！"欧洋脸色一冷，拽住黎允儿的手转身就走。

黎允儿自知理亏，默默跟在他身后，一直走到转角僻静处，欧洋一把把她带过来，不轻不重地摔在墙壁上，两手一伸，将她围困在墙角，愤懑地说道："说清楚！"

黎允儿贴墙站立，此刻欧洋脸色铁青，她怕稍有差池他就会动粗。

"我只是不想在气势上输给她。"黎允儿讪讪地回答。

"所以，不是跟我玩玩？"

"那始乱终弃呢？"

黎允儿心里骂了塞丽娜一句，原来她转头就把这句话说与欧洋听了。

"这个倒是有可能……"

话音还没有落下,欧洋已经粗鲁地捏着她的下巴吻了过去,黎允儿一惊,整个人呆在那里,甚至忘记闭上眼睛。她看着欧洋投入的神情,心里没有悸动,没有慌乱,反而清晰地想要抗拒。

黎允儿心情复杂地躲进卫生间,刚刚的一幕更坚定了她的想法——原来她对欧洋只有好感,再无更深的感情。

塞丽娜出现在镜中,她站在黎允儿身后说:"你不会得逞的。"

黎允儿给她一个"你还没消失"的表情。

"你知道欧洋的母亲是怎样的人吗?是她安排我在欧洋的身边,不惜让我扮演他的女友,就是为了让我替她赶走那些不知道从哪里冒出来的贫穷女生。

"没有人能忤逆她,她可以掌控一切,就算是欧洋的父亲也不能阻止。"

黎允儿望着镜中的她问:"那你为什么任由她摆布?"

"你难道看不出来吗?"塞丽娜惨淡地说,"我爱他。"

"做别人手里的傀儡有什么意义?离开他,你会发现还有别人值得你爱。"

塞丽娜怔怔地望着她,好一会儿才说:"也许欧洋会喜欢你,就因为你这种不稀罕他的态度。

"一直以来都是女生千方百计想要靠近他,所以当他遇到一个不紧张他的女生,才激起了他的占有欲。

"当然,他很快就会腻的,这个游戏会结束,他会回到他的生活,而你伤痕累累。"

黎允儿有些同情她,一个处处迎合别人的女生,一个为爱卑微如尘的女生,一个为了留在他身边而甘做棋子的女生——欧洋却永远不会珍惜。

只是看一场歌剧而已,今天晚上太过热闹。

黎允儿不仅被塞丽娜撞上,还遇到了传说中欧洋的母亲。

欧洋牵着黎允儿的手出现在餐厅时,看到其中的一桌,身体顿了顿,显然那桌的女士也看到了他,浅笑着抬手示意。

"妈——"

黎允儿下意识地想要松开他的手,没想到后者抓得更牢。

她硬着头皮坐下。

欧洋的母亲典雅端庄，雍容华贵，带着一种不怒自威的气场，和黎允儿淡淡颔首。

黎允儿能感到欧洋母亲的朋友们审视的目光，她面带微笑，认真对付餐盘里的食物——一桌人视她为空气，她也乐得轻松，反正肚子已经饿了。

欧洋见她喜欢吃面前那道"松露"，体贴地将自己面前那份端给她，对她亲昵耳语："不用紧张，你早晚得与我母亲照面。"

黎允儿心里有些愧疚，刚才的食欲渐渐失去。

有服务生推来冰桶，告知红酒已经醒好。

黎允儿也是见过大场面的人，但一餐饭吃得这么烦琐讲究已觉得辛苦，只是碍于欧洋，所以没有先行告辞。

欧洋的母亲点头示意可以开启红酒，服务生依次倒酒，轮到黎允儿时不慎手一滑，在旁人的低呼里倒了一点儿在她的头发上。

"你怎么搞的？"欧洋动怒地拉开椅子，准备带黎允儿离开。

"对不起——"服务生也吓住了，手忙脚乱拿纸巾替她擦拭，不料手碰到她的助听器，助听器在众目睽睽中落在地上。

黎允儿心里冷笑一声，看着这拙劣的一幕，接过服务生递来的助听器，从容地戴上。

"你听不见？"欧洋母亲的朋友明显震惊了，也许他们都没有想到，欧洋的女友不仅是一个普通的女生，还是一个有残疾的女生。

"对，两年前一场意外。"黎允儿站起身，从容不迫地说，"抱歉，我想我应该走了。"

"欧洋！"

当欧洋想要追上去时，他母亲漫不经心地喊了一声，他迟疑着缓缓坐下。

黎允儿知道闹剧结束了。

她根本不屑于参与什么豪门之争，她认识欧洋时对他一无所知，她甚至一度以为他只是普通的留学生，却不知他背景如此复杂。

她承认自己对他有过动心，但她只是一个简单的女生，不想再去经历艰难的感情。

那个晚上，她把QQ上和欧洋的合影头像换回了自己的头像。

没想到，何晨宇很快跳出来：

"失恋了？"

"借你吉言。"

"恭喜你弃暗投明。"

"这个时候幸灾乐祸太不仗义！"

"可我掩饰不了我愉悦的心情。"

"一边儿去。"

跟何晨宇插科打诨，黎允儿的心情好了一些。她想起年少的时光，想起他们几个人坐在餐馆里拿着菜单抢着点餐，想起放学时一路的打打闹闹，想起自己为姚元浩做的那些疯狂的小事……那些青葱的时光，越想越怀念。

但，也只能怀念了。

 第五章

我想见见你

Qingning Shidai IV

毕夏一页一页地翻看账目，抿着的嘴唇透着森严，眼神里的凉意越来越浓。

今天毕夏去公司找母亲，听到母亲和员工对话，说有笔款子一直没有结，对方催了多次。

"我之前不是已经签字？"

"沈总……虽然您签字了，但财务那里一直不放款，说账上没有钱，需要等回款。"

"这又不是大数额，怎么会没钱？"

母亲去财务那里一问，账上果然没有多少钱，毕夏心里一惊，要过财务的账目表查阅，才发现最近三个月公司账面上大笔款项全部由付叔叔签字被划到多家公司。

毕夏心里有不好的预感，指着其中一页问母亲："这是个汽车维修厂，怎么会有业务往来？"

母亲不以为然："你付叔叔希望我们公司多元化发展，所以在谈一些别的项目，这些项目都是我觉得可行的。"

"妈！"毕夏扬高声线，"您有具体去考察、去了解了吗？这些项目前景如何，利润怎样？隔行如隔山，我们专注做好服装就行了，为什么要去参与别的事？"

"你懂什么？"母亲脸色不悦，"公司的事由我说了算，你管好你自己！"

"我不能看着您把爸爸的公司毁了！"

"我自有分寸！"

毕夏冷笑一声："您知道付文博在做什么吗？他这是在转移资产！"

母亲色厉内荏："毕夏，你现在是越来越不像话了！他是你叔叔，怎么能这么说？连起码的礼貌都没有了，你实在过分！"

"为什么连我都看得清的事，您却看不明白呢？他目的不单纯！"

"你付叔叔是为公司好，这些日子为了找项目谈合作，他付出很多努力！"

毕夏像不认识母亲般地摇摇头："您现在对他言听计从，完全被蒙蔽心智！"

"公司的事、我的事都不用你管，你只要回学校好生念书，不要再出状况……"母亲痛心疾首，"你父亲在时你乖巧懂事，可是现在你不仅惹上官司，还处处跟我作对，你怎么变成这样了？若是你爸知道——"

"若是爸爸知道你如此糊涂，他不会原谅你毁掉公司！"

"啪"的一声，沈梓瑜愤然扇了女儿一个耳光，厉声道："怎么跟妈妈说话的？我所做的一切都是为了公司好！"

毕夏沉默如磐石，心如齑粉——她和母亲之间再也回不到往昔的亲密无间了。

"怎么又吵起来了？"付文博"适时"地出现，安抚地拍拍沈梓瑜的肩，"毕竟我跟毕夏相处不多，她不了解我的为人也是在所难免，日久见人心，她会明白我的苦心。"

毕夏看着他上演的戏码，心里愤懑憋屈，她从骨子里厌恶面前这个男人。

毕夏在家里待了三天就回北京了，从美国做交换生回来后，她身心疲惫，原本想要待在家里缓一缓，可是她和母亲竟然相对无语，那种尴尬会让她更加心累。

当她说要走的时候，母亲并无挽留，她淡淡地说："回学校好好上学，别再让我担心。"

她拖着行李离开，母亲自始至终没有从房间里出来，毕夏朝门口看了一眼，感觉人已经被掏空，想哭却哭不出来。

回学校时原先的宿舍已经住了别人，以前的室友罗琪琪替毕夏另找了一间有空位的宿舍，她住了一个星期就搬了出去，在学校附近租了个小公寓。

有一天，当她昏沉地醒来，赫然发现上课时间已过时，内心竟然一点儿也不慌乱。她对现在的这种状况，或者现在的自己已经心灰意懒，就好像跌进了泥坑之中，知道自己没有力气爬出去。索性就那样自暴自弃了。

二

楚君尧已经是第三次帮李大爷和他的子女调解了，自从上次他找楚君尧咨询过后，就认准了他，然后要求他去和子女"谈判"，说他"口才好，一定能据理力争"。

今天，李大爷又来法援社了，社员们都同情地望着楚君尧，觉得他遇到了一个难缠的人。

"我昨天想了一宿。"李大爷拉着楚君尧的手，"他们每人每个月才给五百块的赡养费我不同意，我一个月医药费都一千，若是再住院那根本就不够。"

"李大爷，您不是有退休金吗？"

"那个钱在我老伴那儿，她攥得死死的……"

楚君尧也很无奈，李大爷的三个孩子条件并不好，他跟他们协商过几次，他们才同意一个月支付五百块的赡养费，如果李大爷不同意，那调解很难达成一致。

"那我再跟他们谈谈。"

"得要他们同意！哪有儿女不养老子的？"李大爷语气生硬，"他们这就是不孝，会遭雷劈！"

"楚君尧，是不是有句话叫父慈子孝？"

米荔的声音插进来，惹得李大爷重重"哼"了一声。

"要我说见好就收吧！"米荔毫不示弱，"都已经同意给你了，还想要更多是不是太贪心？"

"你个丫头片子会不会说话？"李大爷气得顿顿拐杖，几乎咆哮，"没素质没教养！"

米荔不怒反笑："那也比为老不尊的好！"

"你你你——"李大爷气得说不出话来。

"你最好不要再给楚君尧添麻烦！为了你的事他已经浪费了很多时间！而你如果闲得慌就去跟自己的孩子修补一下感情，好好享受你的天伦之乐！"

"轮不到你来教训我！"

"米荔，别说了！"楚君尧皱眉，又对李大爷说，"一会儿我就去跟他们协商。"

李大爷应一声，朝着米荔狠狠瞪一眼，后者没事人一样冲他做个鬼脸。

等李大爷终于离开，楚君尧对米荔说："对当事人不能带情绪——"

"他又不是我的当事人，何况我就是看不惯他！"

楚君尧无可奈何，米荔的性子太直了。

"一会儿陪我去富丽郡小区吧。"米荔笑着恳求，"我怕我一个人去会有生命危险。"

"至于吗？"

"当然！"

米荔参与的这个案子楚君尧是知道的，楼上楼下的住户因为漏水问题一直争吵不断，楼下住户是米荔的委托人，户主希望能得到赔偿，但就算物业上门协调，对方就是不肯认错，硬说是房屋设计得不合理导致漏水，她不承担任何的责任。

原本是邻居，却闹得水火不容，楼下的户主看到他们"法援社"的宣传，就找上门来。

米荔原本觉得是小事，可是一接触就发现楼上的"刘阿姨"太彪悍了，她拿着铲子站在门口，说起话来就像自带扩音器，把米荔直震得往后退。

今天，她想要楚君尧陪着她一起。

"我一会儿还要去替李大爷协商……"

"我有空！"鲁远跳了出来，"米荔，我可是法学系的科班出身，楚君尧他只算是外援。"

米荔瞪他一眼："我好不容易逮着机会，你就别捣乱了——"

鲁远笑了："就算你制造再多机会，某个人也是不为所动的。"

米荔保持着语出惊人的一贯作风："三十六计我只会死缠烂打，万一某人就吃这一招呢？"

哄笑声里，米荔脸不红心不跳，继续说："既然我和楚君尧这么有缘分，就应该碰撞出更多的火花，不然太浪费了。"

"轰"的一声，整个教室都快笑炸了。

所有人都觉得，米荔也就是说说而已，任谁被楚君尧一而再、再而三地拒绝，都会死心放弃，可她竟然就像奥特曼打怪兽，坚定执着地向楚君尧靠近。

米荔扎着辫子，露出光洁的额头和一双带着光的大眼睛，她朝楚君尧弯弯身子，向着一辆单车，对他比了一个请的姿势，后者莫名其妙地看着她。

"我不会骑。"

"然后呢？"

"所以只能你载着我。"

楚君尧哭笑不得："你又不会骑，找辆单车干什么？"

"觉得浪漫。"

米荔得逞地跳到单车的后座上，她晃荡着双脚扬起面孔，呼吸着倾泻而下的洁白日光，满心的雀跃欢喜。

她知道，在楚君尧的感情里，她一点儿优势都没有，就算再刻苦努力，也不一定能拿到一个满意的分数，但她觉得每个人至少都该为爱疯狂一次。

楚君尧并不讨厌米荔，甚至有时她闹些啼笑皆非的笑话，他也会觉得很可爱。

有一天他回宿舍看到她和何遇他们在玩牌，她脑门上扎了个小辫子，捏着花里胡哨的小纸片，咋咋呼呼地跳来跳去，那一刻他要努力憋着才能不笑；还有次在图书馆时，她抱着书本低眉顺眼地跟他身边的人换座位，对方倔着不肯，她最后提着别人的衣领拖对方走时，他忍不住笑了；中秋节的时候，她鸡血上头，蹦跶着说要学猴子捞月，可她挂到树上下不来，惹得大家笑岔了气……他其实知道她嘻嘻哈哈，只为博他一笑。

"火枪手"曾经问他：

火枪手：难道就不能因为感动而生出感情？那么可爱的女生，不过是给一场恋爱。

西楚霸王：我做不到。

火枪手：也不是每一个人一生都只爱一个人，只有一段感情。

西楚霸王：至少当我开始的时候，不会想有结束的一天。

火枪手：也许在你遇到最后那个人时，之前的所有人都是练习。

西楚霸王：事实上我并不想谈很多场恋爱。

火枪手：那么为什么和初恋结束，又为什么不和喜欢的女孩开始？

楚君尧知道他没有资格来谈"专一"，他和毕夏的结束是因为他喜欢上别人，而他没有和沈冬晴纠缠，是因为他害怕自己还没有想好。

他竟然变得这样优柔寡断、裹足不前。倒是奋不顾身的米荔，让他羡慕，她那么直接坦率，又那么执着和无坚不摧。

他和"火枪手"其实不常谈感情，更多的是在游戏里并肩作战。但他们之间有一种惺惺相惜的感觉，他觉得在屏幕背后，那个人异常睿智成熟。

他曾经提过想要跟"火枪手"见面，但他拒绝了。

也许这样也好，走入现实有些话语就说不出口了。

楚君尧和米荔敲开门的时候，刘阿姨警惕地瞪着他们，没好气地说："怎么又来了？"

"我们并不是来找事的，阿姨您先别关门——"米荔话音刚落，门已经"砰"一声合上。

米荔不死心地继续敲："刘阿姨，我们是来帮助您的！您想一下如果他们家总是找你们麻烦，那多添堵呀，还不如一次性把问题解决……"

门再次打开，刘阿姨端起一盆凉水就朝他们泼来："快走！"

楚君尧下意识地转身挡在米荔身前，整个人从头到脚都被淋湿，再一看米荔，她怔怔地抬眼望着他。

"你淋湿了。"

"不要紧。"

"太不讲理了！"米荔望着重新合上的门，气咻咻地说，"我再也不管这件破事了！"

楚君尧望着米荔无声地笑了笑，和她熟悉起来后，他已经知道她是热心又善良的女孩，虽然每次说不要惹麻烦、不要找麻烦，但遇到不平的事都会挺身而出，就算现在气急败坏，但过一会儿她的不快就烟消云散，她就是那种有超能力的女孩——自我情绪修复得特别好。

已是料峭的冬日，楚君尧浑身湿透，被风一吹，忍不住冻得打哆嗦。

米荔内疚不已，脱下针织外套就要给楚君尧穿上，后者赶紧拒绝："不用。"

"不行，如果你感冒我会特别难过……"

"没那么娇气！"楚君尧坚持。

推辞之间，米荔干脆像树袋熊样抱住楚君尧，喃喃地说："那我就这样抱着你，给你温暖。"

楚君尧无可奈何，瓮声瓮气地说："那我还是穿上吧。"

回学校的路上，楚君尧被围观，他浑身湿漉漉的，罩着一件加菲猫图案的针织衫，可笑极了。他甚至见着有人拿出手机拍照，楚君尧的脸绯红一片。可每当他提出要脱下外套，就被米荔威胁要抱着他——这种事她绝对做得出来，他只好在心里长叹一声。

刚到宿舍，何遇见到他这副尊容，笑得前俯后仰："哈哈哈，笑死我了！这一定会成为学校论坛的热帖——你的黑历史呀！"

三

毕夏在教室见到同班同学马伊然，询问怎么还没有收到她的选题内容。

马伊然双手合十，恳切地说："我实在没有时间写，你帮帮我吧，回头我请你吃饭。"

毕夏沉静如水地回答："我已经做好大纲和框架，你那一部分内容是最好写的……"

"可是我真的没有时间！"她亲热地扶住毕夏的肩膀，"拜托你啦！"

随后的几天，毕夏在QQ上询问过几次马伊然论文的进展，但她都没有回应，毕夏有些无可奈何。

这是导师安排的日常作业，五人一组提交一份关于"工商管理"方面的论文，毕夏被任命为组长，负责整个论文的进程。可是她定下论文内容，把大纲和一些案例数据发到另外四个人手里时，另外四个人都迟迟没有交他们负责的部分，毕夏一再催促，并且把他们的内容再次简化。

"只是日常作业，何必如此认真？"其中一个组员说，"一些内容在网上搜集修改就好啦。"

"反正导师也不会去核实内容的真实性。"另外一个组员附和道，"别的小组他们的论文内容都很简单，毕夏我承认你拟的这个《网络经济下工商管理的发展措施》很新、很好，但写起来真的好难。"

他们推三阻四，还是只交了些拼凑粗糙的内容，马伊然更是到论文要交的前一天都没有任何表示。

毕夏熬了整个通宵，终于把论文写好，在提交的时候，她删掉了马伊然的名字。

马伊然在课堂上被老师责问，她站起来委屈地说："我和毕夏一组，也许她漏掉了我的名字。"

老师望着毕夏。

毕夏站起身轻描淡写地说："我们这次的论文，马伊然没有参与。"

教室里一片哗然，马伊然的面孔逐渐泛红，然后狠狠地瞪了毕夏一眼。

老师示意她们坐下，宣布马伊然这一科成绩将不合格。

一下课，马伊然就冲到毕夏的面前，抢过她的书本重重地摔在桌上："你什么意思？毕夏，你给我说清楚，为什么害我？"

毕夏冷哼一声，迎着她的目光："我已经提醒过你很多次交论文。"

"既然你什么都写好了，帮我加个名字有什么不可以？"马伊然气急败坏，咄咄逼人，"你以为你成绩好就了不起吗？你还不是被取消了交换生资格！"

"对了，听说你在美国撞死了人！"

"撞死人不用坐牢的吗？你以为大家不寒碜吗？成天跟一个杀人凶手在一个教室——"

毕夏的脑海里"轰"一声炸开来，她看向周围的同学，竟然没有一个人出面为她辩解，她只看到马伊然的唇一张一合，不断地吐出恶毒的字眼："你就是假清高、虚伪、自私、性格扭曲……"

毕夏愤然抬手，朝她大力一推，马伊然重摔在地，尖叫着起身朝她扑过去。毕夏觉得此刻的自己一定是疯了，她抓住马伊然的手，跟她扭打在一起。

她没有想过自己会做出那样激烈的反应，更没有想到会是在众目睽睽之下，她丢掉了骄傲，丢掉了自尊，她伪装的毫不在意在那一刻被击打得粉碎。

因为打架的事，毕夏被辅导员找去谈话，马伊然哭哭啼啼地承认错误，而毕夏沉默不语。

最后的结果是毕夏和马伊然都被记过处分。

看到橱窗里的公示时，毕夏觉得那个名字很陌生，她从小出类拔萃，品学兼优，却没有想到如今成为反面教材，被同学们议论纷纷。

就连之前和她关系已经融洽的苏雯和许菲也和她疏远起来，她尝到了被众人排挤的滋味。

有一天,毕夏在路上碰到罗琪琪,罗琪琪迟疑着走到她面前:"这件事……我觉得你有点儿不近人情。"

"难道我就应该替她把所有的事做完吗,那以后呢?她在职场上会有人替她完成工作?"

"这不是社会,这是学校。"罗琪琪摇摇头,"你应该试着圆滑一些。"

毕夏不懂,明明是马伊然错了,为什么所有人要来指责她呢?

她到底做错了什么?

北京的冬天阴冷晦涩,一场大雨滂沱而至,毕夏终于明白,她在与这个世界交手的过程中跌入泥潭。

她拿起手机,想要打给母亲,却终究放弃了。

那天,她离开了学校,她只想找个熟悉的人聊一聊——能想到的人,竟然是楚君尧。

也许他会理解她,会安慰她已经变得又脆又薄的情绪。

她想起之前在海洋馆看过的虎鲨,饲养员说:"你们知道吗?越是凶猛的动物,它们的内心越脆弱,因为它们最怕被淘汰,最怕被打败,所以一生都在战斗。"

何遇没想到在校园里遇到了毕夏,竟然看呆了,彼时,她站在一根黑色雕花灯柱下,迷离清冷的灯光下,她的脸上是一片寂寞和忧伤,夜风轻撩着她的头发,有种静谧的美。

他一直觉得唯有她和楚君尧最为般配,可是两个人以分手结束,连他都觉惋惜。

"是找楚君尧吗?"他朝毕夏走过去,"他不在学校……"

毕夏神色恍惚地点头,转身离开。

"你还好吗?"何遇关切地问,"不如我送你回学校。"

"别误会……你看上去像生病了,我……"何遇突然有些结结巴巴,挠着头脸都红了。

但毕夏根本没有注意到他的局促,轻轻摇头:"不用了。"

她走到这里才想起,她已经不能再见楚君尧了,他们之间已经结束,再来找他,只会让他觉得负累,也会让自己更显得悲惨可笑。

回学校的路上,毕夏看到前往火车站的标志,她的心微微一动,突然站起身,在距离火车站最近的一站跳下了巴士,那一刻,她很想要去看看陆怀箫,也许他能够告诉她,她哪里做错了。

抵达杭州时,天已经亮了,她坐在浙大的一座古色古香的建筑前,手里握着手机,迟疑着是否要拨打陆怀箫的电话。

她前面的草坪上有几只鸽子落脚歇息，背后是几株高大的橡树，那些晨跑的人、早读的人、忙碌的人，构成了一幅祥和宁静的画面。

而她的世界呢？她的世界仿若有一个黑洞，翻涌着，搅动着，要把她拖入旋涡之中。

毕夏终于拨通了陆怀箫的电话，听到他的一声"毕夏"时，她的眼泪夺眶而出。

"你怎么了？"

他察觉到她气息的异样。

"我想见见你。"

"好，我马上去北京。"陆怀箫不放心地追问，"到底发生了什么？"

"那个时候，被我误会的时候，你恨我吗？"

"不，当然不会。"

"可我为什么很讨厌那些人呢？那些误会我的人……我甚至不想见到他们。"

"如果他们是无关紧要的人，不必介怀。"

"对，他们无关紧要。"毕夏擦了擦眼角的泪，"现在的我是太脆弱了吧……爸爸和奶奶走的时候，我以为我挺不过去了，但你瞧，我依然活得好好的。其实没有什么大不了的事，我只是心情不太好。"

"不，你别来北京了。"毕夏竭力克制地说，"以后我们还是不要再见了。"

"为什么？"

"我不想让你见到我现在的样子——"

"不管你是什么样子，我都不介意。"

"可是我介意。"毕夏苦涩地笑，"现在的我很狼狈，狼狈得连自己都不忍直视。"

"毕夏——"

"不要担心，我会好起来的。"

毕夏像是对他说，又像是对自己说。

她不想再成为任何人的负累了，不管是楚君尧，还是陆怀箫，他们有他们的人生，而她只能是他们故事中的一段——她的青春在很早以前就已经结束。

毕夏不知道当她起身准备离开时，陆怀箫正匆匆地掠过了她，他根本不会想到此时此刻她就在他的学校，他们之间的距离近到只有几米，但擦肩的瞬间，谁也没有回头。

他是在那个电话后就着急地想要赶往北京了。

他不放心她。

但毕夏没有回北京，她回家了。

只是她连家门都没有入，她就站在楼道不远处，等着母亲出门，然后远远地跟随着她。

母亲看上去精神不错，她绾着头发，穿着一件长到脚踝的呢子大衣，衣领处有一圈毛领，很贤淑温柔的模样，她去超市买菜，认真而仔细地挑选着食材，其间她接了几个电话，脸上都是那种淡淡的笑容——母亲看上去安好幸福。

这样也好，毕夏的唇边露出淡淡的笑意，只要母亲安好，她也就放心了。

她想也许她错了，付叔叔并不如她想的那么不堪，至少他让母亲从痛苦中走了出来。她开始了新的生活，而且还是不错的生活。

而她呢？从那场大火开始，她就失去了所有——

毕夏回到了旧时的别墅，母亲已经把这里重新装修整理，掩盖了那些残垣断壁，但物是人非，这里空荡荡的，只有回忆残存。

四

楚君尧是从薛珊那里知道沈冬晴家里的事的，薛珊来清华见男友，遇到正前往图书馆的楚君尧，浅笑着和他打招呼："你的手好了吗？"

楚君尧下意识地举起手来，尾指已经完全康复，只是手术打入钢针的地方留下了几道疤痕，总是会让他想起和沈冬晴摔下去的那一幕。

"谢谢，已经没事。"

"冬晴为此很内疚。"

"她好吗？"

薛珊叹口气："她负担太重……家里欠了债，所以她拼命打工赚钱。若是可以，是否能劝劝她，这样熬下去身体是会撑不住的。"

楚君尧一怔："她只是学生，哪能替家里还债？"

"她父亲总是打电话来要钱——"

楚君尧打开电脑，看着之前去贵州采风拍的照片，当看到沈冬晴的时候，心就像被雾气淡淡笼罩着，透着说不清的迷茫。照片里的沈冬晴眼睛犹如深不见底的幽潭，目光中有些淡淡的哀伤。他一直觉得她心事太重，沉闷无趣，但现在的他竟然体会到了思念的酸楚。

"你在等电话？"何遇问。

"没有。"

"那你干吗整晚都拿着手机？"

楚君尧一怔，把手机放到桌上，转头看何遇："如果你不知道该不该联系一个人，那到底怎么决定？"

"抛硬币！"何遇笑了，"当你抛了一次还想要再抛一次时就知道答案了。"

"说的有点儿道理。"

"那你到底要打电话给谁？"

楚君尧支吾着起身："我出去一趟……去图书馆还书。"

"喂——"何遇的话还没有说完：不是去还书吗，怎么就只带着手机？

当接通电话，楚君尧听到沈冬晴的一声"喂"，他的心就像变成了一团棉花，软软的感觉。

"北京市有个叫门头沟的地方。"楚君尧停顿一下，柔声说，"门头沟有一处叫黄草梁，这个季节是黄草梁最美的时候，可以拍银杏树，还有山海日出。当然，那里最出名的是已经有四百年历史的名为'七座楼'的长城。"

沈冬晴静静地听着。

"过去不远，周末两天足够。

"其实是我打算参加'中国最美大地'摄影比赛。

"获得名次会有不错的奖金……"

楚君尧察觉自己的慌乱和语无伦次，有些懊恼，又怕被拒绝，语气不由得烦躁起来："随便你吧，若是没有时间就算了。"

"好。"沈冬晴急急地说，"我有时间……谢谢。"

楚君尧如释重负，天知道刚才他有多紧张，就像是大脑缺氧那样，蒙蒙的。

沈冬晴不是不知好歹，她知道楚君尧是想帮她，更何况她确实很缺钱。父亲租鱼塘买蚌等的费用欠下了六万块，父亲催得急时，她找邵伶伶借了五千块，之后就再不好意思开口了。打工兼职的钱也只能几十几百地攒起来，对于六万块的债务来说，只是杯水车薪。

有时候，她甚至想，干脆退学好了，找一份工作，也许很快就能替家里还清债务。可是这个念头又立刻被她否决了。她心有不甘，那些苦苦熬着的岁月就是为了今天——还有母亲那沉重的牺牲，让她再苦再难都要坚持下去。

沈冬晴在长途汽车站见到楚君尧时，被他专业的设备惊呆了，他穿着冲锋衣，背着巨大的旅行包，挎着相机和三脚架，而她自己呢，背包里只有一台相机。

"不是就出去两天吗？"沈冬晴不解地问。

"一个摄影师的出门必备是相机、镜头和三脚架，除此之外还得有滤镜包、转接环、平面反光板、银箔、闪光灯、云台……"楚君尧有些得意地介绍，"光镜头我带了七八种，广角镜头、超长镜头、微镜头……既然是参加比赛，那可不是随便拍拍，一定要争取拿奖。"

为了这次拍摄，楚君尧找了很多前辈，除了自己的装备，还借到了更加专业的设备，他希望能够给沈冬晴创造更好的条件，而她亦是一个有灵气的拍摄者，一定能拍出最好的照片。

沈冬晴心生感动，她自然知道这一切都是为她准备的。

"这些资料你可以看看。"楚君尧把一叠照片甩到她面前，"历届获奖的优秀照片，基本上都是能凸显当地生态环境地貌的景色，你擅长的是微景观，这一次多拍一些远景吧。"

沈冬晴望了一眼楚君尧，欲言又止。

"我本来就是做事认真的人，所以不足挂齿。"楚君尧转过面孔望向窗外。

那天他们到达门头沟后，又徒步朝深山黄草梁走去，为了拍到最原始的银杏树，他们没有按照景区的既定路线，而是沿着小溪一直朝上——这样不会失去方向感，也不易迷路。

越往深处走，景色越美。不禁让楚君尧想起"萧萧远树流林外，一半秋山带夕阳""山明水净夜来霜，数树深红出浅黄"这样的诗句。

突然，沈冬晴"啊"的一声，楚君尧连忙转身，看到她整只脚陷入泥泞之中，鞋袜全部湿了。

楚君尧放下背包，扶着她在石墩上休息，替她解鞋带的时候，她的脸红了，急促地说："不用……我没有带多余的鞋。"

楚君尧打开帆布背包拿出一双雨鞋递给她。

"你竟然还带这种东西？"沈冬晴哑然失笑，"没想到你这么细心。"

"是你自己粗心。"

"其实也没有关系，我自小在海边长大，泥泞的路走得惯。"

"寒从脚下起，这林中湿气重，容易生病。"

沈冬晴望着他"扑哧"就笑了："你的样子像妇联主任！"

"有心开玩笑,看来你力气还挺多,那继续走吧!"

"喂——"气氛轻松起来,沈冬晴的语气也变得愉悦,"这深山里会有狼吗?"

"应该是有的。"

沈冬晴面色一紧:"那那那,我们不要走太远了。"

"我已经问过,最南边有成片的银杏林,而且还有几株百年历史的银杏……"

"可我连狗都怕。"沈冬晴不好意思地讲起她小时候被狗咬过的经历——这应该是他们相处最融洽的一次,相扶相携地前行,风轻云淡地聊天,相识一笑时有氤氲的气息在心间萦绕。

有风轻轻掠过,各种树木的枝叶摩擦出柔和的声响,山间细细密密的小花,还有不时飞过头顶的鸟类,四周都渗透着现世安好的气息。

这一路虽然辛苦,但对他们来说,心里是暖的。

抵达银杏林时,黄昏如期而至,阳光开始变弱,他们抓紧时间拍摄照片。

"现在光线不足,明天再继续拍,还可以拍到日出的景色。"

沈冬晴捡起一片树叶遮挡住一半镜头,偷偷把楚君尧拍入了相机里。

阳光洒在他英俊的脸上,竟然让她看得失神。

他们今天晚上只能住在这里,楚君尧找了稍微开阔的地方搭好了帐篷,又去旁边捡拾干柴。

"你去休息一会儿。"楚君尧说,"我来。"

沈冬晴巴巴地跟在他身后,涨红了脸:"一个人待着我有点儿怕……"

楚君尧笑了:"我还以为你勇敢得无所畏惧。"

她流露出来的脆弱让他的心温柔极了,遏制住想要牵住她手的冲动,硬生生地转过面孔。

楚君尧有些分神,脚下一滑,就要从一个陡坡跌倒,沈冬晴眼明手快地扑了过去,死死抱住他,他们一路朝坡下滚去,在山腰处撞到山石,被拦截在中途,但沈冬晴头部直直撞击在山石上,顷刻间,血涌了出来。

沈冬晴疼得闷哼一声,眼前一黑,几乎晕了过去。

"你不要命了吗?"楚君尧又急又心疼,劈头盖脸地骂,"一直觉得你蠢,可没有想到你会这么蠢!每一次都这样,难道我一个男人还要你救?"

沈冬晴怯怯地望着他:"你没事吧?"

楚君尧一把横抱起沈冬晴就朝帐篷奔去——她为了靠近他鼓起的勇气,还有她那些全心全意对他好的时刻,都显得又笨又蠢,可是这样的她却让他动容。

所幸他带着医药包,紧绷着脸用碘酒给她后脑的伤口消毒,撒上消炎药,包上纱布,等他忙完才察觉自己的指尖在微微颤抖,刚才的他真的被吓住了。

"我不要紧。"沈冬晴看着他铁青的脸,小心翼翼地说,"一点儿也不疼。"

"如果再有下次,不许你这样!"他的心还犹如惊弓之鸟。

"这就是我的本能反应。"

楚君尧死死看着她,心里有火车过隧道的轰鸣声,随即将她狠狠抱在怀中。

他不会再迟疑,不会再退缩,承认喜欢上她,就算是一件丢脸的事,他也义无反顾。

这一天的夕阳非常好,光线从林中影影绰绰地落下来,笼罩在他们的身上。

许久以后,沈冬晴轻轻离开了他的怀抱,她轻声地说:"对不起。"

瞬间,他的神情明灭不明,一双眼睛深沉如海。

"你不再喜欢我了吗?"他艰涩地问。

"我和裴雨阳……"

"你们在一起了?"

楚君尧觉得有一记无形的耳光狠狠地扇在他的脸上,整个世界都黑了下去。

他在徘徊迟疑之间,她已经放下了对他的痴念,原来最蠢最笨的是自己——当他坦承自己的感情时,已经时过境迁。

五

纽约的圣诞节期间热闹非凡,黎允儿坐在河边喝咖啡。前方一位"圣诞老人"表演行为艺术,只是很简单的默剧,但他面前的帽子里很快堆满了钱。

黎允儿不由得笑了,不禁灵机一动,把旁边的旧报纸撕出衣服的样子,然后披在身上学木偶走路。

没一会儿她面前就有人放了纸币,她心里乐不可支,想着回头要把这事告诉父母,她也找到了赚钱的方法,指不定就发家致富了。

随后几天,黎允儿开始各种行为艺术表演,用油彩画出京剧脸谱;用彩纸将自己扮成稻穗;又或者比画三两下中国功夫……每天只是带着玩耍的心情,但两个小时下来也会赚几十美元。她并不缺钱,她只是享受这种奇思妙想的过程。

有天她兴致勃勃地表演时,一张大钞递到她面前,她定睛一看,脸色就冷了。

是塞丽娜。

塞丽娜讥诮地说:"好歹你也是欧洋的前女友,在大街上乞讨太丢脸了。"

黎允儿从她手里抽过那张钞票,放到旁边艺人的帽子里,嬉笑着说:"我们可以自食其力,自力更生,而你呢?顶多就算一个低级病毒,没了宿主,活生生等死罢了。"

"你!"塞丽娜眼前一黑,气得差点儿背过气去,"逞一时口舌之快有什么用,还不是一个乞丐?"

黎允儿淡淡地笑了:"看来我这个乞丐比你更受欧洋青睐,所以才来找我的碴!"

她的风轻云淡和自己的草木皆兵让塞丽娜顿时恼羞成怒,抬起手朝黎允儿劈过去,却在空中被一把接住。她哪里是黎允儿的对手?黎允儿稍稍用力,她就感觉到吃痛,柳眉蹙紧,眼泪快要落下来。

"你松开!"塞丽娜窘迫地低斥。

"以后别再出现在我面前!"

黎允儿把她稍微一拉,塞丽娜裙摆太窄,一时没有站稳,踉跄一步,差点儿跌倒。

"你还真是弱不禁风!"黎允儿冲她挥挥拳头,冷冷说,"以后别来烦我!"

等她抬起头来,看到站在桥墩旁的欧洋,心里一怔。

自从见过欧洋母亲那晚,他们就没有再联系,她为了避免尴尬,连图书馆都换了,就这样不声不响地结束,好过面对面说分手。

欧洋面色阴冷地朝她们走过来,塞丽娜眼里浮出怯意,她的身体甚至后退一步,刚想要开口,已经被他的目光给逼退了。

"上车。"他深深看了黎允儿一眼,转身就走。

黎允儿犹豫着,还是跟在欧洋身后上车。

他带她去的地方是顶楼高级会所餐厅,六十层楼的风景,整个纽约市仿若均在脚下,他静静坐在对面,抿着的嘴唇透着森严。

"为什么骗我?"欧洋盯住她问。

"如果你是因为助听器的事,我道歉。"

"你的目的?"

黎允儿有些无语:"认识你时我并不知你的家境,没有告诉你助听器的事,是觉得我们相识不久,又或者觉得这并不会对我们的交往有影响。"

"你是真的不知?"

黎允儿叹口气:"从小我父母对我的希望只是我能安稳度过一生,他们觉得女孩子不一定非要有大作为,能自食其力就很好,但如果我待在你身边,你的家境就会像一片汪洋大海,将我这叶轻舟倾覆……欧洋,不要介怀我是否知道,如果你觉得我有心欺骗会好过些,那不如就这样觉得。"

欧洋冷笑出声:"是跟我欲擒故纵?"

"我不会再跟你联系。"黎允儿站起身,"谢谢你为我做的一切,换作任何一个女生都会被感动。"

"不许走!"在她经过他身边时,他抬手拽住她,"是你先招惹我的!"

黎允儿内疚不已,她没有想过要伤害欧洋,也许在他心里,不能接受的是在他宣布这场感情结束之前,是由她开了口。

他一向被人追逐,而她却只是一个将感情看得最重的人,如果她爱他,自然不会因为外界因素分手,说到底,是她还没有爱上他。

"欧洋,不必再浪费你的时间。"黎允儿想要挣开他的手,他却捏得更紧了。

"我说过了,不许你走!"他突然变得狂躁愤怒,"你凭什么跟我分手?"

"你听我说——"

欧洋的眼睛一点点变红,暴怒着站起身倾身压住黎允儿,桌布被一扯,桌上的瓷器纷纷跌落,而旁边的服务生根本不敢上前阻拦。

"你竟然敢骗我!"他抓住她的手臂,喘着粗气朝她亲吻下去,"你竟然想要跟我分手!从来没有一个女人敢这样对我,你凭什么?"

"冷静点儿,欧洋!"

黎允儿躲闪不及,只能将他一推,他哪知她有这么大力气,整个人被她重重甩开,摔在了满是碎瓷器的地板上,半条胳膊被碎片扎得鲜血淋漓。

黎允儿没有想到会这样,她呆若木鸡地望着他,而后看着一群人朝他围了过去。

第六章

沉溺深海

一

又是一年除夕，整个城市都沉浸在欢喜愉悦中，而毕夏却有着"千家笑语漏迟迟，悄立市桥人不识"的落寞惆怅，她没有回家乡，独自留在了北京。

母亲在电话里歉疚地说春节假期付叔叔打算带她去旅行，她问："要不你和我们一起？"

"没关系，你们去吧，正好我还有论文要写。"毕夏心里空荡荡的，现在母亲已经不再需要她，更不会盼着她回家，有时候看着火车售票点排着长队，她会心生羡慕，因为他们都有归处。

从美国回来的这半个学期，毕夏缺课太多，有几门成绩竟然挂了红灯，辅导员找她谈话时也诧异她如今的变化，她在大一时成绩可是全优，并且还代表学校参加全国性大学生竞赛获得名次，可是现在的她和之前判若两人。

毕夏知道她已经让众人失望，而最失望的人是她自己——曾经的她一直生活顺遂，所以才会难以接受失败，更无法面对骄傲的盔甲被刺穿的境地。

其实她更羡慕沈冬晴，她曾经没有把她放在眼里，更没有当作对手，但她却隐忍着所有的鄙夷和嘲笑，一步步走向成功。

多么可笑，她们的处境竟然颠倒过来——她看到沈冬晴获得摄影比赛大奖的新闻，搜索到她的摄影作品。这还是她第一次认真看沈冬晴的作品，即使她并不专业，也觉得构图色彩角度都非常美。她的照片，没有明确的主题，只是一些零散的场景，有妇女的手、纵横的电线杆、空无一物的天空，还有清晨的雨巷……无一例外，都在捕捉着寂寞。

她想起当年的沈冬晴，她被大家戏谑地称为"魔教教主"，因为她总是一个人孤独地坐在花坛边吃馒头，她穿着肥大的校服，面容过于苍白，走起路来悄无声息——但她轰轰烈烈地喜欢上了如星辰般耀眼的楚君尧，这么多年过去，命运也给了她轰轰烈烈的答案。

时过经年，她的背后却是一片黑暗，自尊和羞愧轰然倒塌。

毕夏的手机响起来，来电是一个陌生的号码，她犹豫了一下还是接了起来，没想到对方会是敬嘉瑜。

他的声音轻松愉悦："毕夏，在北京吗？我们见一面。"

毕夏怔住，看了看手里提着的一袋速冻食物，原本不想在这样的日子出门，但冰箱里空无一物，她只能出去买点儿吃的东西。附近的店铺统统关门了，她只能选择去更远的超市。

"你来北京了？"

"跟我母亲一起来旅行。"

在这个时刻听到熟悉的声音对毕夏来说是种安慰，她知道敬嘉瑜上了半年大学后回学校重新补习，并且参加了去年的高考，没想到成绩不错考上了香港大学，要知道香港大学每年在他们市只招一个人。这样的成绩对于敬嘉瑜来说是非常理想的了。

"我过去找你。"

"不，还是我来找你。"敬嘉瑜说。

他知道母亲一直有个心愿，是想去北京看看天安门，这个长假他便说服母亲和他一起到北京。在知道毕夏留在北京后便联系了她。

他们在高中毕业后就未曾见过了。

因为楚君尧的关系，他和毕夏也生疏起来，平日里只是问候几句，想要再找话题会陷入尴尬中，因为要谈起回忆，那回忆里满满的都是楚君尧。

敬嘉瑜坐出租车前往北京邮电大学时，收到了姚沛函的祝福短信。

简简单单的话语，很像是群发的那种，他看了两遍，然后轻轻地删掉。

他不打算再和她有任何联系，也许随着时间过去，他对她的怨念会慢慢散去。

他是在补习班里遇到姚沛函的，她活泼好动，精力旺盛，以强势的姿态介入他的生活，课间拿走他的书本引他追赶；自习后逼着他去跑步；原本想要躲掉的体育课也拽着他去，她就像个小无赖一样缠着他，让他在学习中劳逸结合。

那些艰难的时光，她坚定地拉着他一同熬过来，还要忍受他因为压力大而时不时发作的脾气……一直到高考结束，他才觉得他已经习惯姚沛函的闹腾，他是那么清寂的男生，却受到她很多的影响。

令他欣喜的是，他们的高考成绩不错，他对她说："不如我们一起填港大吧。"

姚沛函诧异地问他为什么会选择港大。

敬嘉瑜觉得香港大学是全英文教学，以后申请外国的大学深造会有一定的优势，他查阅过往年港大的招生条件，他们的成绩都远远超过了分数线。

当他说出想填一样的志愿时，这就是承诺了，他以为她会和他一样期盼，但她却被国内一所大学录取，事实上她填了港大，却没有参加面试。

因为赌气，这半年敬嘉瑜没有再和姚沛函联系，就算她打来电话，他也不肯接，他觉得自己其实是一厢情愿，他在姚沛函的心里并没有多重要，他也便没有坚持下去的必要。

有些人，走着走着就散了——与其说敬嘉瑜是个理智的人，不如说他是个消极的人。在见过毕夏和楚君尧的分离后，他对感情没有足够的信任了。

漆黑如墨汁的天空下，一盏盏的路灯照得四周一片雪白，站在路灯下的毕夏穿着淡蓝色的羽绒服，双唇闭得紧紧的，眼睛望着空茫之处，显得凄凉和伤感。

敬嘉瑜怔住。

面前的女孩还是他曾经熟悉的毕夏吗——那个笑起来很明媚，眼睛里总闪着自信光芒的，女神一般的存在。

当她看到他时，目光鲜活了些，唇边露出淡淡笑意："敬嘉瑜，别来无恙。"

"你呢？"

"还好。"毕夏淡淡回答，"不过你这个时间不用陪阿姨吗？"

"她习惯早睡。"

两个人沿着校园慢慢散步，踩过下过雪的道路，会发出吱吱的声响，他们聊着彼此的学业，不免地还是提到了过往。

"那时候楚君尧追你追得可紧……"

毕夏垂了垂眼，自嘲道："对于他来说，应该很后悔吧。"

"怎么会？"敬嘉瑜望着她，"他喜欢你是真的，不能因为现在就抹杀掉那些真挚的时光，不是因为你不好，而是因为走着走着，你们终究要走向不同的方向。"

毕夏沉默下来，他们的相遇原来只是错误而美丽的交叉，而他带给她的遗憾却刻骨铭心。

和敬嘉瑜在北京的碰面对毕夏来说是愉悦的一件事，他们聊了许久，谈了很多，甚至听到他提到一个叫姚沛函的女生，毕夏不由得笑了，没想到他那么内敛，喜欢的却是外向的女生。

"不过你们隔得这么远，四年的时光会改变更多。"现在的毕夏对感情已经变得敏感脆弱，在她看来即使在一起都会变，何况是那么远的距离。

"所以我并没有打算开始。"敬嘉瑜苦涩一笑，"当初我希望她能和我一起去港大，她的分数甚至比我还高了几分。"

毕夏一怔："你是说她填了港大却没有参加面试？"

"也许她有别的考虑吧，只是她现在读的学校并不优于港大。"

毕夏欲言又止。

"我想在那段艰难的时期，她只是需要一个人陪伴……"

"不。"毕夏的声音微颤，"你错了。"

"一般的学校只录取第一志愿，而她填了港大却放弃港大……敬嘉瑜，你有想过她冒着多大的风险吗？第二志愿的学校？调剂的学校？根本就是个未知数！"

"我也不明白。"

"因为她在陪你走完备考的这段路后，选择为你让路，这样你才能获得最后的胜利。"

敬嘉瑜不明就里。

"我曾经查阅过这方面的资料，内地每年会有一万多考生报考港大，但实际上港大每年录取的学生只有两百多人，平均到我们市，只有一个人。"毕夏深吸一口气，"甚至有些年，我们市一个考生都没有被录取。她的分数比你高，那么如果有这唯一的名额，就会是她。"

敬嘉瑜的心变成了飞驰的火车，全是轰隆隆的声音。

"敬嘉瑜，她喜欢你。"

"我不知道。"敬嘉瑜默默地说。

他不知道她默默为他做了这样的牺牲——她的分数比他高，口语也比他好。

他只去关注港大的分数线，却从来没有想过港大在他们市到底录取几个名额，她放弃了，是因为她要让他多一分希望。

他误会了她，但她什么都没有说，为了维护他的自尊，也是怕他愧疚。而他做了什么呢？他决绝地和她断了所有的联系。

毕夏看着敬嘉瑜离开，她有些羡慕那个未见的女生，也许她和沈冬晴一样，并没有什么特别之处，只是因为坚定和专注，所以才能够得到想要的感情。

换作是她，一定不会做出这样的选择，她一直太有主见，不懂缓和——比起爱别人，也许她更爱的是自己。

当毕夏转身时，看到前方一辆轿车因为急刹车而突然打滑，好像迅速地漂移一样撞上路边的栏杆，忽然暴发的山洪般的恐惧将毕夏吞没，她眼睁睁看着那辆车发出炸裂的巨响，周遭顿时喇叭长鸣。

毕夏尖叫着跌坐下去，脑海中浮现出她和简宇成出车祸的一幕，意识突然像黑屏一样，把整个世界都关上了。

毕夏醒来的时候，是在医院的床上，当她睁开眼睛，想起之前的经历，恐惧如同涨潮，一浪又一浪地盖过来，她瑟缩起来，双手掩面，发不出任何声音。

远处有钟声传来，零点了，外面的世界是乱糟糟的热烈，大家迎接着新年的到来。

只有毕夏沉浸在悲伤里，静静地哭泣。

二

当李沐言推开观察室的门时，看到那个蜷缩着的女孩，她的肩膀微微颤动，悲恸不已。

她是因为突然晕倒被路人送到急诊室来，一并而来的还有因车祸受伤的三个人，他们是因为事故车辆发生爆炸而受了不同程度的伤，而司机没有那么幸运，他当场死亡。

他在急诊室见过太多事故中的伤者，心已经变钝了，只是看到哭泣的毕夏时，竟然涌起一股想要保护她的柔情。平心而论，也因为她很美，虽然见识过各式各样的漂亮妖娆的女孩，但她却有一种淡雅如静水明月的气质，这让恋爱无数、情史堪多的李沐言很是惊艳。当然，他也有着成熟男人的敏锐，懂得如何去打动喜欢的人——虽然后来也常是他提分手，但在他眼里，也就是成年人的感情游戏。

他走到她身边，轻拍她的手臂："我是你的主治医生，我叫李沐言，如果觉得难受……我愿意把我的肩膀借给你。"

毕夏抬起头来，她的面孔逆着光，衬得五官更加立体。他的心跳猛然漏掉两拍，有些怔神。

此刻，她的眼泪根本止不住，静默地、连续地滚落下来，那双乌黑的眼珠水汪汪的，显得格外动人，他的声音更加温柔："作为医生，我对你现在的症状束手无策。"

毕夏颤声地问："车里的人怎样了？"

李沐言无奈摇摇头。

毕夏怔住，一种说不出的悲哀把她从头笼罩到脚，她蜷缩起来，把身子抱得更紧。

李沐言原本想要继续安抚她，但见她退避三舍的表情，只能退出病房。

他想起了他的初恋，那个如樱花般纯真的女孩，和毕夏一样，美得让他一见钟情，可是现在他竟然想不起她的模样了，他忍不住自嘲地笑笑，他竟然比自己想象的还要凉薄。

凌晨的时候，李沐言不甚放心，再一次去毕夏的病房查看，却意外地发现她并不在病房，他心一紧，下意识地朝顶楼奔去，在看到她坐在楼顶边沿处时，一颗心几乎要跃出来。

他屏住呼吸轻轻走到她身后，然后从背后死死抱住她，两个人一同重重向后摔到地上。

"冷静点儿，别想不开！"李沐言大声说，"你还这么年轻，没有什么坎过不去！"

毕夏看清面前的人是李沐言，心里竟然生出感动——即使在任何时候，她都不会选择那种极端脆弱的方式，她只是因为睡不着，想到顶楼来吹吹风。

没有人知道，在那次车祸后，她的噩梦更加频繁了，她总是会想起那个躺在血泊中的男子，如果不是那一场意外，他会好好地活在这个世界上，还有爱的人和被爱的人。可是她没有坚决地制止住简宇成，酿成无法弥补的错误，她将终生愧疚。当今天她再一次目睹车祸时，眼前重叠的不仅有那个血淋淋的男子，还有在火光中的父亲和奶奶，他们的脸同时扑向她，那些悲惨而绝望的瞬间让她的情绪再也无法承受。

她一直对自己说要坚强，原来她是在逃避，不去想，不去哭，不去面对，然后在某个瞬间被激得体无完肤。

"我已经在急诊室待了九个月，几乎每天都有各种意外，那些人他们想活下去，而我们尽全力在救治他们，但总是会有无能为力的时刻——不是每一个人都能受到命运的眷顾。"李沐言几乎是咆哮，"他们的家人就守在手术室外，那种撕心裂肺的等待你知道吗？你明白什么是手术失败，什么是当场死亡吗？"

李沐言的情绪越发激动："我们只是医生，所以每当看着一个生命流逝，对我们来说也是一种打击，因为我们也无能为力！而你呢？你有什么资格轻言放弃？"

毕夏怔住，好一会儿才缓缓地说："不，不是你想的那样，我没有打算要轻生。"

"那你到这里做什么？"

"我只是睡不着。"

李沐言一时语塞，为自己刚才心急如焚的样子感到丢脸，他扶住她的肩膀认真地问："说实话，你真的没有想过要做傻事？"

毕夏望向深邃黝黑的天际，缓缓地说："我永远也不会做那种事。"

李沐言看着她苍白而俏丽的脸，忍不住抬起手来轻轻摩挲她的脸，夜色迷人，全部的光影，为她布景，他的心涌上难以抑制的情感，想要保护和亲近面前的女生——虽然他们才认识几个小时而已。

毕夏惘然地望着李沐言——他穿着白大褂，眼神温暖直接，这样被深深凝视，让她想起楚君尧当年望向她的目光，心竟然有些悸动。

在病房的那几日，李沐言每日都来毕夏的病房巡诊几次，过多的殷勤引得护士们看到他都纷纷打趣，他也不否认，关切之情溢于言表，这让心情在落寞中的毕夏并不觉得反感，所以当她出院他问她要联系方式，说能否给她打电话的时候，她轻轻地回答好。

她和李沐言猝不及防的开始，她在很久以后才明白，是因为自己太孤独了。

她的身边没有亲人，没有朋友，她渴望被温暖、被照顾，她需要有个人陪伴，只是她在错误的时间遇到了错误的人，才会在最后又一次伤痕累累。

而此刻的她，就像在溺水时刻，义无反顾地抓住了伸向她的手。

三

裴雨阳是在沈冬晴的相机里看到了她拍的那张楚君尧的照片,一片树叶晕出了皇冠一样的光芒,而楚君尧就站在这簇光芒里,是美好又特别的画面。

他的心动荡了一下。

沈冬晴去门头沟回来后给裴雨阳打了电话,他们谁都没有提之前的"失联",也许这是一道太过复杂的问题,无法解开,就只好先视而不见。

他想,至少她还愿意与他联系;她想,至少他还能够接她的电话。他们之间充满了试探、迂回和逃避,但谁都没有说要结束。

对于裴雨阳来说,终究是舍不得的,他还怀揣着渺茫的希望,等待着她最后的判决。

沈冬晴告诉他寒假归程的时间,问他是否愿意到火车站来接她。

他心潮澎湃,面上却稀松平常地回答说,到时候再看吧。

她回来的时候,他早早地就到火车站去等候了,熙熙攘攘的人潮里,他见到她时,只是随手接过她的行李箱大步朝前走,沈冬晴跟在他身后,心里难掩失望。突然走在前面的裴雨阳停了下来,猛地放下她的行李,几步迈回来,将她一把揽进怀里,修长的手指扣着她的后脑勺,将她的脸压在自己的肩膀上。

他本想装得更酷、更洒脱,可是那些思念的情绪还是让他缴械投降,他几乎蛮横地抱住她,仿佛一松手她就会离开。

"你想我吗?"裴雨阳艰涩地问。

沈冬晴没有吭声,点点头。

"我想你。"裴雨阳的眼泪都快落下来,他觉得在爱情和尊严面前,他选择了前者。

他的不惜一切能留住她多久呢?他给自己一个虚假的幻想,内心在欢喜与痛楚中沉沉浮浮。

沈冬晴娇羞地推开他:"这里好多人。"

可是她的态度在裴雨阳看来,是一种疏远的拒绝。

他激动的情绪被灌满了冷风,眼神也冷了起来。

而沈冬晴一无所知,她望着许久不见的裴雨阳,看到他周身沐浴在冬日暖暖的阳光里,像一头桀骜的鹿。

因为沈冬晴回乌石塘村的车子时间不凑巧,所以她要停留一天,第二日才返回。裴雨阳替她订了一个酒店房间,把行李放好后,他带着她去他们"每年约定"的西餐厅。

沈冬晴坐在熟悉的位置,浅浅地笑了:"第一次来这里你说是免费,我还信以为真——"

"你说你有多抠门,第一次主动说请我吃饭,就想着到这家不花钱的店!"

"是你说一年以后再到这家店免费!"

"不就想着能和你一年一年地约下去?"裴雨阳有些心酸。

沈冬晴笑了,幽幽地说:"也许以后不肯守约的是你。"

"是在紧张我吗?"裴雨阳的心提起来,默默地念着,沈冬晴你说是呀。

沈冬晴迟疑一下,望向他:"如果你喜欢上别人,不要告诉我,因为我不想知道。"

这似是而非的答案让他们陷入了沉默。

片刻后,裴雨阳举起玻璃水杯:"恭喜你获得摄影比赛大奖。"

"中国最美大地"摄影比赛在经历了三个月的评审后揭晓,沈冬晴获得了二等奖,这对等待三个月的她来说是一件非常开心的事,她获得了三万块奖金,这是她最大的一笔收入了,她在还清邵伶伶的钱后,把剩下的全部汇给了父亲,她信心百倍地告诉父亲,剩下的债务他不要担心,她会努力还清。

这一切得感谢楚君尧,要是没有他找到那片景色,要不是他准备那么齐全的设备,她拍不出那么美的照片的。

最终获得奖项的是她取名为"缤纷落英"的照片,晨雾中金黄色落叶铺满大地,阳光将银杏树投影在落叶上,因为图像的主体偏离了照片的中心而更增加了图片的动感,这种不传统的方式获得了评审们一致好评,而且倾斜拍摄的角度使得阳光投射下时突出了图片的距离感,更增加了图片的意境和深度。

沈冬晴跟楚君尧谈到这张照片时,他也觉得意外,虽然他觉得这张照片各方面都堪称完美,但按照大赛往年的审美,这张照片不是远景,所以当时他建议她多提交几张照片参赛。

知道结果后,沈冬晴只是在电话里告诉了楚君尧,她原本想请他吃饭,可直到挂电话都没有说出口,她的心里对楚君尧终究还是有一份难以割舍的情感,在见到他时会心思游离,她也会想起在门头沟的那个拥抱——夕阳,风,漫天卷起的银杏,让她心动不已。

"沈冬晴?"

裴雨阳连声的呼唤,她才察觉自己刚刚神游了。

"啊?我去趟卫生间。"

她感觉有些狼狈自责——为什么和裴雨阳一起时会想起楚君尧来?

裴雨阳在她离开后顺手拿过她放在桌上的相机,想要看看她的作品。这台相机还是当初他强迫她收下的,没想到她用了好几年,他在心里默默地想,等拿到这部戏的片酬，就给她换一台更好的相机。

然后他看到了她相机里拍摄的楚君尧。

他的心突然传来天崩地裂的声音——背景呈现出她获奖照片一样的景色，那么她去门头沟拍这组照片是和楚君尧一起去的。

他在想，他们是什么时候在一起的呢？是上次在医院见到时，还是在他们一同到北京时？

沈冬晴回到座位时，裴雨阳已经不动声色地把相机放好，他拼命地盯住她，想要从她平静的面孔上看出端倪。

她的脸和以往一样，素净清秀，眼神清冷，只有唇边露出笑意，眉眼才舒展开来，她一直不是那种开朗活泼的女生，但他没有想到她会一直骗他。

他悲痛得心都碎成渣，狼狈地咳嗽起来，掩饰住滚滚落下的热泪。

最绝望的时候，他曾想过，就算沈冬晴是一块石头，他也会将她焐热，原来对人投入感情，不像往水里投一粒石子，就算你再怎么念念不忘，也未必会有回应。

沈冬晴看着裴雨阳，他低头吃得很凶、很猛，她怔了一下。

"裴雨阳。"她轻声地问，"你怎么了？"

裴雨阳停顿一下，放下刀叉，低哑地说："不如分手吧。"

沈冬晴脑子里有轰鸣的声音，继而垂下了眼。

她想他终于是厌倦了她的无趣和沉闷，他在和她恋爱后才发现她其实不过如此，所以他决定和"琳琳"在一起了。

可是她的沉默不语对裴雨阳更是一种伤害，他觉得她一直在等着他开口——这段时间他一直在累积希望，又在不断失望，他以为她对他会有一丝感情，但原来他的卑微使得她对他一点儿也不珍视。

他在心里不断祈求着她说出挽留的话，她能问为什么，能解释说她和楚君尧并不是他想的那样。

但她只是淡淡地笑了笑："裴雨阳，我希望你幸福！"

裴雨阳被这句话激得快要失控，幸福？她知道他的幸福是什么吗？她对他如此敷衍，但他却无论如何都舍不得离开。

他突然站起身，冷冷地说："以后我不想再见到你。"

他从手机上摘下那条情侣链子，当着她的面扔在桌上，转身离开时，他的泪落了下来。

他不知道她慢慢低下头去，冰凉的泪水流了满面。

裴雨阳再回到餐厅时，已经没有了沈冬晴的踪影，他拽住服务生使劲儿地问："那一桌,就是刚才我坐的那一桌,你看到桌上的手机链了吗?会发光的手机链,那是我的!"

服务生摇头。

裴雨阳惆怅地离开,他不知道那个服务生想要对他说,刚才坐在这里的女孩哭了很久,但服务生被旁桌的人喊去,这句话也被他马上忘记了。

黎允儿被学院以"出勤不达标"的原因勒令退学了,她愤怒地冲那个已经秃顶的校长埃布尔拍桌:"我只因为生病请假三天,假条也交给大卫老师,凭什么说我出勤不达标?"

"我们没有收到你的假条。"他睨着眼看黎允儿,"这是学校董事会的决定,就算你上诉,也不会有任何机会。"

"我要见大卫。"

"好,我现在通知他来。"

大卫来时也矢口否认收到过黎允儿的请假条,黎允儿难以置信地望着他,冲动地揪住他的衣领,冲他举起拳头。

"你要小心,如果殴打老师,你会因为伤害罪被立刻逮捕!"埃布尔抓起桌上的电话,做好随时拨打的样子。

黎允儿狠狠瞪着大卫,胸口有一团火,恨不能冲他喷过去。

"我会上诉!"黎允儿不服,"就算我有三天旷课,这最多只能警告处分,凭什么开除?"

埃布尔冷冷地说:"你们中国有句话是'胳膊拧不过大腿',你想想你得罪过什么人?"

黎允儿一怔,想起欧洋。

欧洋受伤后,她被他的保镖带走。

他们把她关进一个房间,她疯狂地砸门、敲门,但外面悄无声息,片刻后有几个男人冲进来,一个人拿起一张椅子,喊剩下几个人按住她,想要向她砸过来。

在她惊恐万分时,一个女人轻轻说了一声"住手",她看清了,那个走进屋子里的人正是欧洋的母亲,她目光冰冷,语气决绝:"黎允儿,如果你敢再和我儿子来往,那我很难保证你会不会发生什么意外。"

黎允儿不寒而栗,她这个时候才知道,欧洋母亲对欧洋的保护,是一种可怕的周全,她能够安排塞丽娜监视自己儿子的一举一动,更会不择手段地赶走他身边那些

"穷"女孩。

最后,她意味深长地看了她一眼,转身离开。

黎允儿整个人瘫坐在地上,刚才的一幕把她吓住了,她从来没有想过认识欧洋会给自己带来这么多麻烦。

黎允儿在离开美国前都没有见过欧洋,被退学后她即刻订了回国的机票,然后退掉租住的公寓,没有耽搁地想要逃离欧洋。

没想到当她一身疲倦刚走出机场时就被父母喊住,她又惊又喜,蹦跶着冲过去抱住父母:"爸,妈,你们是神算吗?怎么知道我今天的航班?"

母亲笑了:"你忘记你刷的信用卡是你爸在替你还?他一查消费记录就知道你订了机票。"

"我就说我闺女是回来为我庆祝生日!"父亲亲昵地拍拍她,"是想给爸爸惊喜呢!"

黎允儿一怔。

知女莫如母,黎允儿的母亲握住女儿的手,淡然地说:"先回家再说。"

黎允儿突然摁住行李,心里豁出去一般地说:"如果你们要赶我走,那我现在就走。"

"你做什么了?"

"我被退学了。"

父母皆是一惊,但看女儿沮丧羞愧的样子,不忍再责备。

"为什么被开除?"母亲问。

黎允儿到家后把她和欧洋的事一点儿一点儿地告诉父母,但她没有说欧洋母亲威胁她的事,怕他们会更加担忧。

"那个欧洋到底是个什么样的人?"母亲问。

"其实我也不了解。"黎允儿苦着脸,"认识不久。"

"仗势欺人!"父亲怒了,"那美国不去也罢了,就在爸妈身边待着吧。"

"爸,妈,你们不生气?不怪我?"黎允儿小心翼翼地问。

"你呀!"母亲皱起眉,"下次要把对方了解清楚了再交往,惹上这样的麻烦也不告诉家里,如果他不肯放过你怎么办?现在回来就好了,以后的事从长计议。"

黎允儿简直要大呼万岁,她一直觉得父母娇宠她,但没想到他们的包容完全超乎她的想象。这份爱让她觉得安全和幸福,离开美国的沮丧也只剩下淡淡的遗憾。

关于欧洋，关于那里发生的一切都过去了，她要振作起来，重新设计自己的人生。

黎允儿跟毕夏说起她的遭遇，毕夏也觉意外，当初她觉得欧洋儒雅谦逊，没想到人性竟然如此复杂，他还深藏着另外一面。

"我以为我会坐牢呢，虽是无心，但欧洋还是因我受伤。"黎允儿说，"不过现在想来，他母亲应该不愿将事情闹得太大，只想我赶紧滚蛋。"

"你对欧洋——"

"只是好感，但最后连好感都不剩。"

毕夏垂了垂眼，她敏感地想到了她和楚君尧，在她的反复纠缠下，他是不是对她连一丝好感也没有了？

"欧洋知道你回国吗？"

"他母亲的控制欲，任谁都无法忤逆，就算是她的儿子。"

"对不起。"

"怎么突然这么沉重？"

"当初是我鼓励你和他试试——"

"其实也是我自己想要试试能否再喜欢上别人。"黎允儿苦涩一笑，"看来这方法很蠢。"

过些日子便是寒假了，旧时友人都回来，何晨宇张罗着要聚一聚，敬嘉瑜来了，楚君尧也来了，黎允儿虽然没有对楚君尧横眉冷对，但到底还是疏远别扭，只待了一小会儿，楚君尧就找了借口离开，黎允儿瞪了何晨宇一眼："以我和毕夏的关系，楚君尧不再是我朋友！"

黎允儿的性格就是如此率性，所以何晨宇之前不敢透露楚君尧也会来的消息，想着也许见着面关系就能缓和，没想到见面竟然更加尴尬。

何晨宇也不由得感慨，时光一去不复返。

黎允儿和何晨宇谁都没有提到那个抱枕里的信，当她听说何晨宇在考托福的时候，举着饮料瓶大大咧咧地说："我这个人从来不记仇，一般有仇当场就报了，但美利坚将我驱逐这仇我是报不了了，兄弟，你去的时候，狠狠替我踩一踩他们。"

何晨宇顿时脸色一变，闷声问："你不去了？"

"遭退学了！"

"噗"一声，正喝水的敬嘉瑜喷了出来，然后无辜地看向何晨宇，这小子为了托福都快走火入魔，比高考那会儿还要用心。报了一个强化班，天天恶补，他枕边的睡前读物都是托福全真模拟冲刺试题，连游戏也很少玩了。

他一直让敬嘉瑜瞒着黎允儿，就想着等到了美国再吓黎允儿一跳，可这目标走到一半，却被告知终点已经取消，这样的结果——

"你不去了，那……"

敬嘉瑜的话还没有说完，已经被何晨宇一把捏住大腿，他疼得"嗷"一声叫出来，何晨宇把他的后半句话给截住了："那敢情好呀。"

敬嘉瑜气得直跳脚，抓住机会想要追问，又被何晨宇掐了一把，他一边吃痛，一边冲何晨宇丢了一个白眼。

何晨宇看着张狂，但其实就是个胆小鬼，这么久了竟然不敢主动表白，不就是说一句"我喜欢你"吗，又有何难？何晨宇却瞻前顾后，畏首畏尾，生怕一旦把那层纸戳破了，就再也没有脸面见黎允儿。在他看来，能这样和黎允儿称兄道弟，也还不错。

黎允儿手机响起时，她只是看了一眼就面色一顿，接起电话轻轻地叫了一声："姚元浩——"

敬嘉瑜再一次望向何晨宇，他就像个没事人一样大口嚼着烤虾，敬嘉瑜眼明手快地从他手里夺过剩下的龙虾："不是对海鲜过敏吗？"

何晨宇从喉咙深处发出一道小而含糊的声响："真辣！"

他的眼眶红了，转头看向走到旁边接电话的黎允儿，心里庆幸着没有对黎允儿说出考托福的原因，否则他们就连朋友也没得做了。

黎允儿回国的事并没有告诉姚元浩，因为她觉得丢脸，只是今天她在路边等车时，一个戴着红帽子的女孩突然走到她面前，气定神闲地问："你是我哥前女友吧？"

黎允儿惊诧地笑了："小妹妹，我都不认识你哥！"

"我看到过你写给他的情书，也接到过你打来的电话……"女孩眨巴着眼睛，古灵精怪地说，"我哥买了好多彩虹糖，但他只要红色……对，我就是姚元浩的妹妹。"

黎允儿乐不可支，又存心逗她："你哥有很多前女友呢，怎么就认出我来了？"

"他QQ空间里有你的相片。"女孩得意地笑了，"我那傻哥哥以为他的密码很复杂，可我一下就猜对了。"

黎允儿的笑意更浓了："你确实比你哥聪明，不过你认错人了。"

黎允儿想糊弄过去，可女孩拽住她的衣服不松手："别想蒙我，我已经十六岁，可不是孩子！"

她义正词严的样子让黎允儿不禁想到了十六岁时的自己，那种肆无忌惮，那种任意妄为……不过是几岁的差别，心境却已经有着天壤之别。

即使她依然嘻嘻哈哈，没心没肺，但她知道她的内心经历了怎样的变故。

"你为什么跟我哥分手？"女孩瞪着她，"我哥常常拿出你写的信来看，他还喜欢你。"

黎允儿无可奈何："你搞错了，你哥已经不喜欢我了。"

"如果不喜欢你，为什么QQ空间密码是你的名字？为什么他会把你写的信珍藏起来？为什么他的身边再没有别的女生出现……"

黎允儿一怔。

"我跟我哥去乌镇旅行，我看到他偷偷在乌镇邮局的纪念墙上贴了一张明信片，你的名字是叫黎允儿吧？因为那首诗是写给你的。"女孩笑了笑，"我一直觉得像我哥这样的理工科男生非常木讷内敛，但痴情起来真的是一根筋。"

"我得走了。"黎允儿觉得她是误会了——她不想再一次误会。原来她心里始终介怀姚元浩曾经喜欢过毕夏，她也忘不了在她生日晚会上她和毕夏同时摔下去时，他舍近求远地救了毕夏这件事。

这么多年过去，她和毕夏没有谈过这件事，她和姚元浩也像朋友一样聊天……当姚元浩突然出现在美国的时候，她在心里隐约想到了什么，但随即就被否决了。她怕自作多情的自己会再一次受到伤害，她怕姚元浩是因为愧疚……所以她选择欧洋，因为她觉得用这样的方式，她便能忘记姚元浩，忘记青春里那些爱恋和伤害。

黎允儿几乎是逃一般地上了出租车。

第二天，黎允儿去了乌镇，当她在乌镇邮局的纪念墙上用了整整一天的时间，终于找到姚元浩那张歪歪斜斜钉着的明信片，曾经的那些惆怅和遗憾，像蒙了多年的灰，被一阵清风吹散了。

他的字是漂亮的行楷，短短的三行：

雾起时，你就在我怀里，这乌镇充满了湿润的芳香，

雾散后，却已是一生，镇空水静，

只剩下那在千人万人中，也绝不会错认的背影。

那上面是她的名字：致允儿。

她取下那张明信片，坐在乌镇熙熙攘攘的路边，哭了笑，笑了哭，曾经的坚持与倔强，曾经的坚强与软弱，还有那些眼泪与微笑，都在她的瞳孔里放大。

或者她这样迫不及待地赶到这里，寻找的就是青春里的答案。

第七章

最冷的冬天

一

考试过后，鲁远安排"法援社"的成员一起去九谷口游玩，作为这学期结束的集体活动。

楚君尧原本想赶着回家，但李大爷又来找他调解，说协商好的每个月赡养费大儿子这个月还没有给，他去大儿子家要，没想到一言不合吵了起来，结果大儿子又不给了。楚君尧只得再一次做调解。

米荔听说后来找他，拍着胸脯保证："你回家过年吧，这事交给我，保证完成任务。"

她和李大爷见过几次，虽然每次她都与他针锋相对，气得他够呛，但实际上她也偷偷地帮了他不少忙，有时候见着李大爷一个人去医院，也会自告奋勇地和他一起去，鞍前马后地跑，不知情的还以为是他亲孙女。

"你呢？不回去？"

"要不你收留我吧？"米荔可怜兮兮地问，"我无家可归。"

楚君尧知道米荔的情况，米叔叔再婚后又有了女儿，米荔若是回父亲家会觉得别扭。

"为什么不回美国？"

"我妈现在正是忙的时候，回去也很难见到她。"米荔叹口气，"楚君尧，这都不算事，一想到一个多月见不着你，对我来说才是煎熬！"

楚君尧一时语塞，他对于米荔随时随地的"表白"依然无法适应，只能匆忙离开："想起来约了何遇有事。"

在米荔"喂喂喂"急促的声音里，楚君尧已经头也不回地走远了。

"我会吃了你吗？"米荔望着他的背影不满地嘟囔。

一听说楚君尧也要去九谷口，米荔激动得跳了起来："我和楚君尧要一起旅行了？"

鲁远白她一眼："当我们都是死的？"

"你们就不能集体消失？"米荔凑过去讨好地笑，"要不你们换个地方，但不告诉楚君尧？"

鲁远朝她头上拍了一巴掌："你是想让楚君尧自此以后就离开'法援社'吗？他可是我们社团的颜值担当。"

虽然没有说服鲁远"撒一个善意的谎"，但能够和楚君尧一起出行，对米荔来说已经非常愉悦，火车上她一直想找楚君尧搭话，可他拿着一本书，看得很专注。

"吃水果吧？"米荔殷勤地递了果盘过去。

楚君尧一边说谢谢，一边随意地拿了一瓣橘子。

"味道怎样？"

"还可以。"楚君尧心不在焉地回一句。

"你喜欢吃橘子？"

"还好。"

"那你最喜欢吃什么水果？"

楚君尧忍无可忍地抬起头，她穿着海军蓝的抓绒衫，前面有一只兔子，荷包是兔子的手，肩膀处还耷拉着两只兔子耳朵，看上去十分俏皮可爱。

措辞严厉的话又收了回去，他不希望影响她的心情。

"你还没有回答我的问题呢！你喜欢吃什么水果？"

"火龙果。"楚君尧轻声回答。

米荔雀跃着从背包里拿出一个本子，她端端正正在上面写了一行字，刚写完笔记本被旁边的人抢了过去："《楚君尧备忘录》？"伴随着一阵哄笑，对方再一次念出来，"楚君尧喜欢的颜色是白色，楚君尧喜欢的音乐是舒缓型，楚君尧喜欢的天气是晴天……"

嘈杂纷乱的笑声里，楚君尧看了米荔一眼，她也不恼，笑眯眯地说："有什么不对的，你们给我补充呀！"

楚君尧悄然起身，朝着火车连接处安静的地方走去。

等他再回来的时候，看到米荔正在表演一个节目，一分钟内连拍鬼脸集，她时而吐舌，时而翻白眼，惹得旁人哈哈大笑，楚君尧心里隐约生出一股怒气。

他拿起杯子喝水，没想到米荔一不小心撞到他的手肘，杯子翻倒，水洒得满桌子都是，甚至顺着桌沿滴到了他的毛衣上。

楚君尧忍无可忍地呵斥出声："你闹够了吗？"

"楚君尧，她是不小心——"旁边有人帮着解释。

米荔慌忙拿纸巾想要给楚君尧擦拭，被他嫌弃地一把推开："走开！"

"对不起！"米荔垂着头，低声道歉。

"楚君尧，这么点儿小事，至于吗？"鲁远打着圆场，"好了，准备一下，快下车了！"

楚君尧下车时一直绷着面孔，米荔怯怯地拉拉他的衣袖，再一次道歉。

"我只是不希望你像个傻瓜一样！"楚君尧淡淡地说，"为什么要让自己一副没皮没脸的样子？难道你没有自尊心吗？"

米荔停顿一下，辩解道："我的性格原本就这样呀，能让大家都开心，不好吗？"

楚君尧觉得他真是服了米荔，不服不行，她有太强大的小宇宙，所以她才可以活得那么快乐和肆意。

"对不起。"楚君尧由衷地说，"我不该发脾气。"

米荔睁着一双大眼睛，他突然的温柔仿佛让她处在云里雾里。

在九谷口准备烧烤食材时，又发生了一件事。

米荔正在烧烤架上烟熏火燎地准备着给楚君尧烤鸡翅，突然听到顾军大喊："楚君尧落水了！"

米荔心里一个哆嗦，起身就朝湖边跑去，她看着湖边楚君尧的鞋子，来不及多想，飞身一跃，跳进冰冷的湖水之中。

顾军傻了眼，懊恼地一拍大腿："我是跟你开玩笑呢！"

刚才楚君尧在湖边想要拍几张水鸟的照片，他脱了鞋，小心翼翼地靠近它们，没想到一回头，看到米荔飞扑着跳进水里。

"米荔，快上来！"岸边的人喊着，"楚君尧没事！"

米荔扎进水里再一次抬头想要寻找楚君尧的身影，却看到他站在不远的岸边，心里松了一口气。

鲁远气急败坏，上前就推了顾军一下，后者摔在地上连声解释："我真的只是开玩笑，她动作太快了，我拦不住！"

鲁远朝湖中走去，他脱下外套披在米荔的肩上，扶着她走上岸。

"如果她不会游泳呢？"鲁远对顾军怒吼，"你会害死她的！"

"我真的不知道她会当真！"

"她本来就是这么单纯的性格！"鲁远看着嘴唇冻得发紫的米荔，心疼不已，"以后谁再欺负她，就是跟我鲁远过不去！"

"对不起！"顾军向上岸的米荔真诚地道歉，内心亦是后怕不已。

"快去换衣服吧，这么冷的天，别生病了！"鲁远柔声地对米荔说，"我带着感冒药，先吃点儿，预防一下。"

米荔看了楚君尧一眼，他并无任何表示，倒是她低声地说："楚君尧，你别放心上呀，换作是别人我也会去救的！"

虽然此事因他而起，此刻的他却像个局外人一样，他没有想到米荔会为了救他不顾一切，那一刻，他想起了沈冬晴，她也曾这样不顾一切地救过自己，毫不犹豫，她们都是内心坚定、勇敢的女生，他的内心被深深地震撼了。

二

沈冬晴在村里那棵老树下找到父亲时，他已经烂醉如泥。

数九寒冬的天，风刮在脸上像冰刀，父亲只着薄薄的单衣，冻得满脸青紫。沈冬晴连忙把随身带着的棉袄给父亲裹起来，艰难地想要扶他站起来："爸，我们回家。"

"我不回去，我没脸回去……"父亲喷着酒气，醉醺醺地呓语，"怎么就没有中奖呢？冬晴回来我没法交代了！"

"爸，没关系！钱没有了还可以挣回来！"沈冬晴轻声安慰，"我真的不怪你！"

可是父亲全然听不见她的话，只是哭哭笑笑地重复着："怎么没中奖？为什么没中奖……"

沈冬晴寒假回家后才知道父亲把收到的奖金全拿来买了刮刮奖，因为他看到村里有个年轻人买刮刮奖只花了两块钱就中了一万块，一时财迷心窍，想着若能中奖就把债务还清，也不让女儿太辛苦了。没想到他一张一张地刮下去，输红了眼，竟然不服气地把钱全部投进去，可惜，最多的一张也只中五百块。

等他醒悟过来，才发现一切于事无补，心里愧疚不已，人也变得消极低沉，特别是沈冬晴回来后，他更觉得无颜面对女儿，每天早早就躲了出去，找个地方喝一整天闷酒，晚上才醉醺醺地回来。沈冬晴劝说过他很多次，他都听不进去。

沈冬晴好不容易把父亲扶回家，当他躺在床上睡着后，她累得手臂都抬不起来，等她再去看母亲时，发现她在默默流泪。

"你爸虽然做错了，"母亲艰涩地说，"可他心里苦呀！有我这个残废拖累着他，这些年他走不出去，只能想着在家附近找活干。"

"妈，我不怪爸爸！"沈冬晴微笑着替母亲擦拭眼泪，"我可以挣到钱让你和爸爸过好日子的，你看，一个比赛我就能挣三万块，以后会更多！"

"妈相信你！"母亲叹口气，"你爸心里有愧，他过不去这个坎……要不是家里实在没办法，他也不会总给你打电话让你找钱，每次挂了你的电话，他都难受得哭一场，怨自己没本事。"

母亲虽然没有说，但她也知道女儿在外面吃了多少苦，她一笔一笔地寄钱回来，全是她的血汗钱呀！可是他们家就是这个状况，没有办法给她任何支持，不仅如此，还拖累了她。

除夕前夜，家家户户都张灯结彩，热热闹闹地准备着年夜饭，沈冬晴照顾母亲睡下后又出门去寻找父亲。她提着电筒拿着父亲的外套，在他回家的那条路沿路寻找，可一直到夜深，她都没有发现父亲的踪影。

沈冬晴的心越来越不安，一直到半夜，她实在没有办法，只好敲开二叔家的门，哽咽一声："我找不到我爸了……"

这样的天气，就算露宿一晚也会冻病，二叔赶紧招呼着村里人一起帮忙寻找。一直到天蒙蒙亮的时候，父亲被找到了，他沉溺在那片承包的珠蚌池塘里，早已没了呼吸。

沈冬晴到的时候被二婶给拦下了，她抱着沈冬晴哭着说："孩子，别看了……"

"爸！"沈冬晴撕心裂肺地哭叫了一声，眼前一黑，几乎晕倒过去。

"让我过去，我要去看看我爸！"巨大的悲伤让沈冬晴整个人都崩溃了，她哭着喊着挣扎着，心如刀绞。

看到父亲悲惨的样子，沈冬晴再也承受不住，她扑过去一次次地想要扶起他来："爸，醒醒！爸，我们回家……"

"冬晴，你要撑住呀，你妈还指望着你呢！"

亲人们流着泪纷纷安慰，可是那蚀骨穿心的痛只有自己才能体会。

一切发生得太突然了，就好像一枚炸弹投入沈冬晴的生活，将她炸得粉身碎骨。所有的坚持，所有的隐忍和努力就是因为想要让父母过上好日子。他们一辈子辛苦，母亲更是为了她做出巨大的牺牲，可是一切都来不及了——树欲静而风不止，子欲养而亲不待。

除夕夜，沈冬晴守着父亲的灵柩默默垂泪，她甚至不能当着母亲的面悲恸大哭，因为这个家只能靠她了，所有的事都得她做主，家里没有钱，办理后事所有的钱都是二叔张罗着借来的。她得一一记下，日后好还。

手机响起来的时候，她呆滞地接通了，眼泪簌簌而下。

察觉她啜泣的声音，楚君尧的心一顿，急切地问："发生什么了，沈冬晴，你还好吗？"

沈冬晴悲从中来，紧握着手机哭得肝肠寸断，泣不成声："我爸走了。"

楚君尧怔住，他想起那个淳朴的中年男子，他不善言辞，沉默寡言，见到女儿的同学只会拿出家里最好的东西来招待。

今天是除夕，楚君尧原本是给沈冬晴打电话祝福的，没想到听到这样的消息，心里陡然担忧起沈冬晴来，一直熬到天亮，他急切地对母亲说他要离开家几天，父母对他的事并不过多干涉追问，见他着急，也就应下了。

大年初一，楚君尧就赶往乌石塘村，在见到沈冬晴的那一刻，他的心都碎了。

她瘦了不少，脸色苍白，眼神暗淡，穿着一身素缟，跪在灵堂前朝来宾答礼，她的动作缓慢木讷，就好像一只提线娃娃，毫无生机。

即使看到他，她的目光也仿若空无一物，那种难以言说的悲伤像跌入了深渊，呼喊不出。

有人好奇地看着楚君尧，在他们看来，他应该是她的男友，否则不会出现在这里。楚君尧并没有解释，他默默地陪伴着沈冬晴，帮忙料理着一些事务。

直到父亲被安葬，沈冬晴都没有放声大哭过，但她咬着的唇有斑驳的血痕，那种强烈的隐忍更显得她悲恸不已。

"冬晴，你跟你妈都要节哀。"

"冬晴，有什么需要帮忙的你就说话。"

"冬晴，日子还长……"

所有安慰的话语沈冬晴都听不进去，她觉得命运对她太残酷了，母亲重病在床，而父亲却在中年就离世，她已家破人亡——但她不能倒下去，她还有母亲需要照料。她想过了，她要带着母亲去北京，一边照料她，一边念书。

当她推开母亲的房门时，看到母亲仰躺在床上，眼泪滚滚地落下来。

"妈——"

母亲艰难地想要坐起来，沈冬晴连忙将母亲抱扶起来，让她靠着床，低下头不让她看到自己红肿的眼睛。

"你爸的后事已经了了？"

沈冬晴点点头。

"你爸太累了，他先走，我不怪他。"

母亲默默垂泪，沈冬晴肝肠寸断，她抬手为她擦拭："妈，还有我，我会照顾你。"

"唉，"母亲点点头，揽过女儿，"妈妈知道以后是要为难你了，让你一个人承担家里的债务，还要照顾我这个病人。"

沈冬晴紧紧抱住母亲，痛楚地说："妈，我只有你了！"

沈冬晴没有想到，和母亲的这几句话竟然是诀别，她更没有想到，命运会将她推入万劫不复里，从此以后，她成了无依无靠的孤女。

那个晚上她和母亲一同睡下，她紧紧握着母亲的手，就好像有心灵感应般半夜突然惊醒过来，她望了母亲一眼，她安详平和，当她想要给她掖掖被子时才发现她浑身冰凉,她大骇着摇晃母亲:"妈!妈!"

母亲已经毫无声息。

住在隔壁房间的楚君尧推开房门时,看到沈冬晴脸色越来越青,突然之间身子一软,向地上滑去,他还没有来得及扶住她,眼睁睁看着她栽倒在地。

母亲的猝死,让沈冬晴彻底地垮掉了。

"这孩子太可怜了,一下子失去了父母,"二叔对楚君尧说,"我们也不能帮她做些什么,希望这些日子你能留下来多陪陪她。"

楚君尧应允下来,即使没有人说,他也会拼尽全力来照顾她。

短短的几周,沈冬晴接连失去了父母,在料理完双亲的后事后,沈冬晴对楚君尧说:"谢谢你能来,不过你回去吧。"

"要让他来吗?"楚君尧艰涩地问。

沈冬晴虚弱地摇摇头:"我们分手了。"

她的世界里满是伤口,再也愈合不了。

这个时候她谁都没有想,裴雨阳或者楚君尧,她只想一个人待着,自生自灭。她已经没有坚持下去的勇气,所有的努力都被摧毁了。她甚至觉得若不是她回来,父亲不会因为躲避她而日日醉酒,更不会在夜晚迈着跌跌撞撞的步子滑入池塘,而母亲也不会因为悲伤过度骤然离世。

短短几天,命运已经让她历经沧海桑田。

那个夜晚,当楚君尧半夜醒来,没有在隔壁房间见到沈冬晴时,惊得浑身发软,他一路朝外寻去,终于在她父母的坟茔前寻到跪地痛哭的她。

"沈冬晴,外面太冷了,你会生病的!"

"我哪里也不去,我就在这里!"沈冬晴抓住冰冷的石碑,头靠上去,喃喃自语,"爸爸妈妈,你们不要我了吗?你们为什么要丢下我一个人?我害怕——"

楚君尧俯下身,把她揽入怀抱:"会过去的,都会过去的。"

"我的心好痛!"沈冬晴痛哭出声,"我宁愿自己也死掉!"

"他们在天有灵会看着你的,沈冬晴,好好地活下去!你父亲就是因为自责才会逃避,你母亲是不想成为你的负累才会离开……他们这么爱你,你有什么理由不好好活着?"

"我一个亲人都没有了——"

"沈冬晴,你有我!"

沈冬晴攥住他的衣襟，泪水湿透了他的衣服，这个凄惶无助的夜晚，风呜咽着，就好像一阵又一阵的哭声，为这个凄苦的女孩。

三

沈冬晴病了，一直高烧不断，冷汗涔涔。

她不吃不喝，昏沉着不肯醒来，楚君尧送她去医院，一路上心急如焚。

没想到米荔会来到乌石塘村，原来她寒假无处可去，还是决定回父亲家拜年，其实是想见楚君尧，却从他母亲那里得知沈冬晴家里出事了。

"别赶我走，她这个状况，你一个男生照顾着多不方便！"米荔用哀求的眼神望着他。

楚君尧看着病床上虚弱的沈冬晴，点点头。

因为沈冬晴不肯进食，所以医生只能给她输营养液，他找楚君尧谈话："病人求生的意志力很弱，若是再这样下去，她……"

"她只是发烧！"楚君尧没有想到会这么严重，惊呼出声。

"她的身体太弱了，只靠营养液不行。"

楚君尧急了，他抱着沈冬晴，想要她清醒过来："不可以再睡了！快起来！沈冬晴，你不是很坚韧的一个人吗？为什么要放弃自己？"

他情绪激动，眼泪横飞："沈冬晴，我不许你有事！我不准你有事！"

"别摇她！"米荔想要制止，"楚君尧，你冷静点儿！"

直到这一刻，楚君尧才明白沈冬晴对他有多重要，一想到也许会失去他，他整个人都乱了方寸，几乎失去理智。

"沈冬晴！你睁开眼睛看看我！"楚君尧喊出声，"你不能这么自私，不能这么任性！你要替你父母活下去，你要为了我活下去！"

米荔"哇"的一声哭了起来，她看着眼前的楚君尧和沈冬晴，心痛不已，转身离开了病房。

她的成长里虽然没有父亲，但母亲给了她很多的爱，让她从来没有觉得自己和别人有什么不同，她一直乐观积极地成长，觉得生活里都是希望和阳光——但原来生活对沈冬晴，是可以这样黑暗的，她觉得难过，觉得无能为力，觉得命运如此不公。

在走廊上时，米荔听到争执的声音。

"江盛海，你别欺人太甚！"一个男人愤怒的声音传来，"冬晴父母尸骨未寒，你就迫不及待地来讨债，良心是被狗吃了？"

"他二叔，我这也是没有办法呀！一大家子靠我养活……"

"冬晴哪有能力还债，你这不是要逼死她？"

"她不是有个男朋友吗？那男孩我看着家境不错，这个时候一定会帮她的。"

"你这算盘打得也太精了！"二叔冷哼一声，"落井下石，忘恩负义！"

"随便你怎么说，但欠债还钱，父债子偿，天经地义！再说我怎么忘恩负义了？当年我家盖房子，他家是帮忙不少，可那珠蚌苗不也是我赊给他的吗？"

"你还好意思说珠蚌苗？谁知道你给的是什么苗子？怎么养了一年不到就全死了？"

米荔听到这里，心里微微一动。

"天地良心，我给沈叔的可是最好的珠蚌！这珠蚌死亡有很多因素，咋能怪上我？"

"总之你现在给我回去，冬晴现在昏迷不醒，也没法搭理你。"

"可她男朋友——"

"你是想毁了冬晴吗？万一他因为这些被吓跑呢？"

"就让我先试探试探！"

"快走！"二叔不由分说地赶走了江盛海，后者还在叫嚣嚷嚷，连米荔都要听不下去了。

米荔叹了口气，这沈冬晴的境遇真是可怜。

一连几日，沈冬晴的状况依旧毫无起色，医生束手无策。

楚君尧不管怎么与她说话，她都昏沉得没有回应。她已经越发地瘦了，静静地躺在那里，就好像一株枯萎的树。

楚君尧拿棉签擦拭她干涸蜕皮的嘴唇，轻声与她说起年少种种时，他已经热泪盈眶。

"沈冬晴，你记得你以前被同学们称呼为'魔教教主'吗？因为你总是啃馒头，你拿方便面向同学们兜售……你刚刚到班里，成绩差得要命，老师让你回答问题，你就只会傻站在那里，我一直觉得你是我见过的最土最笨的女孩了，可你竟然一点点把成绩追了上来，还考上了不错的大学。最令我惊讶的是你那么会拍照片……沈冬晴，你很坚强、很勇敢，所以这一次，你一定要再坚强下去，我等着你醒来……"

沈冬晴的眼角滚落一滴泪，楚君尧知道她听见了。

米荔俯身下去，握住她的手："沈冬晴，你得醒来替你爸做主！我已经调查过了，珠蚌会死，那是因为卖珠蚌的人给你爸的珠蚌苗带着病原体，所以很难长大。"

沈冬晴的手指在楚君尧惊喜的目光里微微一动，他鼓励地望着米荔，让她继续说下去。

"卖给你爸珠蚌苗的人叫江盛海，他明知道自己的珠蚌有问题，所以才提出赊账给你爸，一共是两万块的珠蚌苗，也是他逼你爸逼得最紧！他是害得你家破人亡的元凶，你不能这样轻易放过他！我们一起来搜集证据，替你爸讨回公道！"

米荔是在无意听到他们的谈话后起了心思，她去找沈冬晴的二叔了解前因后果，又去池塘查看水质和生态环境，看上去水质清澈，也是流水状态，而周边的环境也是问题不大。

珠蚌都已经死亡，无从考证，所以若真的是珠蚌苗有问题，也只能让江盛海自己说出真相来。

"如果那些珠蚌并无问题呢？"楚君尧问。

"为了让沈冬晴醒来，只能用这个方式刺激她了！"米荔望着他，认真地问，"为了她，你愿意做任何事吗？"

原来米荔的馊主意是让江盛海酒后吐真言。

这还得需要二叔的帮忙，他们找到他时，他一口就应承下来。

那天晚上二叔找了几个亲戚一同拉着江盛海喝酒，轮番灌他的酒，在他喝得醉醺醺的时候，把他引到冬晴父亲的池塘边再散去。在清冷的夜色里，江盛海迷迷糊糊地看到有个人从不远处"飘"过去，他自诩胆子大，也被吓得哆嗦一下，再定睛一看，酒已经醒了大半。

那个人影逆着月光，在旁边的草丛上停了下来，身形高大魁梧，披头散发看不清楚脸，江盛海一屁股跌坐在地上，这才察觉自己竟然身在冬晴父亲溺亡的池塘边。

"啊——"他尖叫一声拔腿就跑，可是酒劲上头，脚下虚浮，又感觉有人在背后拽着他，"沈……沈叔？"

"为什么要害我？"

低沉的声音传来，更是让江盛海吓破了胆，腿一软跪在地上："沈叔，我不是故意要卖那些发生过病害的珠蚌苗给你，我也是后来才知道那个繁育场之前出过事——"

"你真的不知情？"

"天地良心！那些珠蚌死后，我一打听，才知道那一批珠蚌全部有问题！这不关我的事！"

"后来为什么不说出实情，反而一直咄咄逼人地要债？"

另外一个声音传来，江盛海朝身后一看，顿时明白上当了，面红耳赤地狡辩："她叔,你这是做什么呀?"

"乡里乡亲的,看你做的好事!"二叔瞪着他,"见利忘义的小人!"

江盛海再一看刚才那个鬼魅,不过是楚君尧举着的一个稻草人,在草丛中高高举起,所以才显得魁梧高大。

米荔在一旁早已录像,事实面前,江盛海只得说出繁育场老板的名字:"我真的不知道那些珠蚌苗有问题,再说我也需要成本购买……"

米荔瞪他一眼:"这个钱你应该找繁育场的老板要!"

米荔以沈冬晴的名义将江盛海和繁育场老板告上法庭,而那个时候,沈冬晴终于慢慢康复。

这一年的冬季,对于沈冬晴来说是一生里最痛的时光,最绝望的时候她甚至产生了随着父母离开的念头——活着太难太难了!当她睁开眼睛,连呼吸都感觉锥心刺骨。

恍惚的时候,她会分不清身边的人是裴雨阳还是楚君尧,有人替她洗脸和喂水,絮絮叨叨地说话,她想要说别管我了,可所有的声音都被封住了,一个字也说不出来。

她总是会梦见父亲和母亲,梦见小时候的事。

夏日的乌石塘村,路边深深浅浅开满的"一年蓬",她还是个女童的模样,一手牵着父亲,一手拉着母亲往家里走去。小时候的玩具都是父亲做的,他给她做拨浪鼓,把木头一点点锉成圆形再涂上油漆,他还给她做了一只有轮子的木马,可以用绳子拖着木马在小径上飞跑;没有人比父亲更加勤劳了,他天不亮就乘船去深海捕鱼,常常要穿上厚重的潜水服绑上30斤重的铅块下海……

母亲包揽家里的家务,照顾一家人的生活,她任劳任怨,贤惠淑良。虽然家境贫穷,但沈冬晴却一直感觉很幸福。

沈冬晴在梦里对父母说了很多话,她说起在裴家的生活,说起在北京的日子,如果不是父母的坚持,她不会走那么远……

沈冬晴太累了,她背负的太多、太沉重,可没有了亲情的牵绊,她又突然没有了方向。

她听到了楚君尧的话,也听到了米荔的话——她被这样的真相震住了。她怎么没有想过去追查原因呢?如果父亲能够早一点儿知道,他们家的命运会被改写吧?

她彻底清醒过来,是在一个午夜,入眼的是惨白的日光灯,还有斑驳的白墙,她终于明白自己是在医院里,她的手想要挪动一下,楚君尧的面孔突然出现在她的视野里,她感觉自己的头发被轻轻地摸了摸。

"有没有哪里不舒服?"楚君尧轻声地问。

沈冬晴只是觉得头晕，身体沉得做出每一个动作都很艰难："什么时间了？"

"现在？凌晨两点。"

"不，今天几号了？"

"已经农历十九——"

沈冬晴昏睡了足足半个月，而这段时间一直陪伴她的人是楚君尧。他从来没有想过有一天会以这样的方式和沈冬晴相处。只是静静地望着她的脸，就有了相濡以沫的感觉。

此时此刻，他只想要陪伴着她走过最难的日子。

沈冬晴醒来后才知道米荔为她做的事，那是她第一次审视这个女孩，她长得那么美，笑容很甜，说话时神采飞扬，声音清脆如百灵鸟。

楚君尧不在的时候，她与沈冬晴耳语："你总算是醒了，要不楚君尧会急疯的！他对你情深意重，就算为了他，你也要振作起来。"

沈冬晴欲言又止。

米荔笑了："我知道你想说什么，我并不伟大，也不是成全，我只是知道他心里喜欢的人是你，所以我认了。"

米荔又说："已经开学了，我得回学校，楚君尧……除非你跟他一起回去，否则他不会离开。"

沈冬晴垂了垂眼，现在的她已经不再想回学校。

万念俱灰，不过如此，在失去一切后，她只想要一个人安安静静地待着。

楚君尧再一次接到母亲的电话，催促他返校。

"儿子，你做得已经够多，现在只能靠她自己了。"母亲虽然没有反对儿子一直停留在乌石塘村，但心里却已经对他这段感情有了决定。

没有任何一个母亲愿意让自己的孩子去替另一个人背负那么多沉重的包袱。

"等她康复，我会和她一起回北京。"

"儿子！"母亲的语气变得不悦，"你做事一直有分寸，所以爸妈极少干涉，但这件事关乎你学业前途，不能感情用事。"

"我答应您，会尽快！"楚君尧暖声说，"妈……她对我来说很重要。"

楚君尧没有想过这样的话语会自然而然地说出来，一直以来他都看不清自己的内心，他怕他还没有坚定到可以给她承诺的地步，现在看来，他的心已经被她填满了。

他听到母亲轻轻的叹息声，然后挂断了电话。

他站在病房外，看着在午睡的沈冬晴，心里涌起万般柔情。

手机铃声再一次响起,他发现是沈冬晴的手机,接听起来"喂"一声后并没有人讲话,他连续询问了几句依然没有人回应,便挂断了。

四

那个电话是裴雨阳打来的,虽然是他提的分手,但过不了这个坎的人也是他。

整个寒假,他都待在家里玩游戏睡觉,一副醉生梦死的模样。

周媛私下里跟丈夫说:"这小子是失恋了吧?"

"沈冬晴?"

"除了她,谁还能让你儿子放在心里?"

"其实我倒觉得那个姑娘人品不错,勤奋踏实……"

妻子没好气地打断他:"她哪里配得上我儿子?一个农村女孩——"说着她又愤愤瞪了丈夫一眼,"都怪你!不是你惹上他们一家,怎么会让我儿子跟她有瓜葛,我们家倒是不计较了,她反而甩了我们家雨阳。"

"你是说是沈冬晴提出的?"

"不然呢?"

"也是,雨阳倒真的很喜欢她!"

"我也想问问咋回事,但一提到沈冬晴他就翻脸……"

"那要不给沈冬晴打电话问问?"

"断了也好!"周媛利落一声,"长痛不如短痛,儿子会想明白的。"

话虽如此,但儿子颓废的样子还是让他们好生着急,除夕夜里他主动从房间出来和他们一起看春晚,但整晚手机都拿在手上,每响一声,他都神经质地惊跳一下。那状态,让周媛特别难受。

裴雨阳一直期盼着沈冬晴能给他发条短信,哪怕是群发的祝福短信,他也有理由回她一条。是他说以后再也不想见到她,可他当时就后悔了。他怎么会不想见她呢?她是占据他整个青春的女孩,一直到现在,想起时依然会怦然心动。

他会去她住过的房间借口找东西,然后回忆当时她住在这里的情景,她眸子黑若潭水,沉静倔强地抿着唇,他觉得那些纠缠的日子,是他青春里最鲜活的时刻。

除夕之夜他到底忍不住给她发了一条短信,编写了很多的话,删了写,写了改,最后只是短短四个字:*新年快乐!*

但沈冬晴没有任何的回复,一直到新年过去,她都没有给他回过短信,更别说一通电话。回到上海后他的思念越发地浓,午夜醒转再也无法入睡,辗转反侧心里就像下了一阵雨，湿漉漉的。

最难受的时候只想要听一听她的声音，用了室友的手机拨过去，没想到传来的是楚君尧的声音，那一刻，他的声音落在他心里，变成了刀刃，割得他惆怅万分。

他心里酸涩地想，我都未曾有过这样的待遇，可以替她接电话。

也许现在他能给她的，唯有"不打扰"了。

五

虽是三月，但北京的风依然料峭阴冷，雾霾让整个城市都灰蒙蒙的，抬眼望去，会有一种世界末日的绝望。

毕夏坐在角落的位置，头有些昏沉，刚刚喝下一杯烈性的马丁尼，感觉从喉咙到心肺一直火燎火烧。酒吧里强劲的音乐震耳欲聋，各种镭射灯光晃动，舞池里挤满了人，跟着DJ煽动性的话语欢呼鼓掌，气氛酣畅淋漓。

毕夏起初是不适应的，她从未涉足过这种场合，第一次被李沐言带到这里时，心里很是抵触。自从毕夏出院后，李沐言就每天给她打电话，他幽默风趣，即使她反应再冷淡也会被他的话语逗笑，慢慢地毕夏对他心生好感。只是她一直没有准备好开始一段新的感情，或者说她对李沐言还觉得很陌生，但想想即使一起长大，一起相处了那么多年的楚君尧，她不也同样不了解吗？而此时此刻她内心如此孤独，有李沐言的陪伴会让她觉得安稳一些。

终于答应了和李沐言见面，没想到他带她来的竟然是酒吧。

李沐言和平时在医院里很不同，脱下白大褂的他穿着一件V领休闲衫，一条黑色窄脚裤，显得时尚俊朗，他笑着说："放松一下。"

随后，他给她端上一杯鸡尾酒，说这是蓝色玛格丽特。他教她在手背虎口处撒一点儿盐，用舌头将盐卷入口中，再将用龙舌兰、蓝色柑香酒、砂糖和碎冰一起调制的酒一饮而尽，最后拿起一个柠檬将果肉嚼下。

毕夏喝下这奇怪而又新鲜的味道，透着灯光望向李沐言，他用指尖轻抚她的脸，一时之间，她竟然失神。

灯光下，李沐言的眼睛散发着蛊惑的光，他牵住她的手滑向舞池，周围全是人，比肩接踵，因为喝过酒的缘故毕夏的脚下有些虚浮，目光更加迷离，而李沐言一直带着她。她整个人慢慢松弛下来。

在这里，没有人认识她，没有谁知道她的过往，了解她的现在。更没有谁知道原本的毕夏是怎样的性格，那个骄傲、倔强、隐忍的毕夏在这一刻被颠覆。她随着热浪一样的气氛大声地喊了出来,身体开始尽情舞动。

一切都变得不同,这个肆意妄为的毕夏,这个任性胡闹的毕夏——当她闭上眼时,眼泪缓缓地落了下来。她想,若是此时此刻,楚君尧看到她这番光景,会讶异的吧?就连她自己都觉得不可思议,她怎么会变成现在的模样?

是什么改变了她?是命运还是过往?那个一心只想着学习,对自己要求严苛的毕夏,原来她心里藏着另外一面。

当她大汗淋漓地从酒吧里酩酊大醉地出来时,已经是午夜十分。嘈杂的声响仿若还在耳边叫嚣,寒风猎猎,惨白的月光从树枝间洒落,毕夏瞬间清醒了一些,她看了一眼身旁的李沐言,他深情地望着她,扶着她的手完全没有松开的意思,他轻轻地把唇低下来,而她心里一顿,下意识地转过面孔。

他哪肯放过她,捧住她的脸,让她朝向自己:"跟我一起,不快乐吗?"

"我不知道。"她喃喃自语。

"生命既然这么脆弱,及时行乐才不会辜负年华。"

毕夏有很多反驳他的话,但她沉默下来,不得不承认,刚刚的她忘却了那些悲伤的事,忘记了发生在自己身上的那些不幸。

"做医生是一件很严谨的事,但如果我的生活也这样严谨,会累疯掉的……"他望着毕夏笑,"在工作之余,让我们随意洒脱一些。"

毕夏并不了解李沐言,只是在她最绝望、心田被抽干的刹那,他如一场突然而至的雨,让她得到了滋润。

李沐言是北京胡同里长大的男子,特别好交朋友,平日里带着毕夏参加一个又一个聚会,认识各种莫名其妙的人,毕夏跟他们聊得不多,大多数时间她就像一个看客,看着他们嬉笑怒骂,纵情肆意,她会觉得在这种热闹中自己不那么孤独了。

有时候别人也打趣李沐言:"换口味了,新女友这么乖?"

"她还是大学生,很单纯的!"李沐言揽住毕夏的肩,"你们可别吓着她。"

他们哄笑起来,开着低俗的玩笑,毕夏的脸不由得红了,而她娇羞的模样更是让李沐言喜欢,自始至终一直握着她的手,满眼的娇宠。

有天毕夏一个人从聚会里离开到露台吹风时,一个穿着花衬衫的男人走到她面前,一边抽烟一边吊儿郎当地说:"你怎么会和他在一起?"

毕夏有些错愕,觉得这样的问题太不礼貌,毕竟她和这个人第一次见面。

"我跟他曾经追过同一个女孩。"男人用手指弹弹烟头,"他赢了。"

"后来呢?"毕夏忍不住问。

"他们分手后,那女孩来找我,说喜欢的人是我。"

毕夏等着他说下去。

"我没同意。"男人几乎是凶狠地把烟头摁灭,收起轻狂的表情,望向远处:"这个圈子大家彼此认识,我不想丢脸,即使我喜欢她喜欢得要命!"

"李沐言是怎样的人?"毕夏不由得问。

"他?做朋友不错,但做情侣……"他欲言又止。

这时李沐言朝他们走来了,男人意味深长地望了毕夏一眼,迎着李沐言,重新恢复散漫的神情,大笑:"你倒是紧张,看来她能待上一段时间。"

李沐言拍了拍他的肩膀:"说起来很久没有小凝的消息,你和她有联系吗?"

他们虚与委蛇地聊天时,毕夏望向了李沐言。不穿白大褂的时候,他的衣品是极为讲究的,喜欢穿英伦风格的休闲装、双排扣的套头衫或者小西装,更衬得身材修长挺拔,他将两侧发丝剃掉,剪碎的头顶发丝向上梳理,显得非常时尚帅气。

李沐言比她大了七岁,他的过往,她从未去探究,也许在她心里也有着想要隐瞒的部分,所以她觉得这样公平一点儿。在他的圈子里,他名气很大,不仅是因为他仗义的性格,还因为他有众多的前女友。他本身长相俊朗,所以喜欢他的人很多。

等那个男人走后,李沐言从身后圈住毕夏,她的身体一顿,下意识地离开。这样突兀的亲昵让她内心抵触。

李沐言抬手挡住她的去路:"难道你不喜欢我吗?"

毕夏垂了垂眼:"沐言,我们认识不久。"

"我们已经认识两个月了,难道还不够了解?"李沐言望着她,声音变得更加温柔,"毕夏,我喜欢你,你是我见过的最单纯最漂亮的姑娘……"

他的声音带着甜腻的魔咒,几乎要让她坚持的心松动,可在那一刻她的脑海中浮现出楚君尧的脸,她轻轻地转过了面孔。

和李沐言在一起,对毕夏来说是不同的感受,他带给她的是另外一种恋爱模式,他有些强势、有些蛮横,他安排他们的约会,给她制造浪漫。他带她出海坐游轮,带她去山顶乘热气球,往她公寓送满玫瑰……最疯狂的是他自作主张地买了两个人去成都的机票,然后用十五天的时间开车自驾去西藏。他们的七辆越野车浩浩荡荡地翻越青藏线,她看见了最美的星空、最纯的湖泊,对李沐言的依赖也更深。

也是在那次西藏之旅中,她终于默认了和李沐言的关系,答应和他在一起。

有时候依然会想起楚君尧来,想起他们的那一场恋爱已经恍如隔世,也许她再也不会有那种心动的时刻,她的青春真真切切地结束了。

第八章
心归何处

一

黎允儿骑着摩托车在拥堵的车流中艰难前行，心里焦灼得像热锅上的蚂蚁。

她现在是父亲公司的新晋职员，自告奋勇地从底层做起，每天的工作就是各种杂事。起初，大家知道她是老板的女儿，谁也不敢使唤她，她只能去找经理，说大家都不给她工作，害得她每天坐在电脑前发呆。

部门经理只好召开会议，让大家把黎允儿当成职场新人就好，慢慢地有人交代她打印资料，有人要她做会议记录，也有人让她跑腿买咖啡和午餐了……她热火朝天地融入新的生活里，每天都忙得团团转。因为她英语口语不错，公司一些接待外商的事也交给她，听着她流利自如地跟他们谈话，父亲表示很欣慰。

"没想到吧？"黎允儿一回到家就跟父母叽叽喳喳地说起在公司的事，"我今天做的计划表还得到经理的表扬，过几天我还要出新的企划案。"

"那爸爸很快就能退休，和你妈享清福了。"

"我可不是不学无术的富二代……"黎允儿大言不惭，"以后一定能纵横商场，所向披靡。"

父母哈哈大笑起来，一家人团聚的时光总是笑语不断。

黎允儿今天是要送一份资料去招标会，此次投标非常重要，关系着公司今后一年的工作业绩。做标书的时候黎允儿也有参加，她分析了投标的几家公司，觉得他们公司胜算最大，因为他们公司生产的设备有权威性，而且之前和对方公司长期合作着，只是不知何故，今年那家公司突然改为招标。

黎允儿好不容易赶到会场，将资料交给父亲时才发现他脸色沉重。

"爸……"休息时间，黎允儿轻声问，"不顺利？"

父亲没有回答，一旁的秘书对黎允儿使了个眼色。

黎允儿走到一边，秘书压低声音说："不知道哪里来的小公司，压低30%成本给出报价……"

"他们这是不正当竞争，属于违规！"

"话虽如此，但那家公司刚才那番发言，我看着许总他们挺满意的样子。"

黎允儿忧愁地望向父亲，她知道这个项目的重要性，如果公司没有拿下来，那对于父亲来说是一个沉重的打击。

招标会以黎允儿他们公司竞投失败结束，虽然他们有很多优势，但却不能和对方拼价格。

黎允儿也沮丧极了。

"爸，没关系，没了这个项目还有别的项目！"黎允儿故作轻松地揽住父亲，"现在您有我这个得力助手在呢！"

黎浩天没有告诉女儿这其中牵涉着太多复杂的事，也是在招标会结束后，一位相熟的老总向他透露，竞标成功的那家名为富恒的小公司其实有上市大公司的投资背景，他们买下这家公司，将业务方向转变，目的就是拿下这个项目。

黎浩天心里有些担忧，不仅担忧公司现在的业务量，还担心公司的前景。

黎允儿接到塞丽娜电话时，正在查阅公司往年的项目，想要更全面地了解公司。

"欧洋今天订婚了。"

塞丽娜的话让黎允儿一怔，随即明白过来："准新娘不是你？"

"我从来就没有奢望过……"塞丽娜喝了不少酒，声音断续不清，她自嘲地笑，"不过他也不好过，要娶的并不是自己喜欢的人。"

她起初只是欧洋母亲资助的留学生，就连塞丽娜这个名字都是他母亲给的，她选中她就是觉得她是一个目的性强的女生，她渴望过上衣食无忧的生活，最重要的是，她有自知之明。当她接受欧洋母亲的安排，在他身边以"女友"的身份监视他时，就知道有一天当欧洋母亲物色到了门当户对的媳妇，她会功成身退，决不纠缠。

所以今天她"失业"了，条件是欧洋的母亲给了她一张回国的机票和一张足以让她一生不用奋斗的支票。她甚至落落大方地参加了欧洋的订婚仪式，她就想看看他有多不幸，这样她才能安然地离开——这么多年，她对他已用情至深，而他却当她如空气一般透明。

"塞丽娜。"

"乔叶，这是我的本名。"

"离开他对你而言是最好的安排，因为跟他在一起，你已经失去自我。"

"我还能重新开始吗？"

"这有何难？"

"我什么都不会……"

"跟你讲道理挺费劲，但你只要闭上眼睛想一想遇到欧洋之前你最想要做的事，现在再去继续完成。"

塞丽娜低声啜泣："三年……这三年对我来说不仅仅是一场交易。"

"幸好只是短短三年。"

"其实，我倒愿意和你做朋友。"

"先脱掉你的高跟鞋吧——"黎允儿揶揄道。

"上次我看到蔡秘书给欧洋母亲看你家公司的资料。"

这一句话让黎允儿怔住,联想到今日种种,心生疑窦。她迅速在电脑上查起今天竞标成功的公司背景,发现竟然和欧洋家产业有千丝万缕的关系。

她背后冷汗涔涔,想到欧洋母亲凌厉的目光,她已经猜出了大概。

黎允儿拿着打印的资料赶紧回家找父亲,为避免母亲担忧,她把父亲拉到了书房。

"爸,对不起!"黎允儿羞愧地说,"都因为我才会让公司陷入困境。"

黎浩天把资料打开来,倒是轻松地笑了:"现在知道他们的目的,倒是让我释然了。"

"爸,他们现在抢走业务,以后不知会做出什么事来。"

"你爸从商风风雨雨几十年,不会害怕。"

"您不怪我?"

"有些事是躲不过的,既然这样,就兵来将挡,水来土掩。"

黎允儿心里愧疚,却不明白她都已经回国,为什么欧洋母亲还对她步步紧逼?欧洋已经订婚,她根本不构成任何威胁——那些心思细想起来真是可怖。

这是黎允儿这一辈子最紧张的时刻,她变得比任何时候都努力,想着如何寻找新的合作项目,欧洋母亲再实力强劲,毕竟也久居海外,总不能把整个市场都占领,她要在她下一步动作前有所准备。因为忙碌,姚元浩给黎允儿打过几次电话,她都匆忙挂断,她无暇再去谈感情。

有一天,她戴着头盔骑着摩托车从市场上做调研返回公司时,下起了倾盆大雨。

没想到会在公司楼下遇到姚元浩。

他穿着黑色POLO衫、蓝色中裤和牛津鞋,显得清爽干练,倒是比高中时代自信了些。

黎允儿则显得很狼狈,被雨淋得像落汤鸡,头发乱蓬蓬的,衬衣随意地在腰间打了个结,撞上姚元浩调笑的目光,她恨不得找条缝儿藏起来。

"你怎么知道我在这里?"

黎允儿手忙脚乱地整理着头发——不管过去多久,见到他,依然会让她感觉紧张。

"掐指一算。"

说着他还真的举着两根手指做了神算的样子。

"现在不脸红了?"黎允儿打趣他。

"再试试?"

黎允儿抬起面孔盯住他："谁先眨眼谁输了！"

当年她最喜欢的事就是盯住姚元浩，看着他脸红紧张，左躲右闪，她的快乐就会像从破了的口袋里掉东西一样，一路都是。

可是她今天盯着姚元浩的时候发现他变得不同，他的目光温柔深情，瞳孔里有她的样子——她的心在这一刻慌乱了。

黎允儿掩饰着微咳一声："这是公司门口，一会儿别人会误会的。"

"你怕误会吗？"

"我怕被逮着八卦，刚跟公司里的人熟起来，他们就开始要给我推销他们的各种亲戚朋友，生怕我嫁不出去的架势！"

"那不如考虑下我？"

"姚元浩，你你你……变了！"

"我只是在追你！"

这句话带着几分委屈，听得黎允儿一阵悸动。

"我不吃回头草。"

"英雄不问出处。"

"我要上班了。"

"那等你下班。"

"不用——"

说着，黎允儿方寸大乱，拔腿开溜。

"来都来了。"

姚元浩在她身后喊。

她从来没有想过有一天会是她拒绝他，那可是她青春里最真挚的感情，只是她对感情已经有了敬畏之心，怕伤到别人，也怕自己受伤。就像现在这样，可以跟姚元浩像朋友一样，对她来说是更安全的。她也想，明明以前喜欢他喜欢得要死，现在却拼命地想要疏远他，她真是作到了人神共愤的地步。

原来一段感情太过珍视，反而会裹足不前，因为害怕一旦发生变故，自己将无法承受。

二

从那个女孩进到包间时，毕夏就察觉出李沐言的异样。

那是一种说不清的暧昧，在他们若有若无碰撞的目光里纠缠。

她穿着黑色的机车服，紧身的皮裤显得身材热辣火爆，她画着烟熏妆，头发挑染成烟灰色，一侧梳起了辫子，个性十足。

他们叫她九九，说她是圈子里的传奇，因为她的职业是赛车手，她和李沐言的相识也是因为一场赛车事故，他曾经是她的主治医师。

毕夏离开包间去外面接电话，她在门口站了片刻，从反光的玻璃门上看到自己素面朝天的样子，不得不承认九九才是那种众人眼里的性感尤物。

她有些嫉妒，所以一直紧挨着李沐言坐，她用这样"小女人"的方式宣布她的主权，心下却有些荒凉——原来她的自尊已经卑微至此。

李沐言一直风趣幽默地谈论着急诊室里的故事，他永远都能成为聚会的主角，轻易就俘虏所有的目光，当他的手轻轻搭在毕夏的椅子上，就像半搂着她时，毕夏会觉得有一丝幸福的感觉。

可是当她打完电话再返回包间时，竟然没有见到李沐言，再一看，九九也不见了。

毕夏的手下意识地蜷缩起来，她盯着窗帘后的露台足足有三分钟，心里凛冽得像数九寒天。

她一步步地走过去，她从来就是一个坚持看到结果的性格。当她把窗帘拉开时，看到抱在一起的两个人，竟然一点儿错愕也没有。

不知道为什么，就算是李沐言对她最真心的时候，她也不曾真的信任过他。

一屋子的人都停了下来，看着这场闹剧该如何收场。

就连九九都挑衅地望着她，一副等着她发飙的模样。

李沐言松开九九，故作洒脱地解释："我跟九九是朋友，朋友之间……"

"李沐言，我们结束了。"毕夏淡淡地说。奇怪的是她的心竟然并不觉得痛，此刻的她镇定非凡，她看着他们，看着屋子里所有人觉得自己就像一个突兀的闯入者。她根本就不属于这个圈子，根本就不该出现在这里。

她和他们终究不是同路人，在热闹喧嚣以后，她内心越发地空虚和落寞。

她转身离开，片刻都不想停留，刚才的一幕让她觉得羞耻，她怎么会和这样的男子谈恋爱？怎么会经历这样一段轻浮的感情？

"何必呢？"李沐言追上她，拽住她的手，"我和她只是玩玩。"

毕夏望着他，难以置信他能这样无耻。

那个在医院里说借肩膀给她，那个在她哭泣时给她拥抱的男子——她是一时鬼迷心窍，才会接受了他。

缓缓的、平静的悲哀，不是铺天盖地地袭来，而是像水一样慢慢涨起来，没过她的脚踝，没过她的膝盖，然后没过她的心脏。

"不要再来找我。"

也许所有的感情在澎湃过后，都只剩下冰冷的煤渣，以及四处飞散的烟尘。

毕夏坚定地转身，她拿起手机把关于他的一切联系方式都彻底地拉黑删除。

李沐言看着她的背影，并没有感觉到多少后悔。他喜欢毕夏，但他也喜欢别的女生，就好像白玫瑰和红玫瑰，他性格里有自由奔放的一面，所以他对自己的感情很难约束，但毕夏太认真、太执着了，她是那种谈一场恋爱就要许诺一生的女孩，这让他觉得有压力。

所以刚才的一幕他也是故意为之，因为想让她自己离开。

他们不同的性格终将背道而驰，再走下去，他已经厌倦。

毕夏回学校上课的时候才看到公告栏里有对她"开除"的决定，比起之前"警告"的处分，现在她觉得这一切都是自己咎由自取。

和李沐言在一起的三个月，她缺了很多课，作业忘交，论文忘写，连补考她也没有参加。特别是她去了一趟西藏，有半个月没在课堂上出现，老师甚至打了她母亲的电话问她的行踪。当她接通母亲的电话，告诉她自己此刻正在去往西藏的路上，母亲难以置信地说："毕夏，你真是疯了！"

她觉得自己的内心真的疯狂了，她以为和李沐言一起能让她摆脱孤独和虚无，能让她获得温暖和幸福，只是这一段感情依然让她失望透顶。

"一直觉得你清高傲气，看来全是装的！"不知何时，马伊然出现在她身后，"真没有想到你会沦落到这种地步。"

毕夏没有回头。

"为一个男人把自己搞成这样，至于吗？"马伊然讥笑着说，"别怪我好奇，我只是想知道谁能让你自甘堕落，没想到一查那个男人，他的前女友令人眼花缭乱。"

毕夏轻蔑地扫了一眼马伊然，冷冷地说："我离开是因为我不喜欢这里了。"

"现在你也就只能说说逞强的话！"

"我从来不怀疑我的能力，倒是你，就算勉强毕业，在社会上恐怕也难以立足。"

"毕夏，你以为你是谁？"

说话间，毕夏已经转身离开，她不想让别人看笑话，更不想让自己失去最后的尊严。也许从美国回来后，她就已经想好离开，她厌倦了这里的一切，从学校到专业都不是她喜欢的，她勉强来到这里，只是想给自己一个更有把握的前途。

然而她的妥协换来了什么？不过安抚了她懦弱的心。

当年楚君尧劝阻过她，即使是在他们关系最恶劣的时候，他也苦心地想要说动她。

那时的她已经没有锐气了。

两年的时光过去，她发现自己依然没有释怀当年的决定，所以这样的结果，让她觉得这就是命运对她的惩罚。

从北京回家时，只有黎允儿到机场来迎接她。

"连'开除'这种事都能赶一起，果然是姐妹。"黎允儿笑着给了她一个大大的拥抱，许久都不肯松开，"亲爱的，又能和你在一起，真好。"

毕夏动容不已，她轻拍好友，觉得此刻心有归属。

因为不想回母亲和付叔叔的家，所以毕夏回来前已经拜托黎允儿替她租了一套公寓。黎允儿说可以和她一起住，她家别墅并不少她一个房间，但毕夏坚持想一个人生活。开除的事，学校已经通知她母亲，她知道母亲对她已经失望透了，连指责的电话都没有打，选择对毕夏视而不见。

黎允儿带毕夏去了她公司附近的小区，一套一室一厅的房子，黎允儿重新整理收拾过，显得温馨极了。

"这也是我的小窝了！"黎允儿大人咧咧地仰躺在沙发上呈"大"字形，"加班晚了我就来这里蹭住，所以我才故意租在我家公司附近。"

"你还加班？"

"我可是最勤快的员工。"黎允儿扬扬得意，"最早到公司，最晚离开，我爸都说要给我颁一个最佳员工奖，可他给的工资并不高，就是资本家做派。"

毕夏看着黎允儿，由衷地为她高兴，现在的她已经有了奋斗的方向，整个人看上去神采飞扬，意气风发。想想念书时她一到生理期就做娇弱状；想想她以前最喜欢的就是和男生比腕力；想想她能够一手拎起自行车让旁人咋舌……到今天依然会让她觉得心头一暖，忍俊不禁。

"你有什么打算？"黎允儿问，"去你家公司吗？"

毕夏摇摇头："现在公司是付叔叔在管理，我去了会有诸多不便。"

"沈阿姨哪能信一个外人……"

毕夏苦笑："现在想必我才是外人。"

黎允儿义愤填膺："这公司是姓毕的，我才不信他能强取豪夺。"

"我想另外找工作。"

"不如——"

"不,不用。"毕夏打断她,"黎叔叔给我怎样的职位都会让他为难。"

"可是——"

"放心,我会找到工作。"

"那,你和李沐言?"

"没有再联络。"

黎允儿欲言又止。

"我并不难过,其实对他的感情更多的是依赖。"毕夏坦言,"因为那时候太孤单了,一下失去了方向,不是他,换作是别人出现也会一样……"

"真的好奇怪,我们都谈了一场似是而非的恋爱。"

"也许我们是想从别人身上找到当年的自己,那种纯粹简单的美好,可惜再也没有了。"

黎允儿沉默下来,毕夏说得对,她想要找到的只是青春里那种怦然心动、那种心乱如麻、那种一个眼神就能欢喜雀跃的感情——但她们都遇到了错误的人。

三

沈冬晴和楚君尧一起回到北京,那时开学已经快一个月了,楚君尧的母亲替他开了一份病历,证明他是因病才推迟返校。

最后是楚君尧的母亲亲自到乌石塘村,劝说他们要以学业为重。

在倪蓝看来,这是儿子做过的最任性、最出格的事了,所以在见到沈冬晴的时候,虽然对她的遭遇十分同情,但也有几分挑剔,那个女孩并没有多特别,清瘦秀气,有着大病未愈的虚弱。单独见面时,倪蓝跟她说起楚君尧的成长,说起那个一向让她自傲放心的儿子,可是现在因为她的事,他却迟迟不肯回学校,这令父母担忧。

沈冬晴默默地听着,她知道这些日子楚君尧为她做的一切,若是没有他在身边,她会更难以面对。现在的她已经习惯了他的存在,当她醒来时,下意识地会在病房里寻找他的身影,有时候他在给她削水果,细细地切成小块;有时候他在查阅法律条文,为她家的官司做备忘;有时候他站在窗前远眺,那些逆光显得他更加英气。

倪蓝走后,沈冬晴开始收拾东西。

楚君尧有些难堪:"我并不知道我妈会来——"

沈冬晴垂了垂眼:"若是我妈在,也会这样做。"

他走到她身边,握住她的手,目光坚毅:"让我来照顾你。"

沈冬晴沉默了片刻，楚君尧紧张得心都提了起来，直到她缓缓点头，他才松了一口气。

他知道在这种时候说这些不合适，可是他只想让她知道，他会一直陪伴她。

官司开庭前，珠蚌繁育场的老板找到沈冬晴，想要用五万块私了此事，他担心一旦官司失败，他的繁育场也就开不下去了。沈冬晴拒绝了，她想要的不是钱，而是公道。

如果不是因为那些有问题的珠蚌苗，他们一家的命运不致如此。

当宣判结果出来，繁育场老板败诉后，沈冬晴拿着宣判单去了父亲的坟茔，她说："爸，不是您的错，您看到了吗？我从来没有怪过您……"

一切都难以挽回，她的家已经没有了。

米荔见到楚君尧回校，开心极了，她旋风似的闯进他的宿舍，脆生生地喊："楚君尧，我总算把你盼回来了。"

楚君尧不由得笑了："你咋咋呼呼的性格什么时候能改一改？"

"我本来就是这样的性格，你慢慢就适应了！"

"你不在，她还总吩咐我替你收拾内务，怕你一回来床褥都沾了灰，这不，被单什么的全替你洗了！"何遇啧啧地说，"这么好的姑娘我看着都心疼。"

"你这个燕雀，安知鸿鹄之志？"米荔瞪他一眼，"我喜欢他是我的事，并不是他要喜欢我才会觉得圆满，对我来说，他能和喜欢的人在一起才是最重要的。"

何遇一拍脑门："哟，这境界我可做不到。"

"你这种俗人怎会懂——"

楚君尧深深地望着米荔，他觉得她真是一个特别善良的女孩，她能够倾心地帮助沈冬晴，能够义无反顾地对他好，这种豁达令他汗颜。想想自己之前太过狭隘，觉得她是个麻烦，一心只想躲避，但现在相处下来，觉得米荔有很多的优点。

"我生日……想请冬晴姐一起参加。"米荔对楚君尧说，"你和她在一起了，为了避免她嫌弃我总找你，所以我得跟她搞好关系！"

"噗"的一声，何遇笑出了声："你这古灵精怪的家伙，心眼可真多。"

"什么心眼？我跟楚君尧买卖不成仁义在！"

何遇再一次狂笑起来："米荔，你就是一朵奇葩。"

那天晚上楚君尧在网上遇到了许久没有碰到过的"火枪手"，当他的ID显示上线时，"火枪手"立刻就过来打招呼了。

火枪手：最近很忙？

西楚霸王：家里有点儿事。
　　火枪手：不要紧吧，许久没见你还挺担心。
　　西楚霸王：谢谢挂念，已经没事了。
　　他们闲聊几句，开始在游戏里并肩作战，今天楚君尧表现得差强人意，几次都靠着"火枪手"救场才能勉强应付。
　　也许察觉他情绪不高，火枪手又发私信过来。
　　火枪手：怎么心不在焉？有心事？
　　楚君尧一怔，觉得"火枪手"太了解他了。有一次他为了试探"火枪手"是否能认得出自己，换了新的角色出现在游戏里，但不管他如何更改，"火枪手"都能很快识破，他对自己的作战套路已经了如指掌，让楚君尧觉得他是除了敬嘉瑜和何晨宇外，最默契的伙伴。
　　西楚霸王：我和喜欢的女孩在一起了，可是我不知她是否还喜欢我。
　　"火枪手"发了一个笑脸过来。
　　西楚霸王：这样忐忑的心情连我自己都觉得可笑，我并不是一个没有自信的人。
　　火枪手：既然她已经答应你了，就是表示她喜欢你。
　　西楚霸王：也有可能因为她孤立无助。
　　火枪手：那又怎样？
　　楚君尧被问住了，豁然开朗。他的心胸实在过于小气，患得患失中变得斤斤计较。
　　也许只有在"火枪手"面前，他才能把心里那些小心思坦白出来。

　　米荔的生日，楚君尧告诉了沈冬晴，她也感念米荔曾经帮助过她，欣然同意。他和沈冬晴一起，还有法援社的好多人，大家坐在大排档热热闹闹地给米荔过生日。
　　气氛最酣的时候，米荔站上椅子举着杯子大声地说："为了我们青春里爱过的人干杯！"
　　"那你是打算放弃楚君尧了？"了解她性格的何遇大笑着问。
　　"不然呢？"米荔佯装哭状，"对手太强大了……"
　　楚君尧有些紧张地望着沈冬晴，而她坦然微笑地看着米荔。
　　米荔大约是喝多了，到最后反反复复地对着沈冬晴傻笑："你们要幸福，一定要幸福！这一路太不容易了，好好地在一起吧！"
　　沈冬晴望着米荔，仿佛看到了当年的自己，那时的她也带着一腔孤勇，默默地为喜欢的人做很多事，她从来没有想过有一天会真的和楚君尧在一起。

这一切仿若梦境，即使是与他年纪相仿的少年俊彦比，楚君尧依然称得上木秀于林，当沈冬晴以他女友的身份出现在众人面前时，所有的人都带着一种"原来是她"的惊诧。

送沈冬晴回去的路上，楚君尧见她穿得有些单薄，将外套脱下来披在她肩上。

清朗的星空，城市的街灯下，他凝视着她，伸手握住她冰凉的手，她垂了垂眼，默默地跟在他身旁。

现在的她已经一无所有了，而楚君尧温暖了她千疮百孔的心，她想要一直一直地被他牵引着，好像这样就能走出暗无天日的生活，走向光明。

只是突然在这样的时刻，她想起了裴雨阳，想起他的笑容，那笑容就像胡同里的老大爷，很有感染力，让人看着心情很好。

现在的他是不是已经忘记她了？事已至此，她很后悔，后悔当初在一起的时候没有对他更好一些。

"周末我们去康西草原吧，这个季节正是最美的时候。"楚君尧提议。

沈冬晴轻声回答："其实……不用。"

"是我自己想去。"楚君尧笑起来，"正好去拍格桑花，据说漫山遍野都是。"

"我没事了。"

沈冬晴知道楚君尧的用意，虽然她回到了学校，但他依然很担心她，每天都会打很多个电话问她在做什么，一到周末就拉着她去看风景拍照，他希望她能振作起来。可是她整晚都难以入睡，总是会想起往日的温馨和父母离世的凄惶，眼泪汹涌，身体蜷缩起来，承受着失去至亲的痛楚。

即使是坐在教室里，她的眼睛也空茫地望着窗外，总是一低下头，眼泪就落了下来。薛珊陪着她，可是沈冬晴常常出神，听不见她在说什么，好半天才发现自己泪流满面。

这样的日子，太难太难了，有天她从床上醒来时，薛珊告诉她，刚刚她晕倒了，薛珊吓坏了，已经打了电话通知校医马上过来。她缓缓地对薛珊说不要告诉楚君尧，她不想让他担心。

即使沈冬晴并不想去康西草原，但周末一大早，楚君尧就出现在她宿舍楼下。

薛珊去楼下一趟，回来在镜子前尖叫，说她竟然蓬头垢面地出现在楚君尧面前。

沈冬晴朝窗外望去，看到春日的那株梧桐树下，他穿着白色衬衣，挺拔地立在那里。晨曦的光从四面八方汹涌而来，她想，她应该要振作起来了。

人生的路还这么漫长，她有什么资格再消极下去？

四

毕夏在小区门口看到付叔叔的车驶出来——她打算等他上班后再回家,避免见面的尴尬。

她没有想到付叔叔的车停在路边,一个女人拉开副驾驶的门坐了上去,她心里一顿,不由得招手拦下一辆出租车,悄然跟了上去。

付叔叔并没有朝公司的方向行驶,而是开到江边僻静处,因为隔着太远的距离,毕夏听不清他们在说什么,但看上去像是在吵架。那个女人和母亲年龄相仿,但外貌气质并不如母亲,身形微胖,穿着朴素,她拽着付叔叔的衣袖,激动地嚷着什么。

片刻后,付叔叔从钱包里拿了几张纸币扔在地上扬长而去,女人没有接,抬起手朝他捶打过去,却被他一把推倒在地。

毕夏惊呆了。

付叔叔出现在她面前时永远都是和善的面目,虽然在辞退孟叔叔这件事上她对他有不满,但没想到他会对女人这么粗暴。

见付叔叔离开,毕夏这才下车,她佯装路过,去扶那个女人:"阿姨,您没事吧?"

走近了看,女人皮肤暗黄,满面斑点,此刻双眼泛红,泪流满面。

毕夏把散落在她身边的纸币捡起来递到她手里:"我可以帮你吗?"

女人死死攥住钱,好一会儿后摇摇头,对毕夏表示感谢后离开。

毕夏心里有一万个疑问,所以一路跟着她。

女人心事重重,根本没有留意到身后的毕夏,她一路慢慢地走,差不多走了一个小时才转入一个小区。

是那种单位的老房子,白灰的墙面已经斑驳脱落,路径两旁杂草丛生,一只野猫呜一声蹿出来,吓得毕夏身体顿住,低呼出声。

女人不由得回头,看到毕夏一顿,眼里全是警惕:"为什么跟着我?"

毕夏索性上前,盯住她的眼睛问:"阿姨,其实我刚才看到您和付文博争吵……他现在是我的继父,我很好奇你们的关系。"

女人一听满脸惊慌失措,矢口否认:"你看错了,我不认识他!"

说着,她转身要走,毕夏疾步上前,挡在她面前:"他为什么要给你钱?看样子你不止一次找他拿钱,所以他厌恶至极。"

"我没有!"

"那好,我告诉我母亲,让她来问——"

女人彻底慌了，面红耳赤地说："别瞎说，我跟付文博没有关系！"

"为什么这么怕他？"

"你快走！"

"他对你这样，你还要替他隐瞒？"

"你走吧！"

"你们到底是什么关系？"

"别问了——"

"那我只能报警！"

"不！"

在毕夏咄咄逼人的追问下，女人的防线终于崩塌，她哭着喊起来："你别报警，我都告诉你！"

她带毕夏去了她家，虽然是逼仄的两室，但被她收拾得井然有序，而在卧室里还有一个十岁左右的男孩在认真地画画，看到她们站在门口，他抬起头露出甜甜微笑，继而又低头画画。

"从蛮蛮检查出有自闭症，他就跟我离婚了。"

毕夏惊诧极了，这男孩看上去跟普通孩子一样，长得敦实可爱，笑起来也并无异样。

"我一个人带着蛮蛮做各种康复训练，医生说他进步很快，也许有一天能去学校上学。"

"他的画真棒。"毕夏由衷地说。

"他就喜欢画画，一个人能够安静地画一整天。"

"那付文博不管吗？"

原来女人的名字叫齐雨琴，是付文博的前妻，两个人结婚后生下蛮蛮，没想到蛮蛮三岁时被查出患有自闭症，付文博责怪前妻，说是因为她孕期吃了感冒药才导致蛮蛮生病，两个人吵了一阵子他就提出离婚，除了每个月给一千元抚养费就不闻不问了。而齐雨琴一个人带着蛮蛮艰难度日，找工作都得求着老板上班时能带着他，现在蛮蛮情况好转很多，但康复训练的费用愈增，她只能去求付文博能多给一些抚养费。付文博警告她不许出现在毕夏母亲面前，所以她只能偷偷地问他要钱。

毕夏对付文博的人品胆寒极了，一个连亲生儿子都能不管不顾的人又怎么对旁人情深意重？他对母亲的种种不过都是演戏，心思极为可怕。

毕夏拍了蛮蛮的照片回家，当她把照片放到付文博面前时，他的脸红一阵青一阵。

"毕夏，什么时候回来的？"沈梓瑜恼怒地看着女儿，"你说你怎么回事？竟然被学校开除！你怎么会变成这个样子？"

毕夏抿抿唇，手指着付文博，厉声说："这个男人是个骗子！"

"毕夏！"付文博跳起来，"你别血口喷人，我怎么骗你妈了？"

"你抛妻弃子……我已经见过蛮蛮了！这么多年你心里不愧疚吗？"

"蛮蛮是谁？"母亲问。

"梓瑜，听我解释。"

"妈，蛮蛮是他儿子，因为患了自闭症所以被他抛弃。"

沈梓瑜望向付文博，之前从未听他提起过这件事，她只知道他很早就离异，孩子被母亲带到外地。

"我离婚是因为我跟他妈妈实在过不下去……"付文博眼眶红了，"这么多年我也想孩子，可她拦着不让我见，却总是缠着我给钱。"

见他言之凿凿的样子，毕夏冷哼一声："我亲眼见到你如何对待你前妻。"

"她纠缠不休，我只能对她绝情，否则——"他欲言又止地看了沈梓瑜一眼。

"好了，毕夏，这是我跟你付叔叔的事，你别管了！"母亲没好气地说，"倒是你什么时候回来的？为什么不回家？你现在住哪里？"

"妈，他是一个无情无义的人！"毕夏一鼓作气地说，"我了解过了，他自从离婚后又认识了好几个女人，全是冲着别人的钱去的。"

"你住口！"母亲怒斥，"毕夏，你先管好你自己的事！"

"我知道你对我有误会，但请相信我对你母亲是真心的！"付文博惺惺作态。

"真心？如果你是真心的，那你离开公司——"

"你有什么权利？"母亲冷冷望着她，"说到底你就是怕我把财产给了别人，不留给你？"

"妈！"毕夏难以置信地望着母亲，在她眼里，她竟然如此不堪。她对她的保护，对她的担忧，在她眼里竟然一文不值。

她的心里生出悲痛欲绝的茫然。

"毕夏你放心，公司是你的，等你有能力撑起公司时，我会拱手还给你！"付文博火上浇油，"我对你妈没有二心，只希望能和她安安静静地过日子，拜托你不要再来挑拨我们的关系！"

毕夏瞪着他："那好，我现在就要公司，你离开！"

"你离开！"母亲冷冷对毕夏说。

毕夏看着母亲决然的脸，心如死灰，她转身想要离开，被付文博拉住手臂。

"我走，还是我走！母女之间哪有隔夜仇——"

毕夏一把推开他，愤懑一声："别装了，恶心！"

话音刚落，母亲抬手一记耳光重重扇在毕夏脸上，她指着门口颤声说："给我滚！"

毕夏的脸火辣辣地疼，更疼的是她的心，她深深地望着母亲，她们曾经相亲相爱，她们曾经相依相伴，这个世界上她最在意、最深爱的就是母亲了，但是她们竟然一步步地走向了决裂。

走出家门，她觉得自己的世界将永远风雨飘摇。

五

黎允儿提着夜宵嬉笑着进门："路过咱们学校附近，我买了关东煮！"

她这才注意到毕夏失魂落魄地蜷缩在沙发上，眼里全是泪。黎允儿赶紧放下手里的东西，坐到她身边揽住她："今天不是去看沈阿姨吗？吵架了？"

毕夏轻声地说："以后我就没有家了。"

"还有我呢！"黎允儿拍着胸脯，"有我黎允儿的地方就是你的家！"

毕夏苦涩一笑。

"沈阿姨在气头上，她骂你几句你就听着——毕竟谁都没有想到你会被学校开除！"黎允儿声音夸张，"以前你做题跟走火入魔似的，最重视的就是成绩，你说辛苦那么多年，你怎么就随随便便地放弃呢？别说我不理解，沈阿姨有过激反应那也是正常。"

"也许是我错了。"毕夏幽幽地说。

"错不错我也说不清，但你也要理解沈阿姨恨铁不成钢的心！"黎允儿不由得笑了，"哈哈，没想到这个词有一天用到你身上……"

"从美国回来后，每天在校园里见到那些同学，都感觉他们在嘲笑我……"毕夏袒露自己的心声，"我一直以为我强大到根本不在意别人的目光，但事实上，我竟如此敏感脆弱。"

"每个人都有软弱的时候，毕夏，你不用撑得太辛苦，我会和你一起撑着！"

毕夏动容地把头埋进黎允儿的怀里："我还没有找到工作呢，你得养我！"

"我养你呀！我现在可是小白领！"

毕夏笑了，晦涩的心情稍稍好转，她把付文博的事一股脑地告诉黎允儿。

黎允儿思忖一下："感情这种事冷暖自知，旁人永远无法体会，沈阿姨现在相信他，但终有一天，他的真面目会暴露。"

几天后，毕夏投出的简历终于有了回应，她被一家广告公司录用了。

第一天去公司报到的路上，母亲打过电话给她，只是响了一声就断掉了。毕夏握着手机迟疑了很久，最终还是没有给母亲回拨过去。

她的工作是广告公司的文案，面试她的时候，部门经理很诧异她怎么能用英文写出那么漂亮的简历，但她的学历一栏写的是"大学未毕业"。

"大学未毕业是什么意思？"经理问。

"我今年被学校开除了。"毕夏坦率地望着他，从一开始就没有想过隐瞒。

好在他没有追问下去："其实做我们这一行学历不高的大有人在，只要有才华，懂得客户的需求和市场的需要，做出有影响力的广告，那就是成功。"

毕夏的心里有惆怅，有失落，她并没有想过要以这样的方式投身社会，她从小成绩优异，也自认为会在最好的学府深造，但现在拿着这样一份尴尬的简历，寻找的只能是不看学历的工作，实在是可悲。

不管怎样，工作有了着落，预示着她新的旅程开始了，在这样的环境里，她更要打起精神来。

职场新人总是有一段被冷落的过程，她连续熬夜写了数次的文案被毙掉，她绞尽脑汁想了许久的点子被否决，她低眉顺眼地忍受着前辈们对她的各种使唤，有时候累到极致，回家没有换鞋就已经倒在沙发上睡着了。

早上醒来时，身上盖着毯子，黎允儿在厨房里给她准备面包和咖啡。

那时候，她的心暖暖的，望着黎允儿，会不由得湿了眼眶。

"你没有跟陆怀箫联系吗？"黎允儿在面包上涂果酱，然后摆放番茄和煎鸡蛋，最后用方形模具一按，制作成三明治。

毕夏看着她手上的动作，没有回答。事实上，除了黎允儿她谁都没有联系，楚君尧也曾发消息过来，但她都选择了如鸵鸟一般逃避过去。

她无言以对。

"他联系不上你，有些担心。"黎允儿自言自语，"陆怀箫快毕业了，他现在准备实习，真是好巧，他实习的公司好像跟你们公司在一栋楼里。"

毕夏一顿，若有所思地坐回到沙发。

黎允儿继续说："我也就是顺口跟他提了一句你的公司，没想到他这么有心！大家再见亦是朋友,你别对他太过冷漠——"

像是明白毕夏的心意,黎允儿白了她一眼:"别想着辞职,如果你这么躲躲闪闪的,我才觉得你心里古怪!难道你是怕日日面对他?"

毕夏举手投降:"拜托,能让我吃饭了吗?饿——"

毕夏没想到,她很快就见到陆怀箫了。

那天,她要给公司摄影师做助理,在泳池边拍摄一组广告照片,几名模特下水时,毕夏也得进入冰冷的池水里替她们撑开衣裙,制造浪花,准备道具。

虽然已经是四月,但拍摄那天天气却很阴冷,水池里温度更低,模特们跳进水里拍摄几分钟就赶紧上岸裹着毯子吹暖风机,而毕夏却依然要待在水里准备下一组拍摄。

她冻得浑身僵硬,抖得牙齿打战。

"还要拍多久?"模特中的女主角俨然不满,"为什么不找恒温泳池……"

"那个租一天贵呀!"旁人回答。

"真是受够了!"她气呼呼地说,"我不拍了!"

毕夏眼见着她要走,赶紧从水池里起身:"请等一等。"

为这次拍摄,和毕夏一组的同事策划了很久,文案部分跟客户磨合通过后,要找拍摄场地,联系模特以及摄影师,若是中途有耽搁,损失得由他们公司承担。

女模特皱眉:"不找恒温泳池我就不拍了。"

毕夏刚想要说话,突然一件外套从天而降,披在她身上,她整个人被半搂在一个怀里,下意识地抬头,看见是陆怀箫时不由得愣了。

"我认识艺人公司老板,如果需要可以安排别人来拍。"

陆怀箫脸上挂着淡淡的笑容,倒是让对方一怔。

"可是……"毕夏想说这个女主角的形象气质是客户认同的,换别人又得去找客户,但陆怀箫搂在她腰部的手稍稍一紧,她没说出后面的话。

"据说这个广告会在各大卫视台播出,也许你会错过一次大红的机会……"陆怀箫气定神闲,"这种天气拍摄确实不合适,不如拍完后再向公司多申请一点儿费用?"

女模特迟疑地望着陆怀箫,心里思忖着他的话,他看上去气宇轩昂,英气逼人,倒是让她心生好感,其实她也只是闹闹情绪,怎么会真的舍得撂下这广告不拍?也就顺着台阶下:"那毕夏,你得向公司说明情况,多给我们增加费用!"

毕夏忙不迭地点头,松了一口气。

摄影师向毕夏下新的指令,她把衣服交还给陆怀箫,匆匆地说:"谢谢。"

她重新跳进水里,每一次爬上泳池,陆怀箫就立刻替她披上毛毯,一直到拍摄结束。

毕夏换上干衣服，故作轻松地迎向陆怀箫："你怎么会在这里？"

"刚到你们公司找你，听说你在这里拍广告，我很好奇。"

"我的样子是不是特别落魄——"毕夏咬了咬唇，自嘲地笑了。

"有没有想过，"陆怀箫缓缓地说，"重新回学校念书？"

毕夏抬起头来，拍摄现场头顶有一排红灯笼，影影绰绰照着他脸，让她看不清他的脸。

"毕夏，你不应该做这样的工作。"

"你觉得我应该在高档写字楼出入，还是在CBD（中央商务区）任职？"毕夏反问，"现在的我，有什么资格挑三拣四？能有一份工作自食其力，对我来说就已经是万幸。"

陆怀箫凝视她，想起初见她时的情景，她的笑容就像一抹光点亮了他的世界，就好像一汪泉水注入他沉寂的生活。是她改变了他的命运，而她的命运呢，却一步一步远离了之前的轨道，他看着她失去亲人，失去恋人，失去学业……纵使再过强大，她的内心也满目疮痍。

"毕夏，我去了北京。"

她不用问就知道是什么时候的事。

"其实我就在你的学校。"

陆怀箫错愕不已："那你为什么不出现？"

"也许我只是想寻找安慰……但对你不公平。"

"你怎么知道我会觉得不公平？"他情绪激动地握住她的手，"毕夏，不管你把我当作什么，但只要你不拒绝我出现在你的生活里，我就已经心满意足。"

毕夏抽出自己的手，淡淡地笑了："陆怀箫，我为你做的事不是想让你背负一生的债，我不需要你来还，更不想得到你的同情。"

毕夏下班后去了耀华中学，她站在围栏外看着校园里那熟悉的一切，百感交集。

操场上有阳光、鸽子、耸立的高大橡树……如此岁月静好的模样，却让她陷入了深深的恐惧，她觉得所有的人都离她而去，连同往昔的那些欢声笑语。

以前在学校时，她从来没有想过有一天会如此留恋校园生活，想起自己坐在课桌前为一道题伤脑筋；想起自己踮起脚在黑板上书写公式；想起课间时嘈杂的教室；想起骑着单车穿过放学的人潮……她也想过陆怀箫的提议，要不要回学校念书。可是她还能做什么选择呢？重新参加高考不现实，她能选择的只是夜校、职大之类的了……

此时此刻，她就站在内心的边缘，看着黑暗之处，想要找到微明时分的光。

何去何从？

第九章

记忆的尾声

自从上次招标会失利后,公司的几个大客户又被富恒公司抢走,即使父亲什么也没有说,但黎允儿也知道目前公司的经营举步维艰。

虽然薪金没有任何变动,但不断有同事辞职,他们不约而同地被猎头公司约谈,给了更好的条件,让他们离开公司。

黎允儿只能更加努力地去寻找合作项目,和客户谈判,即使是很小的业务量她也盯着,父亲对她越发赞赏:"没想到我女儿做起事来这么认真。"

黎允儿不无担忧地问:"爸,如果……"如果公司再这样亏损下去,该怎么办?

"虽然觉得遗憾,但看到我女儿这么努力,也觉得值得了。"

黎允儿动容不已,在陆怀箫回来后,她专门去找了他,希望能听听他的意见。陆怀箫告诉她,目前这种情况急需一笔风投资金注入,否则公司的资金链很快就会断裂。

陆怀箫表示他会帮忙做一份财务报表出来,将亏损的项目暂停,多余的部门清减,先从内部重新整合,这样在新资金注入前可以拖延一段时间。

"这么悲观?"黎允儿皱眉问。

"主要是你们公司经营太单一了,一旦有强有力的竞争对手加入,就很难应对。"

"可是像我爸这种小公司,会有风投公司看上吗?"

"风投公司的项目很多,他们也提供创业资金,所以我需要由你来写一份计划书,包括公司未来的发展方向以及你预期的收效……"

"你的意思是让风投公司投资我创业?"

"怕了?"

黎允儿霍地立起身:"我的字典里就没有'怕'这个字。"

虽然豪言壮语说了,但黎允儿对新项目还是一筹莫展,有时候她和毕夏一起,一人一台电脑噼里啪啦地工作到深夜,末了她说:"毕夏,我终于明白读书时你为什么那么执着了,因为我从来没有目标。"

毕夏看着热火朝天的黎允儿,由衷地为她高兴。

一些英文资料黎允儿看着吃力,毕夏就替她翻译出来;一些项目黎允儿似懂非懂,毕夏就帮她分析;还有遇到难缠的客户,毕夏会替她出谋划策。

这样的日子虽然忙碌,但笑中有泪,积极而充实。

四月,黎允儿的生日到了,她选择回家和父母一起过。

想想以前的生日,黎允儿总是希望能热闹隆重,各种主题的派对她乐此不疲。但今年她觉得就这样和家人一起平平淡淡地吃个饭，就已经很幸福了。

母亲亲自做了一桌菜，给女儿夹菜的时候也不忘记给毕夏张罗。

"别只顾着工作，看你瘦的。"

"妈，你当着毕夏的面说我瘦，让她情何以堪？"黎允儿不满地说。

众人哈哈大笑起来。

"是，毕夏你也瘦，有时间多来家里吃饭。"

正聊着，黎允儿的手机响了，她抓起一看是姚元浩，心里一暖：这家伙竟然还记得我的生日。

姚元浩只是祝她生日快乐，毕夏看她的脸微微地红了，唇边露出一丝笑意。

晚餐后，毕夏拉着黎允儿一起散步。

"哎哎哎，我还没有吃餐后点心呢，等会儿再出门。"黎允儿虽然嘴上不情愿，但还是换了鞋朝毕夏追了出去。

"毕夏？"黎允儿一出门没见着毕夏，心里嘀咕，"怎么走这么快？"

毕夏给黎允儿打电话："去湖边吧，我给你准备了生日礼物。"

黎允儿一路狐疑地走向湖边，突然间一株榕树亮起了满树的星光，闪闪烁烁，浪漫温馨。

如泣如诉的音乐响起来，一个人影从树后走了出来，是姚元浩。

黎允儿怔住了。

他穿着正式，手里举着贴着一叠画纸的木牌，一页一页地往下翻。

顷刻间她泪如雨下，因为木板上的每一页纸张上都是他画的和黎允儿的点点滴滴：她坐在前排转身望向他，而后者却低垂着眼；她给他打电话，她眉眼都在笑，而他侧身倾听；她的生日他准备了很多红色彩虹糖，但那些糖散落了一地；她站在校园门口，而他隔着栏杆……一直到他去美国找她，却连一面都没有见上。

从认识到现在已经五年过去了，最美好的青春年华，她如飞蛾扑火一般奔向他，但历经种种，她却对他退避三舍。

原来，不仅她记得那些过往，他也记得，可是姚元浩，我们真的能重新开始吗？

他们分离过一次，她害怕有一天他们会走到山穷水尽，那个时候连青春里的那些美好都会荡然无存。

所以当姚元浩走向她的时候，她突然心生怯意，一个转身，朝身后跑去。

姚元浩看着她的背影，难过地立在那里，毕夏从另一边走出来，急切地说："去追她呀。"

姚元浩黯然地说:"也许这会让她有负担。"

"我知道,她根本就没有忘记你。"毕夏鼓励地说,"给她一点儿时间吧。"

姚元浩想要再一次对黎允儿表白,他希望毕夏能帮他,她欣然同意。她以为黎允儿会很感动,会和他在一起,毕竟是最了解她感情的人,只是她亦没有想到会是这样的结果。

夜里,毕夏问黎允儿为什么会临阵脱逃。

"因为我怕他再走一步,我就扑上去了!"黎允儿抱着枕头,懊恼地捶打,"要命,我当时是怎么想的呢?"

"他备受打击。"

黎允儿仰天长叹一声:"我已经后悔一百次了。"

"现在打给他。"毕夏促狭地笑,"失而复得对他来说更是惊喜。"

"可是,"黎允儿垂头丧气,"我很怕我们在一起,以后会变成你和楚君尧那样……"

黎允儿怯怯地看了毕夏一眼。

"这怎么相同?你和姚元浩是彼此喜欢,而我和楚君尧是因为他已经在这份感情里离场。"

毕夏艰涩地笑了笑:"别因为我就怀疑所有的感情,其实我心里已经不再怨恨他,没有谁对谁错,只是因为我们的相遇太早,还没有看清自己的内心。"

"也许太过重视了,所以才害怕以后不能一直走下去。"

毕夏哑然:"患得患失可不是你的性格,当年你不是说过,喜欢一个人就是不管对方怎么想?"

"纯粹年幼无知、年少轻狂!"

毕夏不由得笑了,摸摸她的头:"还学会反省了,看来是终于长大了。"

"嗯——"黎允儿乖乖地应了一声。

二

百年一遇的英仙座流星雨在五月要来临,楚君尧早早就准备了观测和拍摄的器材。

沈冬晴的情绪慢慢好转一些,只是每每楚君尧见着她时,总觉得她脸色过于苍白,心生怜惜。她比往日更加沉默,即使露出微笑也显得很牵强,眉眼之间的忧伤浓得散不开。

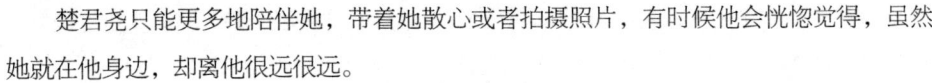

楚君尧只能更多地陪伴她，带着她散心或者拍摄照片，有时候他会恍惚觉得，虽然她就在他身边，却离他很远很远。

她说得最多的就是："楚君尧，谢谢你为我做的。"

他总觉得她的语气太过生疏，难道他为女友付出还要谢谢吗？

他们选择的最佳观测点是北京近郊的百花山，海拔1991米，之前天气预报已经报道，当天天气晴朗，是观测流星雨的最佳地点。

为避免人流高峰，楚君尧和沈冬晴选择早上徒步上山，后来听说，到了中午，百花山山脚的位置就已经交通堵塞了。

大批人拥到了这里，只为见证一场世纪流星雨。

楚君尧在山腰空地搭了帐篷，决定等傍晚的时候再继续攀登到山顶的观景点。

沈冬晴意兴阑珊，楚君尧好几次回头时，都看到她望着远山发呆。

他坐到她身边，轻声问："在想什么呢？"

"小时候，我妈说人死了就会变成天上的一颗星星。"沈冬晴抱着膝盖，落寞地说，"如果这是真的就好了，我想他们的时候，只要抬头看看天。"

"他们永远都在你心里。"

"没有谁再给我炸小鱼，没有谁再给我织毛衣，没有谁给我准备行李……知道我考上大学，是爸妈最开心的时候，整个暑假他们都在张罗给我带到北京的东西，有紫菜、虾皮、笋干，还有羊尾笋，一包一包分袋装好，现在我再也吃不到他们亲手做的食物了。"

沈冬晴默默流泪，楚君尧抬手揽过她，柔声说："以后我会学着做给你吃。"

沈冬晴靠在他胸口，轻轻地闭上眼睛，她的心里又涌起感激，这么美好的楚君尧，他竟然陪伴在她的身边。

"楚君尧。"

"嗯。"

"楚君尧。"

"嗯。"

……

如此反复，他不厌其烦地回答，她更加安心了。她也想要问他为什么不是毕夏，为什么不是米荔。她们都比她美，都比她好，可他却偏偏选择了单薄的她。也许这是命运给她的仁慈吧。

而裴雨阳呢？此时此刻她又想起了他，心头一阵阵揪痛。

他们已经有许久没有联系了，自从认识他，这一次"失联"最久最长，也许以后他们都不会再见面。一想到这里，她依然会难过。

她在心里告诫自己，不能再去想裴雨阳了，她已经和楚君尧在一起了，以后她的目光里只能是他。

太阳一点点西下，把云海渲染出金灿灿的一片，沈冬晴没有选择拿出相机，而是静静地和楚君尧依偎在一起，看那些光被慢慢地吞噬。

整个世界都暗淡了下来，夜风越发地凉。

楚君尧和沈冬晴准备继续上山，他拿出一件冲锋衣让她罩上："山里的夜晚特别凉。"

沈冬晴穿着楚君尧的衣服，宽松得一直拖到膝盖，她不由得笑了："原来你这么高。"

"男友是不是高大英俊——"

沈冬晴点点头："我一直都这样觉得。"

"哇，你就不能谦虚一点儿，虽然这是事实。"

"可是为什么偏偏是我？"

"因为我喜欢的就是你。"楚君尧深情地望着她，后者的脸微微地红了。

"那你呢？"

"我喜欢你。"沈冬晴说出这句话的时候，脑海里竟然浮现出裴雨阳的样子，曾经的他追问过很多次，希望她能说出这句话，可她却吝啬得一次都没有说过。她喜欢他吗？和裴雨阳在一起的时候她满心欢喜，和楚君尧在一起时她内心安稳，但为什么她总是会想起裴雨阳来？

楚君尧把手伸向沈冬晴，她紧紧地握住，再一次警告自己不许胡思乱想。

他们抵达山顶的观景台时才发现那里已经人潮汹涌，只是百米的空地，已经挤得摩肩接踵。

"我怀疑整个北京城的人都来这里了。"楚君尧也觉得意外，没想到会这么拥挤。

他和沈冬晴只能勉强找个地方站定，而山下还有人不断地朝观景台拥上来。

"不如我们走吧。"沈冬晴不想扫兴，但太过拥挤让她很不适应。

"好。"楚君尧牵住沈冬晴的手朝外挤去，没想到两个人在人群中竟然走散了。

楚君尧只能隐隐看到沈冬晴，眼看着他们之间隔得越来越远，着急地喊起来："沈冬晴，别担心，我马上就过来了。"

沈冬晴被人流推到了边缘处,她奋力地想要朝前,可突然之间人群起了骚动,前面的人朝后倒下来,重压之下她站立不稳,压住平台的木质栏杆,栏杆"咔嚓"一声断裂,她惊叫着仰面摔下去。

须臾间有人拉住她的手,却与她一起摔了下去。

大约十米高的平台,所幸下面有树枝缓冲了她的落势,再落到松软的土上,在那个瞬间她感觉五脏六腑都被重重颠簸了一下,脑子嗡嗡响的时候竟然清楚地听到裴雨阳的声音,只是意识就像关门一样轻飘飘地合上,她昏了过去。

平台上因为踩踏事件哭喊一片,楚君尧四处寻找沈冬晴,心急如焚。

有人报警,有人打电话,有人在呼喊……现场混乱不堪,而遍寻不到沈冬晴的楚君尧越发地担忧,直到他看到断裂的栏杆,扑上去朝黑黢黢的山下一望,夜风让他打了个寒战。

他朝下面喊了一声,听到有人在大喊救命,立刻想从落点往下攀爬,有个男人一把拽住他,大喊:"你不要命了吗?"

"我得下去救人!"

"谁知道下面什么情况,这么黑,还是等救援队——"

"我男朋友摔下去了……"有个女声哭喊起来。

楚君尧让自己镇定一些,朗声对人群里喊:"听着,有人摔下山崖,我得下去查看情况,谁有绳子之类的东西?"

很快就有人找来了攀岩用的工具,一个三十岁左右的男人对楚君尧说:"我正准备明天在这里岩降,幸好工具都带在行李里,不过完全看不见下面的情况,会有一定的危险。"

"好,你替我拉绳。"

楚君尧把绳索捆在自己身上,对方还想劝阻,但见他势在必行的样子,也只能配合他。

楚君尧抓着绳索,脚蹬着岩壁一点点往下走,上面绳索无法固定,众人只能像拔河一样拖着一点点往下松。所有人都安静下来,大家急切地关注着岩下的情况。

绳索的长度不够,楚君尧示意他要解开捆在腰间的绳子,徒手朝下。

黑暗中风吹过有窸窸窣窣的声响,令人感觉毛骨悚然,楚君尧小心翼翼一步步抓住岩石的缝隙,脚试探着踩到阻碍物,才能朝下,每走一步都险象环生,稍有差池他就会摔下去。等他的脚碰到灌木丛时,他才松了一口气,终于抵达山坡处。

"沈冬晴!"

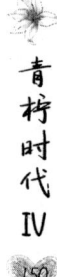

他急切地喊出声时,听到有人沉沉地回答:"她在这里。"

楚君尧上前时心里一顿,他没有想到此时此刻裴雨阳会出现在这里,他正让沈冬晴枕在自己的腿上,身上还盖着他的外套。

"她膝盖受伤了,现在应该是因为惊吓而昏厥。"

楚君尧伏身检查沈冬晴的腿伤,已经被简单地包扎,但缠绕的布条湿漉漉的,应该还在流血。

他又查看了另外几个人,都有不同程度的伤,有一个男生特别严重,他的胸口疼,恐怕是摔成了内出血,再不送医院会有生命危险。

沈冬晴醒来的时候,感觉又疼又蒙,慢慢意识被找回,她想起发生的事。

"有个人伤势严重,你男朋友在想办法把他送上去。"守在她身边的一个女生说,"别怕,等到天亮就会有人来救我们了。"

沈冬晴挣扎着想站起来,可膝盖处的疼痛逼得她只能重新跌坐下去。

"别动,万一伤到骨头,这很危险。"女生劝说道。

沈冬晴想要去看看楚君尧那边的情况,她不知道那个女生说的"男朋友"指的是裴雨阳,从他们摔下来时裴雨阳就在救人,他一直安抚大家,然后帮着包扎伤口。现在他正和楚君尧一起,想办法把受伤最严重的男生送上去。他不能动弹,所以裴雨阳只能将他背在背上,再由上面的人拖上去。

原本楚君尧说由他去。

裴雨阳按住他的手:"你去陪着她吧。"

楚君尧意味深长地望着他。

"别告诉她,我在这里。"

突然之间,楚君尧心如明镜般恍然大悟,原来面前的这个男生比他想象中还要喜欢沈冬晴,刚才他一定是随着沈冬晴坠下岩壁,只是他不明白为什么裴雨阳不让她知道。

"快看,流星!"

人群中有欢呼声响起,所有人不由得抬头望向漆黑的夜幕,一颗橘色的流星拖曳着长尾巴快速地往地平线方向坠去,接着又出现无数颗……

楚君尧折回到沈冬晴身边,陪着她静静地看天空中的盛景。

天蒙蒙亮的时候,救援队赶到,用专业的担架将坠下山坡的人救了上去,此刻依然等候在平台上的人们为救援队留出了一条通道。

"裴雨阳!"沈冬晴脱口而出。

她依稀在人群中见到裴雨阳的身影,心里一惊,再定睛一看,自嘲地笑了,自己定

然是眼花了。从昨天晚上摔下去的时候就出现了幻觉，觉得看到了裴雨阳的脸，听到他一直在与她说话。

抬头撞上楚君尧的目光，沈冬晴一时心乱如麻。

"我……"她不知如何解释。

"还疼吗？"楚君尧转移了话题。

沈冬晴摇摇头，淡淡地笑了："昨晚吓坏你了吧？"

"以后这种凑热闹的事还是不要做了——"楚君尧故作轻松，"人真的太多了。"

"不过幸好看到了流星雨。"

"沈冬晴。"

"什么？"

"你希望是谁陪你看流星雨？"

沈冬晴一怔，笑意更浓了："你呀！"

楚君尧的一颗心稍稍安稳下来。

三

会议室里，毕夏拿着刚刚发下来的广告策划案，不由得抬头望向斜对面的韩芮，后者与她目光触碰，又慌乱地转过了面孔。

韩芮是他们广告组的组长，前些天毕夏把这个护肤品广告的文案交给她的时候，她说这个点子太陈旧了，然后直接给否定了。没想到在今天整个部门的商讨会上，他们组提交的文案却是她的，但署名是韩芮。

"大家手里一共有四个方案，讨论一下哪个更具有操作性。"经理说，"韩芮，你先来谈谈你的这个方案构想。"

"市面上所有护肤品广告侧重点都在效能上，方式是请明星代言，但对于客户来说，这种三线品牌请明星代言成本太高，他们的预算有限，所以为了让受众更清楚地记住我们的护肤品，就是要用最特别的方式。"韩芮站起来侃侃而谈，"我觉得推广护肤品的安全性比推广它的效能更让人记忆深刻……"

毕夏的目光越来越冷，这些话都是她说给韩芮听的，当时她说大家对护肤品看重的都是效果，何况所有的护肤品通过检测一定都是安全的。

她明明否决了毕夏的提案，今天又盗用了她的方案。

会议一直到结束，毕夏都没有站出来戳穿她，所以在午餐的时候韩芮亲热地拉着毕夏，要请她去楼下的餐厅用餐。

毕夏知道她有话说，所以在走廊上时她先说了："放心，我不会告诉任何人。"

韩芮讶异地望着她。

"因为这份工作对我来说只是过渡，我从来没有想过要一直做下去。"

"可是你一直工作尽责。"

"这只是性格使然。"

毕夏并没有倨傲的意思，她知道韩芮在这家公司工作五年，但只是做到组长职位，如果能够负责这个公司重要的项目，将提高她在公司的分量。

"毕夏，你人真好！"韩芮感动地说，"谢谢你！"

"吃饭就不必了，我约了朋友！"

毕夏看到从电梯间走出来的陆怀箫扬手示意："我在这里。"

陆怀箫穿着卡其色休闲西装，他朝她们走过来时，毕夏能听到韩芮花痴般的声音："好帅。"

毕夏也承认，穿得职业化的陆怀箫分明就是白领精英的模样，他沉稳内敛，温文尔雅，举手投足已经有了男人的英气。

没有等陆怀箫说话，毕夏已经拖着他的手臂赶紧开溜。

"慢点儿——"

"再不走她就会主动要求跟我们一起进餐。"

"有什么可怕的？"

"我只是不想让她觉得我跟她很熟。"

陆怀箫看到放在他手臂上她的手，声音更加温柔。

"公司里有同盟不好吗？"

"这不是我喜欢的工作。"

"那你？"

"我得交房租呀！"毕夏苦着脸，"之前都是黎允儿在替我缴纳，感觉像被包养！"

陆怀箫开怀大笑，看到毕夏如此天真的模样，仿若回到了相识之初。他的笑容引得旁人侧目，原来他并不是一座冰山，笑起来就像和煦的风，阳光都会失色。

因为陆怀箫和她的公司在一栋，他们倒是常常碰面。有时候她进电梯到他的楼层正好遇到他走进来；有时候上班刚到大厦门口，他也在那里，或者去餐厅吃饭，总是不断地遇见……

"陆怀箫，你怎么做到的？"

"什么？"

"一天到晚就在我面前晃。"

陆怀箫忍住笑："怎么不是你在我面前晃？"

事实上她下班时，他就站在电梯口，一遍又一遍地等门开，若是她在电梯里，他就微笑着进电梯，又或者他就站在转角，看到她匆忙从公交车上下来，再佯装偶遇……每天能够这样看着她，与她聊上几句，他的心情就会格外明朗。

午餐他们选择了一家面食店，他替她端来套餐，见她慵懒地趴在桌面上休息。

"干吗盯着我看？"毕夏没有抬头。

"秀色可餐。"

"这样会说甜言蜜语，怎么女友都没有一个？"

"我有。"

毕夏的心抖了抖。

"怎么不问是谁？"

"别玩了，陆怀箫。"

周遭忽然噤了声，她盯着他的眼睛，仿若回到青春四月的光景里。

陆怀箫没有继续说下去，他拿了随身的文件袋给她："这是我之前跟你说的，看看吧。"

毕夏打开来，看到的是法国的留学资料。

"申请表和动机信需要你来填……"

"我不考虑。"毕夏打断他的话，过了很久补充了一句，"我也不想再离开。"

她没有想过一直在这家公司工作，但她现在也没有别的方向，她迷茫、彷徨，内心充满了对未来的胆怯，所以不敢再轻举妄动。

现在的她已经不是那个骄傲尖锐的毕夏了，她没有戳穿韩芮并不是认可她的做法，而是对自己的一种周全，她再也没有力气在旋涡里挣扎。

毕夏走到楼下时，没想到母亲会等在那里。

她在六月里着长衣长裤，戴着墨镜踌躇不定地走来走去，当她抬眼看到毕夏时，取下眼镜露出红肿的眼睛。

"妈！"毕夏心里一惊，"怎么了？"

母亲拉住毕夏的手，潸然泪下，好一会儿都说不出话来。

"上去再说吧。"毕夏的心不断下沉，知道恐是母亲和付文博的关系出了状况。

母亲掏出一个离婚证摆在毕夏面前:"我跟他离婚了。"

毕夏沉默。

"妈妈做错了,妈妈没有听你的话——"沈梓瑜啜泣起来。

在她这个年纪,想要的不过是一份平稳,有人能够相互照料就好。自从毕夏父亲去世后沈梓瑜觉得世界倒塌了,她用了两年的时间才从悲痛中慢慢地缓了过来,中间还因为生病九死一生,她觉得后半辈子也就这样了。

没想到会遇到付文博,他对她诸多照料,所以她同意和他一起生活,又让他打理公司。她一个女人哪有那么大能力去管理和经营?再加上毕夏父亲的事,更觉得意兴阑珊,也因为付文博表现得太好,所以对他深信不疑。

在沈梓瑜心里,一直觉得公司迟早会交给女儿打理,但时至今日毕夏所做的事让她失望,她知道女儿在外面工作,就想着让她吃苦碰壁,等她熬不住自然会回家。

因为齐雨琴的事,沈梓瑜对付文博有了疑惑,虽然当面斥责了毕夏,但私下里却去看了齐雨琴和她的儿子,看到他们艰难度日,再想起付文博对前妻的恶评,不由得觉得胆寒。她开始查账目,发现之前由付文博投资的所谓新项目都在"亏损"状态,更可怕的是这些钱都变成了呆账、烂账,无法收回,她这才知道付文博居心叵测。

沈梓瑜和付文博对峙,要他交回公司权力,他们大吵一架,终于撕破脸。他不再回家,对她不闻不问,公司一切事宜都不让她插手,更决绝的是他在不久前拿了他们的结婚证去办理了法人更改,所以公司现在已经变成了他的。

沈梓瑜知道一切难以挽回,只想摆脱这个人,所以选择了协议离婚。

"妈妈对不起你,那公司是你爸留下的……"

毕夏也受到了重重的打击,她想过付文博的贪婪,却没有想到他竟然要拿走全部。

"妈,你糊涂呀,为什么要更改法人?"毕夏气极。

"他说是为谈业务方便——"母亲懊恼不已,"现在公司是个空壳,所有的资金都被他转走。"

"即使如此,也不能便宜那个坏蛋!"

"现在怎么办?"

毕夏也是一筹莫展,对母亲再多的责备又有何用,她才从泥沼一样的感情里脱身。

四

黎允儿从电脑前抬起头来,望向身边的毕夏迟疑地说:"何晨宇要开毕业两周年同学会,你去吗?"

毕夏沉默一下。

"就何晨宇最闹腾，整天上蹿下跳不消停。"黎允儿说，"反正我没兴趣。"

"我若去了，一定会把大家吓一跳吧？"毕夏自嘲地笑。

"那是自然。"黎允儿调侃地说，"以前喜欢你的男生会觉得自己瞎了眼！"

毕夏"扑哧"笑了，胳肢着黎允儿："那你呢？一定会让大家闪瞎眼睛吧，富二代！"

两个人笑闹一番，却不禁感慨着毕业都两年了，物是人非。

"楚君尧不知会不会去……"黎允儿小心翼翼看了毕夏一眼，"他现在和沈冬晴在一起。"

毕夏已经猜到会是这样，并没有意外。

"没想到'魔教教主'还真的有些手段。"

"别这样说她。"毕夏神色黯然，"我见过她拍的照片，真的很棒，她是比谁都活得真实和认真的人，不由我们来做评价。"

"你对她……"

"我对她没有怨恨。"

"明知你和楚君尧是一对，她还那么大张旗鼓地追求，楚君尧也是立场不坚定……"

"缘起缘灭，自有道理。"毕夏淡淡地笑了，"只是同学会我还是不参加的好，免得尴尬。"

"你不去我也不去！"黎允儿仗义回答。

"我要和母亲搬回别墅去住了。"

母亲离婚后几乎净身出户，以前的那套房子是她的，她想要毕夏搬回去住，但离毕夏上班的地方太远，所以她们商量着回之前的别墅，那里空间更大，母亲可以在院子里种菜养花打发时间。

但黎允儿舍不得她们俩的小屋，决定一直租下去，平日可以当小聚的地方。

有一天，毕夏在公交车上看到了楚君尧，他骑着单车就在马路对面，熙熙攘攘的人群里，她依然一眼就认出了他，那一刻她几乎是扑向玻璃窗，想要呼唤出声。

可是刹那间她就清醒过来，默默地望着他渐行渐远，眼里全是泪。

他像高中时那样穿着白衬衣、牛仔裤，背着帆布包，骑着单车迎着光，是那个最最青葱的少年。

以前的以前，他总是骑着单车载着她，他们一路都在讨论课题，有时候争辩起来，她恼怒地跳下车，他会停下来投降似的望着她笑。

如今他依然朝气蓬勃，而她自己呢？干巴巴的，像个垂暮之人。

当他终于消失在她的视线里，她缓缓地转过面孔，终于明白，喜欢着一个已无可能的人，就像喜欢上一场黎明，虽然近在眼前，却无法触碰。

她失魂落魄地下车，踉跄得几乎摔下去，突然被一双手蓦地扶住了肩膀，一种沁入她皮肤的期待令她转身脱口而出："楚君尧！"

待她看清面前的人是陆怀箫，脸上露出一片茫然。

"走路可得专心！"陆怀箫忽略刚才的一幕，认真地说，"钱包都掉了。"

毕夏下意识地转身才知上当，再对上陆怀箫的目光，心情稍好："即使掉了也没损失——"

陆怀箫戏谑地笑："没想到有天你会比我穷。"

"所以现在轮到你资助我！"

陆怀箫果然把钱包拿出来装作要交给毕夏："统统都拿去！"

玩笑之间陆怀箫的钱夹掉在地上，毕夏低头去拾时猛地看到他钱包里自己的照片，那是一张小小的证件照，是她少女时的模样，花样年华，明眸皓齿，一脸灿烂的笑容。

她正想拿回来，已经被陆怀箫一把夺走。

"这是我的！"他气定神闲地说。

"可照片里的人是我！"

"那又怎样？"

毕夏见他一脸警惕，不由得笑了："你从哪里找来的？"

"不能说的秘密。"

陆怀箫想起高中毕业前夕他看到她夹在文具中的图书证，上面有她的照片，他心里微微一动，从上面撕下照片时心口"怦怦"直跳。那时的他对毕夏从未有过表白的念头，是什么时候起，他越来越强烈地想要和她在一起呢？

是在接到她说"我想见你"的那个电话时，还是她去美国之前，又或者是她对他心生误会恨着他时……他只想倾尽余生保护她。

他已经懂得陪伴的意义，所以当他打听到她工作的地址，就在地图上圈出了坐标，把实习的简历全投向了她工作的这栋楼。

"差点儿忘记正事。"陆怀箫收起钱包，递给她一份文件，"这是付文博转入资金的几个账户，找人查过，那些都不是公司账户，而是个人账户，账户的所有人跟付文博有一定的关系。"

"所以那些所谓的新项目都是他的谎言?"

"他从一开始就计划着掏空'衣雅'。"

"难道他不能装久一点儿吗?和母亲在一起,'衣雅'依然是他一手遮天。"

"也许他从未想过要依赖你母亲,从头到尾信任和依赖的只有他自己。"

"谢谢你!"毕夏感激地说,"上一次你已帮公司化解危机,可……"

"我相信他总会有漏洞,我会继续调查下去。"

"付文博已经变更法人代表,所以很难……"

陆怀箫扶住她的肩膀,俯下身注视她的眼睛,笃定地说:"相信我,毕夏,我会做到的。"

五

沈冬晴站在门口屏气迟疑,楚君尧笑着在她的掌心挠了挠:"和我在一起很丢脸?"

"不如……"她松了松手,却被他抓得更紧了。

他知道她有些胆怯,毕竟高中时她对他的感情是众人鄙视嘲笑的一件事,那时的自己甚至和他们一样,觉得她的喜欢太不自量力。可是命运兜兜转转,最后竟然是他努力地追到了她。

"不如就让大家笑我没眼光吧!"他温柔地用指尖点点她的鼻翼,继而正色道,"沈冬晴,何必惧怕别人的目光,只要我觉得你是最好的那就够了。"

沈冬晴动容地点点头。

门打开时,偌大的包厢里所有的人都不约而同地转向了这边,沈冬晴低垂着眼睛不敢看,但她的心紧张极了。她原本不想参加这次同学会,但何晨宇给她打电话竭力邀请,他说:"你现在是我哥们的女友,怎么也得和我的兄弟们见个面。"

沈冬晴很矛盾,楚君尧也央求她参加,她只得同意。

现在的状况果然如此,大家都惊讶错愕地望着他们,继而有个人大喊一声:"哇,'魔教教主',你真的追到了我们的楚大公子!"

哄笑声里,楚君尧淡然开口:"事实上,是我追的她。"

又是惊讶的声响,有人过来与沈冬晴打招呼,她不得不局促地抬起头来,望向满屋的旧时同学,那些似曾相识的面孔,她印象并不深刻,甚至一些人名她都已经忘记,但大家聊得热火朝天,她也被带入往昔的回忆里,想起和顾珊在顶楼看日落的日子。

"毕夏呢？"有人问何晨宇，"怎么不见她和黎允儿？"

"她俩现在可是社会精英，忙着呢！"何晨宇模糊地回应，"大概是出差了。"

"听说毕夏是因为谈乱七八糟的恋爱被开除！"有人轻飘飘地甩过来一句。

"别乱讲！"敬嘉瑜皱眉，"她只是不喜欢那所学校！"

"公告都被贴在他们学校的论坛里……"

"毕夏永远是最棒的！"敬嘉瑜站起身，"她比谁都勤奋，比谁都认真，比谁都坚强……你们不了解她，不要肆意地评价她！发生在她身上的事不是你们每个人都能承受的！"

气氛变得冰冷起来，何晨宇拍了拍敬嘉瑜的肩膀，环顾四周，厉声说："在座的男生们，你们敢否认当年的毕夏不是你们心里女神一样的存在吗？现在的她依然是我何晨宇的好朋友，是我要为之两肋插刀的人！所以，你们谁都不许说她坏话！"

沈冬晴看着敬嘉瑜和何晨宇，动容不已，所谓的好友不过如此，即使旁人的一句恶语，也会愤愤不平地辩解，她知道她永远也比不上毕夏，即使现在的她和楚君尧在一起了。

气氛是在罗老师来了以后才重新热闹起来的，那时被大家称为"小飞刀"的罗老师现在跟大家一起却变得风趣幽默，他一一说着同学们的趣事，在望向沈冬晴的时候却迟疑了，沈冬晴有些窘迫，她知道罗老师自然不会记得她的存在。

罗老师对楚君尧说："有时间来给学弟学妹做一场报告，分享一下你的学习经验……"

沈冬晴沉默不语，倒是一旁的楚君尧殷切地替她布菜盛汤，照顾着她不安的情绪。

其间，她起身想出去透透气，她和那些同学原本就没有交情，再见着了也无话题，虽然有好几个女生缠着问她和楚君尧的事，她也都笑而不语。

她知道她们太好奇太惊讶了，楚君尧怎么会放弃毕夏选择了她？她何德何能得到校园里最受欢迎的男生青睐？她们的目光有嫉妒，也有不屑。

沈冬晴合上门，把房间的觥筹交错挡在身后。

"恭喜你成功了！"

有个声音响起，沈冬晴转过身，看到的是高中时的班长姚念，当年她给了她很多帮助，一直让她心存感激。

"喜欢楚君尧的人那么多，但只有你和他一起。"

"那时候我就知道你是一个有野心的人。"

姚念的目光跟她的话语一样冰冷，沈冬晴咬了咬唇，没有回应。

"我想毕夏也会很不服气，这场同学会，你居然成为主角！"

"果然不走到最后，不知道谁是胜者，当年最般配最耀眼的一对，竟然被你击败——"

她冷冷一笑，转身离开，留下沈冬晴浑身冰凉地站在那里。

也许在众人眼里，她在楚君尧和毕夏的感情里，扮演了一个不堪的角色。

她虽然委屈，却不屑于争辩，她没有办法堵住悠悠众口，只是越发后悔来参加这一场同学聚会。

沈冬晴神色恍惚地走出餐厅，她在马路边看到一个商铺的电视里播放的是裴雨阳参演的电视剧，她不由得停了下来。

她记得那一场水战，他迟迟没有上岸时，她惊惧的心情。

她站在商铺门口紧紧地盯着电视，仿佛下一个镜头裴雨阳就会出现，她不想错过。

此时此刻，她才发现自己竟然如此想念他，如果他在，他会说些什么呢？

当听到一声"沈冬晴"时，她惊喜地转过身。

在看到面前的人是楚君尧时，那一声"裴雨阳"被生生地压了下去，而她失望的表情却没有办法掩饰，一颗心"扑通扑通"地狂跳，连自己都吓住了。

原来回到这个城市，她竟然如此期待能见裴雨阳一面。

楚君尧看到沈冬晴脸上瞬息万变的表情，那种狂喜到失落，让他隐约猜到了什么。

"你以为会是谁？"楚君尧半开玩笑地说，"难道除了我，你另外还有想见的人？"

"我……"她无从解释。

"竟然躲在这里看电视！"楚君尧转开话题，"什么片子，很好看？"

沈冬晴如鲠在喉，心里越发慌乱。

楚君尧牵起她的手："早知道你如此不喜欢这种同学会，就不该勉强你，那我们先走吧。"

"去哪里？"

"当然是找个能看电视的地方！"楚君尧笑了，"让你把它看完。"

沈冬晴信以为真，连忙摆手："不用，裴雨阳有份参演，所以……"

她的声音越来越低，他一怔，心里充满酸涩：原来如此。

楚君尧想起那天在医院门口见到裴雨阳的情景，他不放心沈冬晴的伤势，一直躲在医院里。当楚君尧带着沈冬晴去拍了片子，确认骨头没有受伤后他才松了一口气。

"为什么不让她知道……"楚君尧已经听沈冬晴说过了，在她摔下平台的时候有人抓住了她的手想要救她，但因为惯性被她拖着一起坠了下去，后来她想问那个人是谁，有没有受伤，楚君尧只能敷衍过去。

"她喜欢的人是你。"裴雨阳自嘲地笑了，"所以就算知道又怎样？"

"可是你怎么会在那里？"

"因为我也想和她看一场流星雨。"裴雨阳神色落寞，转而掩饰地把手放到脑后，"放心，我不会打扰你们——以后我也不会见她。"

"裴雨阳。"楚君尧喊住他，认真地问，"既然这么喜欢她，又为什么要分手？"

"因为，"他转过身，闷闷地回答，"因为我想她得到幸福。"

楚君尧心情复杂地望着裴雨阳，他甚至宁愿他对沈冬晴淡漠一些，这样的情深意重让他的心中竟然没有了把握。

"对了！"裴雨阳走过几步又转回来，像是难以启齿地问，"你们什么时候开始的？"

"什么？"

"你和她，你们——"

"她父母去世后。"

"你在说什么？"裴雨阳惊骇地望着他。

楚君尧把发生在沈冬晴身上的不幸的事告诉裴雨阳，他看着他攥住双手，眼里含泪，好一会儿都说不出话来，良久后他默默地说："是我错了，是我误会了。"

楚君尧还想要说什么，裴雨阳已经疾步跑开，他的背影那么悲伤，竟然和现在的沈冬晴重叠在一起，令今日的楚君尧心乱如麻。

第十章

不负初心

Qingning Shidai IV

黎允儿察觉到有一辆车一直跟着她,起初从摩托车的后视镜中看到那辆悍马时,她还在嘲笑那车牌号竟然有那么多个"8",简直就是土豪,可转了几条街,那辆悍马都不远不近地跟着她,即使明明它可以过一个路口,但她停下来,它也停下来。

黎允儿有些紧张,再看看四周,是闹市区,难道有人要在大庭广众之下对她绑架不成?再想一下她平日里没有仇家,最近更是没有什么情感纠葛——她的大脑"嗡"的一声,猛然闪过一个人。这种车辆,这种做派,很可能是他——但为什么?

她干脆把摩托车停在路边,取下头盔朝那辆车走过去,轻轻敲了敲车窗。

窗户没有摇下来,车门却打开了,她的身体被猛地一推,狼狈地往后摔去。

果然是欧洋。

她下意识地望向他的手臂,他在这闷热的夏日,依旧穿着长衫长裤,领口系到第一颗扣子,戴着一副金边的眼镜,静静地望着她。

"嗨,欧洋,好巧!"黎允儿嬉笑着挥挥手,"你是回国探亲,还是观光旅游?"

"我们找个地方聊一聊。"

"如果是观光,我们这小城市可没有多少景色。"

"上车吧。"

"今天天气挺热,我还得去见个客户,改天再联系!"

她想要走,已经被他一把拽住手臂,她心底一片慌乱,想起被他保镖摁住的情景。

"我专程来见你。"

欧洋沉沉的声音让黎允儿心里一软。

"不如我带你去个地方吧。"黎允儿指指自己的摩托车,"要不要试试?"

"好!"

欧洋爽快的回答倒是让黎允儿有些惊讶,她递给他头盔,然后载着他朝她熟悉的咖啡店驶去。

她察觉到欧洋揽住了她的腰身,头贴在她的后背,心里一顿,把手严重晃动了下。

她风驰电掣地朝前,心里揣测着欧洋此行的目的。

因为富恒公司的步步紧逼,她只能秘密地寻找新项目,在考察了市场以后,她准备做一个德国净水器品牌的全国代理,她得到消息,有数家公司都想要拿下这个品牌,他们因为看好中国市场,所以在前期投入上给了很大的优惠。只是黎允儿和对方公司的人谈判几次,他们都没有给出最后的结论,她一直在寻找突破口。

另一方面,黎允儿在准备创业风投需要的资料,她希望双管齐下,拿到代理,也拿到融资，这样父亲的公司才能重生。

难道欧洋又要从中使绊子？黎允儿心里百思不解，都已经过去半年多了，为什么他们还要纠缠不休呢？

到达咖啡馆时，欧洋的眉头皱了下，黎允儿知道他嫌弃这种咖啡店人多嘈杂，可她忙得四脚朝天时，只能匆匆地在这里买上一杯咖啡带走，哪会有闲情逸致坐在这里细细品味？

"入乡随俗！"黎允儿给他一个大大的笑脸，后者竟然有些怔住。

他盯着黎允儿看的时候，她浑身不自在，一遍遍抬头望向服务生，嘀咕着："怎么这么慢？"

"你赶时间？"

"我有个客户要见。"

"我订婚了。"

"恭喜你！"黎允儿笑了笑，但看着他严肃的表情，笑容僵在脸上。

"知道我为什么同意订婚吗？"

"不是因为喜欢吗？"

"我跟我妈说，我要让你向我低头道歉！"

黎允儿的神色冷峻起来："所以我们家业务被抢，全是你妈安排？"

"一个电话而已，自然会有人安排。"

"然后呢？"

"我后悔了。"欧洋直视她，目光变得戚然，"我只是生气你要和我分手，我只是生气你说走就走，黎允儿，从小到大，没有一个人敢这样对我。"

黎允儿认真地看着他："欧洋，你的生活像偶像剧，而我只是最普通的女孩，所以……"

"所以我才不明白，为什么？"

"大约是我没有勇气吧。"

"你想过拒绝我的后果吗？"

"欧洋，何苦和我纠缠不休，你已经订婚！"

欧洋嗤之以鼻："那只是为了给别人看！"

"你应该对感情认真一些。"

"认真？"他盯着她的眼睛，"怎么认真？就像这样，告诉你，其实我喜欢的是你……"

黎允儿无言以对，很久以后才开口："对不起！"

"如果你能留在我身边，那我不会让他们再对你家公司怎样……"

"欧洋，你已订婚，那你希望我以何种身份在你身边？"黎允儿恳切地说，"一段感情结束不能各自安好，彼此祝福吗？"

"我不同意！"欧洋冷冷地望着她。

"欧洋，爱一个人不是这样的……"

"钱呢？你要多少？"欧洋打断她的话。

黎允儿无可奈何地看着他，发现他就像一个任性的孩子，哭着闹着，想要一个糖果，用尽各种手段不过是想要大人屈服。他从他母亲那里没有得到正常的爱，接触到的全是控制和占有，可他也许永远不会迷途知返。

"欧洋，我得走了。"黎允儿抓起头盔，朝门口走去。

"站住！"

黎允儿置若罔闻，推门而出。

"你给我站住！"

欧洋厉声喊道，一把想要拽住她的手臂。

黎允儿本能地用头盔一挡，打在欧洋的手上，疼得他蹙起眉来，他脸色阴沉，眼神越发冷，令她不由得心生恐惧。

"欧洋……"

话音还没有落下，欧洋已经愤然地朝她推了一把，恼怒地喊出声："我讨厌你！"

黎允儿眼看要朝身后台阶仰摔下去，她在后仰的瞬间敏捷地抓住旁边的栏杆，身体一侧，而欧洋却因为用力过猛朝下扑过去，在黎允儿的惊呼声里滚下七八米高的水泥台阶，更在最后把头重重磕在石级边缘处，顿时血流如注。

黎允儿吓得呆住。

有人从咖啡厅出来，看到倒在血泊中的欧洋，尖叫道："杀人了！她杀人了！"

黎允儿怔怔地转身，看到那女生惊悚的表情，腿一软几乎跌坐下去，然后跌跌撞撞地扑向欧洋。

欧洋很快被送到医院，黎允儿想起上次他只是伤了手臂，他和他母亲就对她大动干戈，这一次不知会对她怎样，她抬手想要拨打电话，却发现颤抖的双手上全是血渍。

"姚元浩，我……"黎允儿话音未落，已经大哭起来。

姚元浩正在家里给妹妹补习功课，听筒里传来的哭声引得妹妹也好奇倾听，他指指她的作业本，起身回到自己房间。

"冷静一点儿。"姚元浩柔声说，"怎么了？"

"我我我杀人了——"

她劈头盖脸的一句，令姚元浩一顿。

"我不是故意的！"黎允儿哭得肝肠寸断，"不如我逃走吧，姚元浩，以后我们就不要联系了，也许警察会监听电话……"

姚元浩还是没有听明白怎么回事。

"我爸妈怎么办？我不能带着他们一起逃亡，不行，我不想坐牢！"

"你在哪儿呢？"

"我们不能见面，也许警察会跟踪你过来！"

"听我说，现在的你先深呼吸，冷静点儿……"

黎允儿语无伦次让他的心也慌了："对，先停下来，我问你一句，答一句。"

黎允儿抽泣着点点头。

"刚才你和谁在一起？"

"欧洋。"

"发生了什么？"

"他，他摔下了楼梯，好多血……"

"为什么会摔下去？"

"当时他推我，幸亏我抓住栏杆，而他没有站稳……"

"所以不是你——"

姚元浩乱窜的一颗心终于慢慢平静下来。

"你不知道，他的背景……这一次他一定会让我坐牢！"

"黎允儿！"姚元浩笃定地说，"如果你坐牢我等你，如果你想逃，我陪你——"

这一句荡气回肠的承诺让黎允儿哭得更厉害了，她悔恨不已。为什么不早早地和姚元浩在一起，他们浪费那么多时间，错过那么多美好，而现在她根本不知道明天会发生什么。

她深知欧洋和欧洋母亲的报复心，他们一定不会善罢甘休。

她从医院离开的时候，欧洋还没有动手术，虽然医生说他颅内出血必须要立刻做开颅手术，但有人告诉医生，有专家马上就会到，让他们不要随意地进行手术。

欧洋的病房外，医生护士保镖严阵以待，而她就在那个时候偷偷地溜出了医院。她担心欧洋的伤，也担心自己是否还能自由地仰视这夏日最璀璨的阳光。

二

最后一丝余晖落尽,整个乌石塘变得寂寥起来。

裴雨阳就在这个时候闪进村子,他压低棒球帽,手抄在兜里,走得躲躲闪闪。

当他径直走到沈冬晴家,看到大锁紧闭的门时,心里思绪万千。他从来没有想过,在那么潦草冲动地和沈冬晴分手后,她会发生那么多事,那些痛不欲生的日子,她怎么熬过来的?当他从楚君尧那里听来时,恨不得抽自己几个大嘴巴——他真是彻头彻尾的浑蛋!

他还在纠结她在除夕的夜里没有回他的短信,却不知那一刻她身在炼狱。

他懊恼没有陪伴在她身边,痛恨对她的揣测和误会,更是心疼命运对她的不公,但一切都无法挽回了,因为她已经和喜欢的人在一起了。

裴雨阳上一次去北京找沈冬晴,是想告诉她,他拿到了第一个"男四"的剧本,虽然是个大反派,但这部戏从导演到制作团队都是国内一流的,若是能有出彩的表现,他很可能凭借这部戏崭露头角。

合同签下来后,他第一时间赶到了北京,往她宿舍打电话的时候,她的室友说她一大早就和男朋友去百花山了,夜里会有一场流星雨。

他握着手机,感觉世界在那个瞬间转过了身。

虽然已经有心理准备,但亲耳听到她有男友的事还是让他备受打击,可是想要见她一面的念头逼得他朝百花山赶去——就算是自欺欺人,他也想和她一同目睹一场流星雨。

百花山上的人真多,抵达山顶观景平台时,他没有看到她,心里已经放弃,他在最角落的位置静静地坐着,山间的风凉得刺骨,他对自己说:裴雨阳,这是最后一次了。

最后一次做这种犯贱的事,以后再也不许来找她。

入夜以后,他意外地看到和楚君尧一起的沈冬晴,可是很快就发生了踩踏事故,那时他已经察觉危险,费力地挤到她身边,却只能伸手触碰到她一只手。他另一只手在空中徒劳地没有抓住任何东西,只能随着她掉下去。在落到茂密的树枝上时,他一把抓住树干,半吊在空中,然后倒钩住树干一点点滑下去。

幸好观景平台下是茂盛的树林,也幸好那是一个斜坡,若是悬崖峭壁,那后果不堪设想,裴雨阳找到沈冬晴的时候,她已经昏过去了。他吓坏了,哆嗦着检查她的伤口,发现膝盖处在流血,赶紧给她包扎。他心里想她醒来,又怕她醒来,内心乱成一团。

很快,楚君尧来找沈冬晴了,他站起身离开的时候,发现自己的手掌被树枝划破了。

可那种痛比起心里的感受，根本不值一提。

他不想陷入尴尬的三角关系里，所以他选择离开，直到听到楚君尧说起她父母的事……

后来的后来，他一直想，如果他没有提分手，他们是不是还在一起？可他们的感情再怎么粉饰太平，也掩盖不了她心里喜欢别人的事实，所以他的退场是注定的。

他再一次来到乌石塘村，是因为他想要来看看现在的她是否安好。

他只是想偷偷地探望，就像这样，不为人知地出现。

但她竟然没有在家。

"你找谁？"

有个大婶站在裴雨阳身后厉声问，后者慌乱得更加可疑。

"我只是路过——"

"怎么会路过这里？你到底是谁？"村里的人彼此都认识，突然闯入一个陌生人，又形迹可疑，更让大婶心生警惕。

"我迷路了！"

裴雨阳说着就要走，却被大婶一把攥住前襟，朗声说："我注意你半天了，鬼鬼祟祟的，是不是想偷东西？"

裴雨阳哭笑不得，一边挣扎一边解释他只是游客，走到这里就迷路了。

"游客有半夜三更进村的？别糊弄我！"说着大婶扬声一喊，"皮蛋他爸……"

也许大婶的声音太响亮了，一下拥出来五六个村民，把裴雨阳给团团围住，一副随时准备把他扭送到公安局的架势。

眼看事情要闹大，裴雨阳不得不缴械投降，无可奈何地说："我是沈冬晴的同学，来找她。"

"不早说！"大婶笑着松开手，"冬晴去她外公外婆家了——"

裴雨阳讪讪地："我真是过来旅游，记得同学住这里，所以想来找她……"

"给她打电话吧！"

大婶热心过头，又想确认裴雨阳的真实身份，拿起手机自顾自地拨给了沈冬晴，并且按了免提键："冬晴，你有个同学来找你。"

说着她把电话举到裴雨阳面前，后者恨不得吐血身亡。

听筒里传来沈冬晴"喂喂喂"的声音，裴雨阳一颗心像被大火乱炖着，汩汩的全是抓狂。

"裴雨阳。"

沈冬晴沉静若水地喊了一声。

裴雨阳在众人的逼视里终于从喉咙里沉闷地发出一声:"嗯。"

"果然是你。"

"我只是路过——"

"外婆家在隔壁村,我明天才能回来。"

"别,不用……"裴雨阳突然笑了,变成寒暄的语气,"我就是路过,就是想着老同学在,顺便来看看你好不好,既然不在就算了。行了,我爸我妈还等着我呢,你忙着吧!"

"裴雨阳……"

他不由分说地挂了电话,觉得浑身的汗都下来了。

邻居们这才放过裴雨阳,回去的路上他的手机响起来,他始终没有看,因为知道那个电话一定是沈冬晴打来的,他怕自己接了以后就会说,对,你猜对了,我想你了所以才来这里!

他藏不住了,他快被自己给憋死了!

抬起手时,他才发现自己一脸全是冰凉的泪。

沈冬晴握着手机,一直到铃声结束都没有被接听,她垂下眼,盯着手机上那条链子黯然失神。

好一会儿后,她从背包里拿出一个小小的布囊,从里面取出另外一条链子。

两条链子一靠在一起,桃心就闪亮了起来,拿开一点儿距离就灭掉,如此反复,她觉得心钝钝地难受。另外的这条链子是裴雨阳的,是他提出分手时从手机上摘下来扔在桌上的。

她小心翼翼地收了起来,却一次也没有拿出来看过。

也许她不应该睹物思人,因为她已经选择了放弃。

有时候也会想"琳琳"是怎样的女孩,光听名字就是活泼开朗的性格,本人应该也很美,所以裴雨阳才会动心吧。

裴雨阳的脾气有些急躁,性格也倔,会不会也和那个女孩吵吵闹闹?每每想到这些,她竟然会觉得酸楚和嫉妒,这让她茫然到不知所措。

有时候看她愣神,薛珊会了然地说,感情这种事不是那么容易说断就断的,总是会有拖泥带水的一段,慢慢地也就过去了。她想她对裴雨阳究竟是怎么样的心情呢?是不

甘，是遗憾，还是因为一时的不习惯？一直以来，都是他付出得多，可是他凭空就抽身离开了她的世界，所以她才会反复地想起他吧。

薛珊说："沈冬晴你知足吧！你可是跟楚君尧这样校草级别的男生交往，再这样摇摆不定，就有些过分了哦！"

沈冬晴心下黯然，她觉得自己糟透了，不管是和裴雨阳在一起时，还是和楚君尧在一起时，她都不是一个称职的女友。

在听到裴雨阳去她家时，她竟然有些雀跃激动，她恨不得立刻就回家，想问问他为什么会找她，是不是因为想念——

手机铃声响起，她急切地接起来，在听到楚君尧的声音时，那种失望的感觉让她的身体猛然顿住。

明明是楚君尧，可是她的心怎么在呼喊另外一个人的名字？

"沈冬晴？"楚君尧连续询问几声，"你在听吗？"

"嗯，我在。"她回过神来，感觉到歉疚。

"明天我来找你，大约十点能到。"

"为什么？"

楚君尧一怔："什么为什么？男朋友想来看你，不应该惊喜吗？"

"可是，你不在家陪叔叔阿姨吗？"

"他们上班……你这是在拒绝我吗？"

"啊，没有。"即使明知道楚君尧看不见，但她的脸依然红了。

"那快到的时候我给你打电话，明天车站见！"

楚君尧挂电话的时候，已经察觉到沈冬晴并没有如他期许的惊喜，他心情烦乱地坐到电脑前，看到"火枪手"正好在线。

他发了一个问号过去。

"火枪手"立刻就回他了。

火枪手：心情不好？

楚君尧不由得笑了。

西楚霸王：有时候感觉你就像住在我心里的虫子。

火枪手：能不能形容得更唯美些，心心相通，心有灵犀？

西楚霸王：那你觉得为什么我心情不好？

火枪手：恋情不顺。

西楚霸王：怎么看出的？

火枪手：因为你快输了！

楚君尧打开游戏页面一看，他刚才设置自动挂机，由系统帮忙打比他级别低的敌人，没想到一时间给忘记了，现在正站在原地被等级高的敌人一顿狂殴，血值已经接近零点。

等他手忙脚乱地抵御，已无回天之力，只能落败而逃，干脆和"火枪手"闲聊起来。

西楚霸王：你在谈恋爱吗？

火枪手：目前没有。

西楚霸王：那你喜欢怎样的女生？

火枪手：喜欢喜欢的人。

西楚霸王：如果对方不那么喜欢你呢？

火枪手：不是每一段感情都有回应的，也不是每一个人都如我们所想，尽力就好，其他随缘。

楚君尧觉得他的论调跟米荔倒是很像，他们都是那种对感情认真但又不勉强的性格，也许他和沈冬晴开始的时机不对，那个时候她太孤单太无助，而他太心急了——现在看来，简直有些乘人之危的感觉。

可是那个时候他真的很怕，怕她不再振作，怕她放弃自己，他想用一段感情让她快乐起来，但她真的快乐吗？和他在一起的时候她也会陷入沉思里，有时候他会觉得她的心思游离在很远的地方，让他捉摸不透。

四

毕夏和陆怀箫一起出现在"衣雅"公司总经理的办公室，秘书换了旁人，并不认得她，态度很生硬："没有预约，是不能见付总的。"

"告诉付总，我是毕夏。"

秘书还想要拒绝，付文博听到动静，已经从办公室出来，见着毕夏，面色一怔。

他没想到毕夏这个时候会来找他。刚跟她母亲离婚的时候还有些忌惮，怕毕夏来生事，可是一段时间过去竟然风平浪静，他找人打听到她和她母亲回到旧家住，并无其他动向。

他在心里扬扬得意，自认安排得滴水不漏，法人代表都已经变更，任毕夏再有翻云覆雨的本事，也动他不了。

他以为她们已经认栽了，没想到毕夏这个时候找上门来。

她神色冷厉，气势沉稳，倒让他无端地生出怯意，扬手示意秘书离开。

"毕夏，我和你母亲的事已经了结。"

"对，你和我母亲之间已经没有任何关系。"

"那你今天闯到这里意欲何为？"

"还有些旧事未处理，这和衣雅息息相关。"

"毕夏，你想要公司拿去就是！跟你妈离婚的时候她就已经知道，现在公司就是个空壳，连员工工资都发不出来！"付文博愁眉苦脸地说，"若不是想着对它还有责任，我真是不想苦苦撑下去。"

"那好，既然公司已经濒临倒闭，那就还给我妈。"

付文博脸色一变："这也不是不可能，只是债务——"

"说到债务，还真的要告诉付叔叔一声……"毕夏举起手里几页纸张，"我也是最近才知道我爸生前为了周转找生意伙伴借了四百万。"

"别扯了！"付文博嗤笑，"公司借四百万来做什么？"

"投资呀！"毕夏浅笑，"你不是也因为投资转走衣雅账面上的流动资金吗？"

付文博神色一顿："这都有你妈签字的，那时候每一笔出账她都认可。"

"所以这笔债也得您来还了！"

付文博拿过来一看，白纸黑字真的是一份四百万的欠条，上面有毕清军的签名和衣雅公司的公章，债务人是郭麒麟。

"就凭你们随便出示一张借条就能证明债务的真实性？"付文博冷笑起来，"衣雅公司现在账面上没有钱，别说四百万了，四万都没有！"

说着他一把撕碎手里的借条，只是不管他怎么撕，毕夏都没有阻止。

"这是复印件。"陆怀箫缓缓地说，"正本文件已经提交法院。"

"这个是法院的受理书。"毕夏扬起另一份资料。

"你们到底想干什么？"付文博厉声说，"就凭一张伪造的借条就想置我于死地，你们也太嫩了点儿！再说这是你爸写的欠条，找他还去！"

"看清楚，这是以公司名义借款！"毕夏停顿一下，"我们已经要求冻结衣雅的账户，所以……"

付文博大惊失色："毕夏，何苦呢？衣雅垮了对你有什么好处？"

毕夏盯住他，一字一句地说："我宁愿它倒闭，也不会让你得逞！"

从公司出来的时候，毕夏觉得精疲力竭，和付文博的交锋她看着是胜利了，但这场官司打下去将是遥遥无期。

只有陆怀箫支持她。

母亲竟然是反对的，她说她不想再纠缠那些破事，只希望过平平淡淡的日子。她也竭力劝说毕夏申请法国留学，重新开始她的人生，官司一打就是一年半载，她的光阴会被白白浪费，更是不值得。

"公司是爸爸的心血！"毕夏实在不甘心。

"又怎样呢？没有他在，迟早是坚持不下去。"

"不能让付文博得逞——"

"至少衣雅公司还在，若是真的倒闭，那些跟着你父亲数年的员工呢？他们需要工作，需要养家……妈妈已经不在乎钱了，只想要清清静静地过日子。"

"沈阿姨，让毕夏试试吧！"陆怀箫说，"她争的不是财产，而是一个公道！她不能见着坏人作威作福，更不能把毕叔叔一生的心血拱手让人！"

沈梓瑜长长地叹口气："都怪我，都是我的错……"

"沈阿姨！"陆怀箫说，"相信我，我一定会帮毕夏拿回公司。"

"怎么可能？"

"之前我一直在关注付文博那几个账户的动向，毕竟不是以他的名义开户，对于多疑的他来说也是没把稳的，只要他把钱转入自己的帐户，那就可以状告他挪用公司资产。

"没有想到付文博在变更了法人代表后觉得一切高枕无忧，他又把那些钱给挪回了衣雅，毕竟公司的基础还在，他还是想要继续做下去的。

"所以我想到了一个办法……"

陆怀箫的办法是安排衣雅公司里信得过的人拿到公司的印章，再联系毕夏父亲生前的好友，伪造一份假的欠条和抵押合同，让之前的债务逼得他交还公司。

"这可不行！"沈梓瑜一听就拒绝了，"伪造公文是要负法律责任的！"

"妈，他都不择手段，我们也只能用非常手段！"

"沈阿姨，"陆怀箫认真地说，"这件事全权由我负责，有责任我一个人承担！"

毕夏被这句话震住，不由得望向他："不，和你没关系！"

"你们这两个孩子，都不可以冒险！"沈梓瑜皱眉，"你们还年轻，有大好前途，不要与这种歹人纠缠，妈妈也是急于摆脱他，才放弃了公司……"

虽然母亲竭力反对，但毕夏心里已经拿定主意。

她和陆怀箫开始有计划地筹备起官司的事,他们还找到孟叔叔帮忙,孟叔叔说如果上到法庭,他会做人证,证明写那份欠条时他在场。

五

姚元浩立在咖啡馆门口环顾四周。

咖啡馆位于闹市的商厦中,正面临马路,拾级而上,处于二楼。当时黎允儿和欧洋在门口起了争执,黎允儿背对台阶,欧洋面朝她,所以欧洋推她时他才会不慎地滚下台阶。

黎允儿在父母的陪同下去公安局说明了情况,没想到欧洋手术醒来后却一口咬定是黎允儿推他下台阶,咖啡店门口的摄像头竟然蹊跷地坏了,没有当天的记录,所以黎允儿百口莫辩,被警察以涉嫌故意伤人带走。

姚元浩在黎允儿家里见到了毕夏和陆怀箫。

"你说允儿怎么会招惹上这种人?"黎允儿的母亲已经完全慌了神,坐在沙发上眼泪横飞,"说是去了解情况,怎么就被拘了呢?允儿,我的允儿一定吓坏了!"

"阿姨,黑白不会颠倒,她不会有事的。"毕夏接到黎叔叔的电话时,心里惊住了,她已经从黎允儿那里听来当日的事,明明就是欧洋想要对她不利,怎么就反转变成她故意伤人?她后来陪着黎允儿去医院了解情况,旁人说欧洋最后没有做开颅手术,欧家请来了全国最权威的脑科医生,用微创术引流出颅内的瘀血,并且在术后当日就转院了。

听到欧洋情况好转,黎允儿松了口气,不管怎样,她都觉得她要负起一部分责任。

原本想着此事就过去了,没想到欧洋会将黎允儿告了。

毕夏把此事告诉陆怀箫,在她看来,陆怀箫也许能有办法。

"咖啡厅门口的监控是被人蓄意破坏的。"陆怀箫说,"他们有预谋想要诬陷,必然会销毁证据。"

黎浩天长叹一声,他和富恒公司几次交手都挫败,自然知道他们的势力非常大。

"应该会有别的监控!"姚元浩笃定地说,"那是个闹市,不可能只有咖啡店门口一个监控。"

陆怀箫摇摇头:"你能找到的监控,他们也能找到,而且警察会调查取证,他们一定会在这之前做好万全的准备。"

黎允儿的母亲一听,"哇"一声哭出声:"他们要敢伤我的女儿,我跟他们拼命!"

"阿姨，我们会有办法的！"陆怀箫宽慰道。

黎浩天揽了揽妻子："纵然倾家荡产，我也不会让女儿有事。"

毕夏、陆怀箫和姚元浩一连几日都在附近寻找目击证人，正是盛夏，烈日当空，一整天下来他们已经汗流浃背，精疲力竭。

陆怀箫去自动贩卖机买水，留下毕夏和姚元浩坐在台阶上，姚元浩想起当年自己拦下她和黎允儿，说希望和她们做朋友的情景。

那时候他默默暗恋着毕夏，并没有想过他会和黎允儿有交集，可是作为毕夏最好的朋友，他没有办法忽略她，在她的一再表白下接受了她。是在黎允儿提出分手后他才恍然大悟，原来这个女孩早已经扎根在他心里，在一条缝隙里长成了参天大树。

他对自己说，不管多久多难，他都要重新追回她。

"那天，她给我打了电话。"姚元浩默默地说。

毕夏望向他。

他浅浅一笑："我现在很后悔没有带她逃走，如果她真的难逃此劫，我宁愿带着她浪迹天涯。"

"允儿知道一定会很开心。"

"如果那时候我能够更勇敢一点儿，和她会不会不同？"

"还没有到最后，你怎么知道故事的结局？"

"我很难过我伤过她……"

"对允儿来说，也许是考验，她始终没有放弃你。"

"毕夏。"姚元浩看着她，释然地说，"谢谢你。"

也许毕夏就是他年少时的一个梦，他憧憬幻想，不过是因为太美、太好、太不真实了。现在能够这样和她坐在一起说话聊天，也有一种不真实的恍惚，但他已经清楚了自己的感情，所幸自己没有一直沉浸在梦里。

"是我谢谢你，谢谢你为允儿做的。"

"我爱她。"

他从来没有用过这个字，但他知道，不仅仅是喜欢，是很多很多的喜欢，化作最浓烈的爱。

毕夏不由得笑了，为黎允儿感到高兴。

"毕夏！姚元浩！"

陆怀箫朝他们奔跑过来，那么沉稳的他竟然露出欣喜若狂的表情。

毕夏和姚元浩霍地站起身，心里猛然一抖。

"有消息了!"陆怀箫急切地说,"有个人说她的行车记录仪拍下了当时的情景。"

"真的?"另外两个人不约而同地喊出声。

陆怀箫点点头:"刚刚她照着我们贴的'寻人启事'给我打来了电话。"

三个人都激动不已,已经好几天了,他们找遍了附近的监控都没有新的线索,时间过去越久,希望就越渺茫,虽然大家都没有表露出来,但心里对此事快要绝望。

"会不会又是为了奖金?"姚元浩不确定地问。

因为他们宣布提供线索会有五万元奖励,所以这些天各种人都来爆料,并且自称就是目击证人,但一问到具体情况就不知了,甚至有人提出给钱的话甚至愿意做伪证。

"我也担心,所以在电话里问过。"陆怀箫笑着说,"具体时间地点都对,她还说出了当时允儿穿的衣服,所以我认为可信。"

听到陆怀箫这样说,毕夏和姚元浩的心这才放松下来,再看一眼,两个人都湿了眼眶。

他们立刻找到打电话的女生,在她的车里看到了完整的视频。

原来在欧洋和黎允儿起冲突的时候,她从马路对面的车库开车出来,行车记录仪恰巧拍下那一段,只是当时她也没有注意到,因昨日她的车发生擦碰调取记录时才看到,当时觉得推人的男子真是活该,本想伤人却伤了自己,今天从小区出来看到贴着"寻人启事"寻找目击证人,就立刻拨打电话了。

找到有力的证据,他们立刻联系了黎叔叔,一同赶到公安局。

黎允儿听到警察说她可以走了时,喜极而泣。这几天是她这一辈子觉得最漫长的时间,懊恼得快要抓破了脑袋。

"等我洗个脸。"她红着鼻翼对警察说,"这样出去太丑了。"

警察忍不住笑了:"是要见男友吧?"

"对对对!"黎允儿忙不迭地回答。她已经想过了,这次如果她能化险为夷,一定不再和自己别扭了,她要第一时间对姚元浩说,世事无常,就算以后我们会分手,至少现在我也要轰轰烈烈地爱一场。

等她走出来时,一眼就看到等在门口的姚元浩,那一刻她什么都顾不上了,几乎是飞扑着跳到他身上,后者稍微晃动了一下,然后稳稳地抱住了她。

这一刻整个世界都不存在了。

那些彷徨、迷茫、害怕、恐惧……还有对未来的不确定都统统地散去了。

青春这一路走得好辛苦,但好在他们没有辜负当初的自己。

"这孩子,没看到你爹你娘眼巴巴地站在这里吗?"母亲佯装生气地打趣,"真是女大不中留。"

黎允儿这才不情不愿地从姚元浩身上跳下来,一把抱住母亲:"妈,我这五天可惨了!"

她抽搭着又去抱父亲:"爸,一会儿上哪儿给我接风呀?我得吃大餐!"

众人都笑了。

黎允儿又抱住毕夏:"今天晚上你得去我家陪我……"

等她抬眼看到陆怀箫的时候,想要靠近,已经被姚元浩长手一伸给挡住,"他就不必了!"

黎允儿望着姚元浩嗔怪地一笑,继而伸手拍拍陆怀箫的肩膀:"见到你,我一点儿也不奇怪。"

那个晚上,黎允儿一直很闹腾,她的欢喜雀跃一直都写在脸上,因为这对她来说,就是圆满了。

第十一章

回到原点

一

清晨下过一场雨，空气中有香樟树的清香，街道两旁的木槿开得娇艳欲滴，沈冬晴抬起头来时，看到天空呈现出寂寥的淡蓝色。

她想起遇见楚君尧的那一日，也是这样雨后的清晨，他穿着白衬衫和牛仔裤，回眸之间让她的心整个儿呆住，在她苍白的青春里，他带来了最绚丽的颜色。

看着楚君尧从车站走出时，有弥漫的水雾给他营造出一种梦幻般的效果，她的笑容在迎向他的笑容时，越发地柔软。

他自然而然地握住她的手："等了很久？"

"我也刚到。"

"一会儿去哪儿？"

"先去书店吧，我答应帮表妹带几本书。"

楚君尧转过身凝视她，后者娇羞地垂了眼。

"这条裙子很衬你。"

今天的沈冬晴穿着一条薄荷绿的长棉裙，裙摆一直到脚踝，长发披肩，整个人清新柔美，一见到就让他生出满心的柔情蜜意。

自己也觉得奇怪，以前嫌弃沈冬晴土气，可现在却越发觉得她美，那种舒适耐看的感觉，总让他的唇边不由得漾出笑意。

沈冬晴在他的注视下，脸微微地红了，他内心更是甜蜜，忍不住举起她的手在唇边亲吻了下。

这亲昵的动作倒是让沈冬晴一怔，没来由地瑟缩了下，连楚君尧都察觉到了。

"怎么了？"

沈冬晴掩饰地摇摇头："我还不太习惯。"

楚君尧欲言又止，满心的欢喜此刻已经开始跌落。

他们选好表妹需要的书后，沈冬晴拍了照片准备发给表妹，只是突然之间就怔住了。

"我的手机链呢？"她着急地在背包里翻找。

楚君尧认得她的手机链，简单的一串桃心图案，看上去已经有些旧了。他从未见她对任何东西如此在意，不过是一条手机链而已，可是她半跪在地上，把整个背包里的东西都倒出来，急得脸都涨红了。

"没有！怎么会没有？"沈冬晴快要哭出来，然后把东西胡乱地塞进背包，"一定是刚刚落在车站了，在那里时我用过手机。"

说着沈冬晴扭头就走,仿若忘记了她和楚君尧在一起。

楚君尧默默地跟着她,看到她低头沿路寻找,一直走到车站,在一个水坑里找到她的链子时,她突然间蹲下去捂住嘴哭了起来。

是在这一刻沈冬晴才知道她失去了什么,原来她一直想要回避,一直想要遗忘的是她心里对裴雨阳的感情。也许他给她的感情太美好太甜蜜了,所以在他离开后,她才会常常失神地想起他来。

她讨厌这样反复的自己,她有什么资格如此对待楚君尧?

最艰难的时候是他陪伴在她身边,也是他一步一步将她从溺水的边缘拽到了岸边。

任谁都觉得她配不上楚君尧,就连她自己都觉得她太不知足——可是裴雨阳的脸总是不经意地在她的脑海里闪现,就算只是看到相似的背影,都会让她怔在那里。

当她发现这个事实时,她觉得羞愧极了,她凭什么还要得到楚君尧这样的喜欢和照顾?凭什么还要让他在这段感情里不断地付出?

楚君尧蹲下去,轻拍她的背:"它对你来说一定有一段回忆。"

"我——"沈冬晴泪眼婆娑地望着他,欲言又止。

"找到就好。"楚君尧宽容地笑了,"我不会问,除非你愿意告诉我。"

"楚君尧。"

"算了,你还是不要讲了!"楚君尧心里一慌,起身说,"一会儿我们去游乐场吧。"

沈冬晴慢慢平复心情,为自己刚刚疯狂的行为感到自责和羞愧。

那天,他们去游乐场坐旋转木马和摩天轮,去电影院看最新上映的影片,然后去海边看日落……如果恋爱就像是完成一个又一个副本任务,然后集全套通关,就能得到稳稳的幸福,那会不会更简单一些呢?

现在他们的心情如此迷茫和复杂,抬眼望向对方的时候,感觉眼前弥漫的全是雾。楚君尧抬起手来将沈冬晴的头轻轻摁到自己肩上,仿若这样才能证明他们的亲密无间。可是,这样的自欺欺人又能坚持多久?

地平线上那一轮太阳就好像在胸口撞出了一个洞,有疼痛在无声无息地蔓延。

"沈冬晴。"

"嗯?"

"其实那天,看流星雨的那天,裴雨阳也在。"

终于说出来了,好多次他都想要告诉她真相,他有他的骄傲,不允许自己如此不堪地隐瞒。

沈冬晴诧异地望向他，手下意识地攥住她的手机链。原来那天真的见过他，听到他的声音，不是她的臆想，也不是她的幻听。她终于明白他为什么会出现在乌石塘村了……可是琳琳呢？她一直以为他向她提出分手是移情别恋，却从来没有勇气问为什么。

是她的自以为是伤了他的心，所以他才要离开吗？

"我看得出来，他喜欢你。"说出这句话的时候，楚君尧感觉内心一片释然，自嘲地笑了笑，"不要觉得自责，其实我已经明白最不能勉强的就是感情。"

"可是……"沈冬晴垂了眼，"是他提的分手。"

楚君尧不由得笑了：“喂，会不会有点儿过分？现在就来跟我讨论这种问题。”

沈冬晴局促地望向他，他明明是无可奈何的表情，但眼睛里却满是宠溺。

"不如给他打个电话问一问。"

"我……"

"当年的勇气呢，别忘了你可是'魔教教主'！"

"我不知该说什么。"

"闭上眼睛想一想，此刻你心里最想见到的人，是他还是我。"楚君尧摇摇头，"我都要被自己感动了，也许你应该给我颁发一个最佳前男友勋章。"

沈冬晴笑了。

在这一刻明明是月朗星疏的夜晚，但他们却觉得回到了四月里最晴朗的阳光里，那些矛盾的心情，那些患得患失的情绪，那些内疚和歉意在这一刻被风吹散了。

其实给予喜欢的人最好的喜欢，是成全她的幸福，是完满她的人生……楚君尧这样想的时候，心里不由得想起了"火枪手"，想起了米荔。是他们教会他正视这一段牵强的感情。

二

毕夏到家的时候，看到母亲坐在桌前发呆，一手拿着剪刀，一手拿着一枝桔梗，很久都没有动一下。桌面上摆了各种花，姹紫嫣红，让整个房间有了生机。

在毕夏的鼓励下，母亲去报了一个插花班，开始找一些事情做，以免一个人独处时会胡思乱想。母亲倒是催促她几次让她去申请法国留学的事，但她和付文博的官司正在开庭之际，她不愿意在此时离开。

"妈，"毕夏笑着站到她身边，"今天上课了？"

"去了。"母亲的剪刀无意地向上一挥，竟然将桔梗的花瓣全弄散了。

毕夏俯身撑在桌面，轻声地问："付文博来找你了？"

母亲有些惊讶，不由得点点头。

毕夏起身冷哼一声："他是来求您看在往日的情分上，放他一马？"

"毕夏！"母亲困顿地说，"冤冤相报何时了？妈妈真的累了。"

"那你不要理会他，这件事我来处理。"

"妈妈每天都在害怕……"

"怕付文博？"

母亲摇头："如果查出来你们伪造证据，你和陆怀箫都毁了！"

"妈，即使如此，大不了——"

"你不在乎我在乎！"母亲语重心长，"妈妈已经做错了，如果将你的前程再搭进去，你让妈妈有何脸面去见你爸爸？"

"爸爸会理解我的。"

提到父亲，毕夏心里一阵难过。

"收手吧！毕夏……"

"妈，就连孟叔叔都愿意出来指证付文博！"

"他今天来找我，说公司现在没有流动资金，工厂停工了……"

毕夏轻描淡写地回答："我已经做好最坏的打算。"

"又何必玉石俱焚？"母亲脱口而出，"衣雅倒闭，你又得到什么？"

毕夏也是心烦意乱，她并不想公司垮掉，但只有这样，付文博才能放弃衣雅，可那个时候的衣雅又如何再经营下去呢？

正在这时，陆怀箫来了。

"是我让他来的。"沈梓瑜望向女儿，"今天付文博提出给他一百万，他就把公司归还。"

"一百万！"毕夏冷哼一声，"他真是想得出来，明明背着四百万的债务，现在倒还想要拿一百万回去。"

"真的闹上法庭，就算我们胜诉，那时候公司也已经倒闭……"沈梓瑜缓缓语气，"我说会考虑一下，陆怀箫，你认为呢？"

"他现在也不知借条的真假，但冻结衣雅的账户让他心急火燎，应该很后悔把转走的钱再转回到公司账面上，如果一旦法庭认定欠款的事实，那他将一无所有。"陆怀箫说，"他提出和解也是心里慌了，我们可以跟他压价格，一百万是不可能的。"

"就按你说的办！"沈梓瑜不由女儿反对，直接说，"陆怀箫，你来跟他谈，毕夏没有你沉稳。"

毕夏刚想出声，就被陆怀箫打断："你的目的是拿回公司，但也要公司能够持续发展下去。"

反对的话毕夏忍住了，她觉得母亲和陆怀箫说得对，再闹下去公司就无法运转，她只能对付文博有所退让。

在和付文博在最后金额的谈判时，陆怀箫压到了五十万，这是公司账面上被冻结款的一部分，但付文博提出要先拿现金再去做法人变更。

三

变更完法人代表后，付文博垂头丧气地望着毕夏："跟我说句实话，那个借条是真是假？"

毕夏反问他："你说呢？"

付文博此刻才知道自己上当，面红耳赤地指着她："算你狠！"

毕夏冷嗤一声："如果不是你想掏空公司，谁会动你？"

虽然现在看上去一切回归原位，但母亲的身心受创，公司的元气大伤——在这一场纠纷里，没有谁是真正的赢家。

赵叔叔去法院撤诉以后，衣雅公司的账户被解冻，毕夏原本想请孟叔叔回公司主持大局，但他婉拒了。他说他可以回公司做以前的工作，安稳民心，但管理整个公司他能力不足，还得需要专业人士来做。

他看了一眼陆怀箫说："你之前已经挽救过衣雅一次，我见识过你的果敢和魄力，这一次恐怕也得你来才行。"

"不行！"毕夏抢着回答，"他有更好的选择！"

陆怀箫深深地望着毕夏。

这段时间是他们俩走得最近的日子，也是他最幸福的时光，对他来说，喜欢一个人有无数种表达的方式，他对她的喜欢就是默默地陪伴与照顾。他知道她在意的东西，并不想以此来击中她的感动，只是一种本能的驱使，让他愿意为她赴汤蹈火。

八月的黄昏，陆怀箫送毕夏回家，街道上全是光，城市繁华热闹，令人心情愉悦。

毕夏背着手在台阶上跳上跳下，仿若童年时那个活跃俏皮的她。

陆怀箫温柔地望着她，唇边浮出笑意。

毕夏没有抬头，戏谑地说："刚认识你的时候，你可不是这样。"

"怎样？"

毕夏想起那一年的陆怀箫，他站在海边的月色下，表情落寞而忧伤，他的唇总是紧紧地抿着，话很少。而现在的他充满自信和锐气，笑容也越发地多了。

"有点儿傻。"

"才发现？"

"傻笑的样子更傻。"

陆怀箫的笑意更浓了："还有更傻的事，想听吗？"

毕夏抬头对上他的视线。

"我已经向学校提出休学。"

毕夏愣了一愣，然后问："为了衣雅？"

陆怀箫不置可否。

毕夏抓起地上的石子朝他扔过来，劈头就嚷："谁让你自作主张？谁让你自以为是？你以为缺了你，我就做不到吗？你当你是谁？我的救世主？陆怀箫，以后你离我远点儿！"

毕夏觉得自己可恶透了，明明心里感动得要死，但面上却在出口伤人。她只是为陆怀箫做了一件事，帮他重返校园，而这么多年过去，他一次又一次地帮她，甚至不惜搭上他的前途未来。她知道优秀如他，会有更好、更大的发展，可是他怎么就能为她牺牲到这种地步？

"毕夏，你很清楚，我能够做到！"陆怀箫沉沉地说，"我有最专业的知识，身后有支持我的团队，这几年我也参与过很多的资本操作，即使对业务不熟悉，但对于管理和整合我是独一无二的人选。"

"谁要你管？"毕夏蓄上泪来，"那你呢？你的梦想呢？让一家濒临倒闭的小公司拖着你，你要什么时候才能解脱出来？"

"我没想过解脱——"陆怀箫望着她，"听我说，三年或者五年，对我来说都不算什么。你去上学，选择你喜欢的专业，如果你对经商没有兴趣，那衣雅我来替你守着！如果你想要回衣雅，那我等你！"

"不行！"

"我只想替你打下江山，太累太苦的事交给我，毕夏，我要你轻松前行！"

"不要对我这么好！"

"我心甘情愿！"

"如果我无以回报——"

"我也无意所求！"

"陆怀箫，你真傻！"

"不必对我有所亏欠，其实我资历尚浅，你愿意将一个公司交给我，对我亦是一种锻炼。"

"可你的学业呢？"

"我无法兼顾两头，现在是衣雅的关键时刻，我只能全力以赴。"

毕夏望着陆怀箫，无言以对。她知道她被说服了，她动摇了，她希望他能帮她拯救父亲的公司，可一想到要牺牲他的学业，她就内心彷徨。

毕夏和陆怀箫一同回来时，黎允儿指挥着姚元浩一人手持一枚礼炮，"砰"的一声，漫天的彩纸纷飞，气氛欢喜热闹。

"要庆祝两位英雄的归来！"黎允儿抱着毕夏，"太棒了，我们终于打败了格格巫！"

"陆怀箫，辛苦你了！"沈梓瑜热情地招呼，"快来吃饭吧！"

今天沈梓瑜特意下厨做了几道菜，为的就是感谢陆怀箫。当年见着这孩子就觉得聪慧过人，没想到他竟然会这么有情有义，私下里她也希望女儿能和陆怀箫成为一对，她看得出陆怀箫对女儿有情，但毕夏却只当他是朋友。

陆怀箫被沈梓瑜坚持着安排在上座，她举起酒杯，由衷地说："阿姨谢谢你，以后这里就是你的家，欢迎你常来——"

黎允儿朝陆怀箫促狭地眨巴眼睛，重复一遍："这里是你的家！"

毕夏的手在桌下掐了她一把，她疼得"哎呀"一声。

"怎么了？"姚元浩紧张地望着她。

"没事，就是被小虫子咬了一口……"

话音没有落下，毕夏又掐了她一下，她故作委屈："阿姨，看来你们家连虫子都不欢迎我，为什么总咬我一个人？"

沈梓瑜不明究竟："有虫子吗？哪里——"

毕夏打断话题："快吃吧，菜一会儿都冷了。"

她给黎允儿夹菜，压低嗓音说："多吃点儿，赶紧堵住你的嘴！"

当黎允儿被辣椒籽呛住时，姚元浩赶紧递上水杯，另一只手轻拍她的背，体贴之情溢于言表。

毕夏望着他们，不由得笑了。

独处的时候，毕夏问黎允儿："欧洋的事解决了吗？"

黎允儿的眼神顿时黯然："不知——"

"他们既然已经撤诉，应该不会再生事。"

"欧洋母亲并不是那种善罢甘休之人。"黎允儿继而露出坚定的笑容,"总是提心吊胆的也没用,至少现在有他陪着我。"

黎允儿望着远处草坪上和陆怀箫一起交谈的姚元浩,柔声说:"那你呢?你和陆怀箫……"

"我不知道。"

"他为你付出这么多!"

"我已经不是过去的毕夏……"

毕夏苦涩一笑,继续说:"经历这么多事,我只想能平静地生活。"

"那你有什么打算?"

"回到衣雅。"

"陆怀箫他……"

"我不能再拖累他了,虽然我知道凭我很难维持,但也只能走一步看一步。"

"有我呢!"黎允儿拍拍胸膛,"不就是创业?我们一起努力!"

虽然毕夏表现得很乐观,但按照公司目前的经营状况,她根本没有力挽狂澜的能力,也许她只能看着它走到山穷水尽的一步……

四

九月的开学季,当楚君尧拖着行李箱返回校园的时候,在门口遇到了一只奇怪的维尼熊人偶,一见到他就蹦跳起来,又摆出各种卖萌的表情,惹得路人不断嬉笑。

当楚君尧想要绕开"它"的时候,"它"干脆上来抱住他,因为衣服又厚又重,"它"脚下一滑,重心不稳,直直地朝楚君尧扑过去,径直将他扑倒在地,圆滚滚的肚子压在楚君尧的脸上,几乎要闷死他。

再看那只维尼熊,四脚胡乱地蹬着,想站站不起来,场面滑稽搞笑。

楚君尧好不容易挤出头来,闷声地低吼:"米荔,你快起来!"

米荔只好侧身一滚,滚到一边。

楚君尧好不容易呼吸通畅,猛地咳了几声,他无可奈何地转过身,看到米荔两个大"肥手"在拼命地摘头罩,他哭笑不得,替她拿走帽子,再一看米荔,竟然有些怔神。

她满脸都涨红了,额头上全是细密的汗,前额的头发湿漉漉地贴在脑门上——想必怕错过他,她就一直穿着这厚重的衣服在校门口等着他。

"欢迎你归来!"米荔眯着眼睛夸张地大喊,"是不是很惊喜?"

"确实印象深刻。"

楚君尧看了一眼围观的人，不得不扯着她往前方走："赶紧脱下来，这么热的天万一中暑……"

米荔一听两眼放光，立刻做虚弱状往楚君尧身上靠："真的很晕呢。"

"够了！"

"好难受，想吐！"

"别装了，你好沉！"

"喘不过气来了……"

"真的假的？"

"不行，我要晕了。"

楚君尧松开行李箱一把扶住米荔："喂，你真的太重了！"

"重的是衣服！"她还不忘反驳一句。

楚君尧忍俊不禁，又无可奈何，只能停下来背起这只笨重的"维尼熊"，手上还不得不提着自己的行李箱，所到之处不断有人笑喷，楚君尧尴尬得恨不得找条地缝钻进去。

可米荔却像狗皮膏药一样压在他背上，两手环抱着他的脖子，他只好把她带到僻静的藤蔓长廊，威胁道："你再不下来我把你丢进湖里喂鱼。"

"第一次对我这么好，再让我享受一下——"

楚君尧快要抓狂，只得柔声说："乖，下来，至少你得把这重衣服给脱掉。"

米荔这才从他背上跳下来，当着他的面在前襟一拉，楚君尧心里一慌，立刻转身闭上眼睛："米荔，你到底是不是女生！"

米荔转到他面前："想什么呢，美得你！"

楚君尧睁开眼看着穿着牛仔背带裤的米荔，脸微微一红，没好气地说："你说你捣鼓什么呢？"

米荔从胸前的荷包里拿出一叠A4纸，认真地说："这是给你的资料，你记得看！"

楚君尧接过来一看，又气又好笑。

上面的内容是《如何走出失恋》《失恋呼吸法》《失恋后的治愈》……

"时间会冲淡一切伤痛……"米荔"爱抚"地"摸摸"他的头，后者躲闪开。

"楚君尧，我会帮你！"

"不用！"

"你别逞强！"

"我没有！"

"强颜欢笑不利于身心健康,你得哭出来——"

"米荔!"楚君尧皱着眉,十分诚恳地说,"谢谢你的好意,可是我没事!"

"怎么会没事?"

"不然呢?"

"你可是失恋啊!"

"有必要这样嚷吗?"

米荔压低声音,重复一遍:"你可是失恋啊。"

"都说了我没事!"楚君尧丢下米荔,拿着行李几乎夺路而逃。

等他走到宿舍楼下,更是要疯了。

米荔拉了一条长长的横幅:楚君尧,挺住!

什么乱七八糟的?楚君尧心里不好的预感越来越浓,他一步步上楼,看到每一层楼都有一个标语:

楚君尧,失恋只是失去一个人的选择,但你还拥有整片森林!

楚君尧,失恋只是一时的痛,时间会治愈你的伤。

楚君尧,失恋是为了更好的开始,分手是为了更美丽的相聚……

他感觉乌云压顶,每走一步,都有认识不认识的人与他打招呼:

"楚君尧,你失恋了呀?"

"虽然我们挺惊讶的,没想到你竟然也会被人甩……啊啊啊,我的意思是谁那么没眼光竟然会让你失恋,不过你坚强点儿……"

如此种种话语,等楚君尧撕下标语关门走进宿舍,感觉已奄奄一息。

再定睛一看,宿舍里到处都贴着座右铭,全是鼓励安慰的话语,何遇看到他,笑得很欢畅:"对米荔来说,就像过节似的!忙乎几天了……"

"你也不拦着?"

"拦什么呀?我看她真心为你好……"

"嫌我不够丢脸?"

何遇想到什么,又大笑起来,笑得几乎趴在床上,好半天才缓过来:"明天,明天等你上课就知道了……哈哈哈,我真是服了米荔了!"

"又怎么了?"

何遇笑得快岔气:"她给班里每个同学打招呼,说你现在在敏感脆弱期,不能说刺激你的话,不能当众秀恩爱,不能……哈哈哈!"

"米——荔——"楚君尧咬牙切齿地喊出声,"她脑子进水了吗?"

何遇忍住笑："我倒觉得她挺可爱的！"

等楚君尧去"法援社"见到鲁远他们时，他们刚想说话，他立刻打断："虽然我失恋了，可我真的没事！你们都别安慰我！"

"果然。"鲁远回答。

"什么果然？"

"像米荔说的，你会掩饰，会否认，会装作若无其事，这种症状才严重。"

楚君尧被打败了，只能摆摆手："好吧，我很消沉很低落心情非常糟糕——所以你们谁都别来理我！"

鲁远看着他，不知死活地说一句："果然又像米荔说的，你在人格分裂的暴躁期！"

"我晕！"楚君尧忍无可忍地说了一句。

他真的快被身边的人、周围的人，还有罪魁祸首米荔给逼疯了！

那些日子，米荔阴魂不散地守着他，怕他难受的时候没有人陪，怕他独处的时候睹物思人，怕他钻到牛角尖里走不出来……他试图告诉她，他和沈冬晴之间依然如朋友一样来往，他会心情不好，但更多的是一种挫败感。

可是米荔呢？只想着如何带他走出失恋的阴影。

她带他去踏青，去放风筝，去骑单车，夜晚怕他失眠，在楼下弹吉他给他听，在图书馆时抱着书本只要他一出神就问他各种问题……她喧嚣、吵闹、叽叽喳喳，也许因为她的胡搅蛮缠，他才没有更多的时间去伤感。

和沈冬晴的过往就这样轻轻地，撕了一页。

五

临开学前，沈冬晴去裴雨阳家想要找他，当她在楼下迟疑徘徊时，没想到会遇到裴叔叔。

他开着车缓缓地停在她身边，摇下车窗，询问道："是来找雨阳的吗？"

沈冬晴局促地望向他，点点头："裴叔叔，我……"

"雨阳进剧组拍戏去了。"裴向成停顿下，"你们是不是吵架了？这么久也没有见你们联系。"

沈冬晴咬咬唇："您跟周阿姨身体还好吗？"

"我们都挺好，回家再说吧。"

"不了，我一会儿还有事——"

沈冬晴急忙跟裴向成道别，转身就走。

"等一下。"裴向成拉开车门走下来，由衷地说，"你和雨阳的事不要有什么心理负担，怎么决定都按照你的心意来，我们不会怪你……"

沈冬晴动容地望向他："裴叔叔。"

"这是雨阳的地址。"裴向成拿出纸笔写了一行地址递给她，"事实上，我和周阿姨都挺感谢你的，如果不是你的鼓励，他还不知道会变成什么样子，现在看到他有梦想、积极努力的态度，我们都挺放心的。"

沈冬晴拿到地址后没有迟疑地赶往了裴雨阳在杭州西溪的拍摄地，想要见到他的念头越来越强烈，她想要问问他为什么会出现在北京百花山？为什么会出现在乌石塘村？那个"琳琳"到底是谁？他们之间又是什么关系？

她迟迟没有去找他，是因为每一次鼓起的勇气都在踌躇间停住了，她怕是自己的自作多情，怕得到心碎的回答，毕竟他们分手已经那么久，一切都变了。

眼看着要开学，她马上就要回北京，再不问清楚，不知道什么时候能见面，所以她终于下定决心。

等她赶到剧组的时候，才发现根本联系不上裴雨阳，他的手机打不通，而游客和路人是被拦在片场外面的，她问了好几个人，也没有谁认识裴雨阳。

"是想来看男主角的吧？"一个工作人员搬着道具，"来这里的女生几乎都是冲他来的。"

"我真不是来追星的。"

工作人员压根不信："那边在招群演，你去试试吧，万一选上了，可以见着明星，签名合影他们也都不会拒绝的。"

沈冬晴朝右边排着长队的地方一看，心里迟疑了一下，决定去试试。

因为她形象气质不错，所以副导演大手一挥，让她去演一个宫女。助理对她们交代，一会儿让跪的时候跪、让起的时候起，不可以乱动，更不许讲话……沈冬晴莫名其妙地换了衣服上了妆，旁边与她一起的女孩兴奋不已，而她却只是四下张望，寻找着裴雨阳。

他应该会吓一跳吧？

沈冬晴被安排站在一个"格格"身边，她端着盘子，迈着碎步，跟她上了船。

原来这一场戏是乘船巡游的庆典活动，女主角会在船上表演一段舞，场面隆重盛大。

沈冬晴在看到裴雨阳的时候心"突突"地跳起来,他穿着满族阿哥的服饰,显得英气逼人,当他走过沈冬晴身边时,她按照要求低头跪下去,他静静地走了过去。

在那一刻,裴雨阳的心激动得快要蹿出胸膛,他简直不敢相信,他在一众着装统一的宫女里看到了沈冬晴——他朝思暮想的女孩!

她怎么会出现在这里?是因为他吗?他有很多的疑问要问,但因为正在拍摄,所以只能目不斜视地掠过她身边。

当镜头拍向男女主角的时候,他望向了沈冬晴,而她迎着他的目光,给他一个浅浅的笑容,他感觉到一种狂喜在身体里冲撞。

她终于来了。

事故是突然发生的,两艘行驶的船在掉头时发生碰撞,沈冬晴站在木船的边沿,大力一晃,跌进水里,整个人朝河里沉下几米。她自幼在海边长大,熟知水性,立刻屏气朝水面游去,没想到刚刚浮出水面,整艘船侧翻过来,杆上的缆绳缠绕住她的脚,不由得又被拖进河底。

沈冬晴尽量保持镇定查看脚上的情况,拼命想要解开,但一团乱如麻的绳索让她始终无法挣脱,感觉快要憋不住气,她张开嘴猛灌了几口水,然后她感觉脚下一松,被人朝河面拉上去。

直到钻出水面,她这才大口呼吸,难受地呛出好几口水,再一看,刚刚救她的人是裴雨阳。

裴雨阳见她无事,又重新下水救人,她稍作休息,也开始帮着把落入水里的人拖上岸去。

听说有人溺水,等沈冬晴越过众人时,竟然看到和她穿着一样宫女服饰的杨美清。

怎么会是她?

沈冬晴惊呆了。

有人正对杨美清急救,不断地做心肺复苏,把她的头稍稍垫高,然后做人工呼吸。

"你们都别围着!"救援者大声地喊,"给她空气!"

沈冬晴不由得紧张地双手交握,心里祈祷着杨美清快醒过来。

很快医护人员到了,杨美清被送往医院救治。

导演勃然大怒:"道具船就可以这样敷衍吗?用劣质的材料碰一下就沉水,你们这是拿演员的生命开玩笑吗?"

沈冬晴望向四周,她刚才看到裴雨阳也站在人群之外望着杨美清,但这个时候他去哪里了?

导演还在嚷:"谁找来的船?副导,把道具组全给我换了……"

沈冬晴默默地转身,她四下寻找着裴雨阳,直到走在河边,才看到他伫立在那里。

他的背影在这寂静的午后显得落寞极了,有水鸟扑啦啦地飞过,就像要在心里划出一道道的口子。

"裴雨阳!"她轻声地喊。

当他转身时,她错愕地看到他满眼的泪。

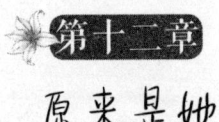

原来是她

一

沈冬晴走向他，轻声地问："怎么了？"

裴雨阳只是怔怔地望着她，眼泪从他的眼眶里不断流出，当她抬手想要擦拭的时候，他突然一把抱住她，仿若用尽全身的力气，让她的身体摇晃了一下。

他的头搁在她的肩膀上，柔声地说："我吓坏了。"

"你又一次救了我！"沈冬晴柔声说，"真是奇怪，每一次我发生危险你都在。"

"也许我是你的灾星——"裴雨阳缓缓地说，"只要碰到我，你就会有危险。"

"不，裴雨阳，你别这样说自己。"

"为什么我总给别人带来不幸和灾难？"

"你明明救了我！"

裴雨阳松开她，垂了眼："我不知道她在这里。"

"杨美清？"

"她怎么会在这里？"

"也许只是碰巧。"

"不对，现在想来，都是她安排的。"裴雨阳幽幽地说，"突然接到试镜的电话，突然让我出演男四号……我怎么会有这种运气，一个跑龙套的家伙怎么就撞上了男四？"

"即使是她安排，也要凭着你的实力才能让导演满意！"

"不，不应该是这样。"裴雨阳懊恼地说，"我不想跟她有任何的瓜葛，更不想……"

"是不想让她给你机会？"

"裴雨阳，你已经参演了，不能随便放弃。"沈冬晴握住他的手，"不管怎样，这一次她大约是因为好心。"

裴雨阳欲言又止。

沈冬晴拿出属于他的那条手机链，鼓起勇气望向他："你还愿意带着它吗？"

他的脑袋里"轰"地一响，一种失而复得的狂喜，一种大难不死的震动……他盯住那枚手机链许久许久，然后缓缓地接住它，再抬起手来，朝湖水里扔过去。

"裴雨阳——"

"我已经不想再带着它了。"

沈冬晴默然了片刻，她站起身，竭力地笑，眼泪横飞四溅："我知道了，裴雨阳，也许我不该来这里，但……祝你幸福！"

裴雨阳目光痛苦地望着她离开的背影，缓缓蹲下身，潸然泪下。

他觉得他失去了他所有的青春和过往，当他放弃唾手可得的幸福时，整颗心都如磐石被压成粉末——他没有办法告诉沈冬晴，当他跳进湖中准备朝她游过去时，有一只手拼命地朝他挥舞，那是向他求救的手。他看清楚了那张沉浮在水中的慌张的脸，竟然是杨美清。可是在那个紧迫的时刻，他的心里却只牵挂着沈冬晴，所以他忽略了她，眼睁睁看着她慢慢地沉下去。等他救起沈冬晴再去寻找杨美清的时候，已经遍寻不得。

直到看到别人将她从水里捞出来——那时候她脸色苍白，毫无声息，让他觉得她已经死了。那是他这一辈子经历的最黑暗、最恐惧的时刻，他看着他们对她施救，不停地按压肺部，不停地输送氧气，不停地喊着她的名字……

为什么是杨美清？

他想起从他进剧组那天起，就觉得有个人仿若在窥视着他，只是抬头寻找又无法确定，想必她一直混在剧组躲着他。自从她伤了他的脸后，他们就没有见过，他以为他这辈子跟她都不会见面了，可是现在他猜到了自己为什么会来到这里，更觉心情复杂。

他从来没有想过他是这么残忍、冷酷的人，可他想要救的那个人是沈冬晴呀，是占据他整个青春最心爱的女孩，所以他自私了……

现在的他还有什么资格得到幸福呢？如果他能够若无其事地和沈冬晴重归于好，那他才是最狠心的人，他背负不起这种愧疚，所以他狠狠地，几乎是置自己于死地般地惩罚了自己。

沈冬晴在回北京的火车上静静地望着窗外，她不吃不喝、满面悲伤的表情引起了旁边旅客的注意。

那个阿姨语重心长地说："姑娘，人生大抵如此，十之八九都是不顺，咬咬牙也就过去了。"

沈冬晴点点头，望着她，一边笑一边落下了眼泪。现在的她真的是孤身上路了，她不知道命运又会将她引向哪里，但这一路上从此再无裴雨阳。这才是她感到悲伤和难过的地方。她不知道这个时刻，裴雨阳就守在杨美清的重症监护室外，焦虑地等待着命运的审判。

因为杨美清溺水太久，一直昏迷不醒，医生收治在重症监护室里为她进行了气管插管、呼吸机辅助呼吸，密切关注着她的情况。在做支气管检查后发现她的气管黏膜充血肿胀，肺损伤非常严重，情况很危急。

杨美清的父母已经赶来，当知道是因为道具船侧翻引起的落水，她母亲痛哭失声：

"都跟她说了做演员没什么好玩的,她偏偏不听……"

"好了,孩子还没醒,别再数落她了。"

裴雨阳走进楼梯间,他抬起手一拳一拳地砸向墙壁,直到血肉模糊,头抵着墙,精疲力竭。

在杨美清醒来之前,没有谁会知道在水里发生的事,但他知道,他的心也清楚地记得。

所以他只能守在这里,默默地等待着她醒来。

杨美清的情况反反复复,好几次都听到医生冲进重症监护室对她进行抢救,因为她肺部感染太严重,引起呼吸衰竭。医生向她父母发了几张病危通知单,每一次都引得他们痛哭,而裴雨阳隔着墙静静地祈祷:"杨美清,你快点儿醒来!你必须要活着!"

二

毕夏从广告公司辞职的时候,本想默默地离开,没想到收拾东西时,全组的人都围了过来。

"找到更好的工作了?"

"怎么这么突然?"

韩芮说:"一会儿吃个饭吧,毕竟同事一场,也是缘分。"

毕夏望着他们,笑着点点头。

她待人处事一直都认真而疏远,保持着友好,但又不显得亲近。这种踏实工作,又不吹捧站队的态度让同事们对她评价不错,所以也会引得韩芮的嫉妒,故意打压她。但没想到毕夏竟然没有找她理论,自那以后,她对毕夏的态度也有所缓和。

同一天,陆怀箫也离开了实习公司,虽然老总一再挽留,希望他能在毕业之后正式加入公司,但他婉拒了。

"一会儿同事要给我开欢送会。"陆怀箫有些无奈,"太过热情,推辞不掉。"

"应该是女同事吧?"毕夏戏谑地说,"不过我也有聚餐,一会儿不用送我回家。"

"那我晚点儿给你电话。"

"好。"

挂了电话,毕夏才看到韩芮望着她笑,她说:"男朋友?"

"不是。"

"怎么可能!"韩芮不信,"看你们总在一起,何况他那么帅。"

"真的不是。"

韩芮两眼泛光:"他真的不是你男友,那……"她停顿一下,语气娇羞,"介绍给我,行吗?"

"啊,他……他有女友。"毕夏歉疚地说。

"这样呀。"

韩芮失望不已,继续八卦:"那他喜欢的女生是怎样的?一般成熟的男生应该会喜欢乖巧可人的女生,那种娇滴滴……"

毕夏无言以对,她知道陆怀箫很受欢迎,她的同事见他们走在一起,总是会来询问,有时候她望向陆怀箫,会有岁月静好的感觉,就这样聊聊天、散散步,没有伤害和痛楚,于她来说,真的想一直一直这样走下去。

有一天,她接到李沐言的电话。过去半年而已,她竟然连他的声音都没有听出,陌生得连自己都怔住,只是回想当日那一段喧嚣的生活,心里不禁黯然。

"正好路过你的城市,想着能够见一面。"李沐言风轻云淡地说。

"我今天挺忙。"

"那明天呢?"

"也忙。"

"何必呢?我来都来了。"

"我真的很忙。"

"还恨我?"

"我只是觉得我们没有见面的必要。"

"毕夏,我去你学校找过你,你同学说你……我没想到会这样。"

"与你无关,现在我并不觉得遗憾。"

"可是——"

"我申请了国外的学校,马上就要走了。"

李沐言怔了怔:"其实我……"

"我要开会了!"毕夏脱口而出打断他,不管他说什么,她都不想听下去。

挂掉电话时毕夏才觉得自己全身紧绷,莫名地紧张。

这个人,她知道她再也不愿见他了。

聚会结束,毕夏决定慢慢地走回家。

空气中有香樟树的气息,昏黄的路灯静静矗立,她想起来,再转过去就是四唯路了,那里有她的学校,有她最风华正茂的青春时代。

她在那里经历了最刻骨铭心的初恋,开始的时候,她从未想过有一天他们会那样黯然地分手，也许最美好的东西，谁也留不住。

当她走到家附近时，看到栅栏处站着一个中年女人，她抬眼见到毕夏急急地迎过来，一下就跪了下去。毕夏认出是陆怀箫的母亲，赶紧半跪着扶起她，可她只是哭："毕夏，你得答应阿姨，阿姨也是没有办法了才来求你！"

"我答应您！阿姨，您快起来！"

毕夏好不容易扶起她，后者抹着泪哽咽着说："你知道我们家的情况，怀箫有个智力障碍的哥哥，所以我们全家都指望着他能出人头地……可是他竟然说要休学，这可怎么好？我们一家都感激你让他能重新上大学，可他好不容易考上了，又念到现在，怎么说放弃就放弃？

"今天他导师来家里找他谈，我见着他态度很坚决，谁劝都不听，只有你了！毕夏，我求你了！就算他想帮你，可也不能不要自己的前途呀！如果他一辈子就是个小工的命，那我也认了！但现在他有机会过得更好……

"毕夏，我也知道我儿子对你的心思！虽然他什么都不说，都闷在心里，但我知道这么多年他从来没有忘记你！你是个好姑娘，是我儿子配不上你！"

"阿姨，您听我说！"毕夏艰涩地望着她，"我答应您！我一定会劝他回学校，他的坚持和努力我看到了，我也不会允许他就这样放弃。"

"真的会劝他？"

"我要去留学了。"跟李沐言打电话的时候，这只是她敷衍的说辞，但这一刻她真的决定离开了，如果她始终在这里，那陆怀箫又怎么会安然地离开呢？她不能自私地成为他的牵绊，虽然现在的她已经习惯了有他的生活。

"你要走？"

"很快就走。"

陆怀箫的母亲如释重负，喃喃地说："这样也好，走得越远越好。"

真的决定了吗？她在心里问自己，为什么这一次她会有依依不舍的感觉呢？

三

楚君尧在电脑前连续工作了十二个小时，当他揉着干涩的眼睛起身休息时，看到在一旁仰躺在椅子上睡着的何遇。

他和何遇最近接了个活，替一家物流公司设计整个快递分配的流程，只要能在每一件物品上扫一下编码，就会通过传输带送到各个分配区域，这样大大节省人工操作的难度，也节约了时间。这个理念是楚君尧在一篇论文里提到的，有大概的构想，这篇论文发表后被一家物流公司老总看到，他很感兴趣，所以决定投资这项软件开发。

楚君尧请了何遇一起参加，他们预期在三个月内设计出这款可操作的软件程序，公司在学校附近替他们租了一间工作室。所以楚君尧和何遇没有课的时候都会在工作室工作。而在他们忙碌的时候，米荔也自告奋勇地过来要协助他们。

"你能做什么？"何遇问，"只会缠着楚君尧打扰他！"

"我可以给你们做饭打扫跑腿……"米荔可怜兮兮地望着楚君尧，"总有能用到我的地方，所以请二位爷别客气！"

楚君尧无可奈何："那你安静一些。"

米荔欣喜地蹦跳起来，又举着手保证："我会非常非常地安静！"

她买了厨具开始在厨房里倒腾，不时听到噼里啪啦的声响，不是铲子掉地上，就是锅翻了，他们俩进去一看，倒吸一口凉气。只是片刻的时间她就能弄得一团糟，连自己的头发也烧了些，这真是一种本事。

"不如你坐下来？"楚君尧叹口气，"这样下去我很担心房子着火。"

"总是会有第一次！"米荔信誓旦旦，"我绝对会做出能吃得下去的饭菜！"

"我决不拿我的生命开玩笑！"何遇直摇头，"米荔，我真怀疑你是怎么活到现在的！这么马大哈，这么迷糊，又这么善于制造混乱！"

"啊，我不觉得呀！其实挺顺利，一会儿就可以吃了——"

"算了！"楚君尧还想要反对，但她已经不由分说地把他们赶了出去。

那些天，她在厨房里不断地端出各种黑暗料理，何遇绝对不碰，楚君尧勉强地吃一口。最后都是米荔痛心疾首地看着他们对着外卖吃得酣畅淋漓。

这个时间，米荔也趴在自己的电脑前睡着了，楚君尧拿了件外套轻轻地披在她肩上，当他想要抬手关掉她的电脑时，突然怔住了。

他看到她的游戏账号，而对话框的窗口还有他今天晚上和"火枪手"的聊天记录。

原来如此。

原来他一直觉得她的语气跟"火枪手"很像，原来他一直觉得"火枪手"很了解他，原来他一直不懂为什么她会知道他失恋的事，现在都有了解释。

"火枪手"在米荔还没有出现之前就已经和他成为朋友，她用一个男性化的名字让自己一直误会他就是个男生，跟他谈起自己最隐秘的心事。

这一刻他竟然没有责备她的意思，因为是她的欺骗，引领着他走出了困局。

再看看米荔，她闭着眼时唇微微开启，扯出甜甜的笑意，几缕头发散在脸颊，衬着尖尖的下巴，有着小狐狸般的俏皮可爱。

她的睫毛微微抖动,他的心竟然生出慌乱,匆忙转身走向窗口,整个城市都在沉睡,只有他的心在"怦怦怦"地狂跳。

四

陆怀箫在服务生的引导下,走向毕夏所在的卡座。

他穿着黑色衬衣,用皮带扎进休闲裤里,肩膀硬朗的线条,倒三角的身形,更显得腿修长笔直,在迷离的灯光里,他引得众人侧目。

毕夏微笑着冲他挥挥手,他失笑:"竟然请我到这么正式的地方,我反而不安——是不是有什么不好的消息?"

待他落座,她对服务生说:"请上菜吧。"

"等你的时候,已经点好菜了。"

"还没有回答我的问题。"他直视她。

毕夏的笑意更浓了,把桌上的一份文件递过去:"我已经向威斯蒙特设计学校提交入学申请,今天去报了个法语班,是不是好消息?"

"确实是很棒的消息!"陆怀箫心情大好,举起杯子,"我相信你一定会成功!"

毕夏举起杯子与他轻碰,抿了一口柠檬水,淡淡地说:"其实我从来没有接触过服装设计,但我想以后能有自己的品牌,把爸爸的理念再发展下去。"

陆怀箫一直想让她去做自己喜欢的事,她不应该被局限在这里,更不能让她的才华被埋没。认识她的时候,他就觉得她应该有最出彩的人生。

而他会在这里守护着她所在意重视的一切,他会等着她回来,无论她走到哪里,他都会站在原来的位置,让她一回头就能见到。

菜陆续地上来,他们轻松愉悦地聊着即将到来的新生活,也温暖甜蜜地回忆着往昔。她还记得她第一次去他家吃饭的情景,她说:"陆怀箫,如果我申请成功,走之前,你能亲自下厨再请我吃一顿饭吗?"

"悉听尊便。"

"那一言为定,我已经想过了,就算这所学校没有通过,我还会继续申请——"

陆怀箫望着毕夏,由衷地为她高兴。

她放下刀叉,从桌面上握住他的手,他的心一顿。

"谢谢你为我所做的一切,以后的路我会一个人走。"

他微笑着点头。

"陆怀箫,在经历了这一切后,你对我来说已经像亲人一样重要,所以我不能自私地只顾着自己的人生，而不去考虑你的未来。"

他询问地望向她。

"我和我妈商量过了，我们决定把衣雅卖掉。"

陆怀箫激动地脱口而出："不行！怎么可以？那么辛苦才拿回来，它是毕叔叔的心血！"

"你听我说！"毕夏握紧他的手，"虽然它是我爸这一生的心血，但我相信他在天有灵，也会同意我的决定……现在的我没有能力撑起大局，所以我才要去学习！而你虽然能够让衣雅活过来，但这是一条漫长艰难的路，我们都知道衣雅的情况非常糟糕。

"你能撑下去，你也能做得很好，但不是现在——现在的你应该回学校，写毕业论文，做你擅长又喜欢的资本运作。

"我希望你能实现你的梦想，就像你希望我一样！衣雅虽然会属于别人，但我相信有一天，我会重新把衣雅再拿回来的。"

"毕夏，我没关系——"

"是我有关系！"毕夏笃定地望着他，"我不能肆意破坏你的人生，让它更完美、更出色，亦是我的愿望！"

陆怀箫深深地凝视着毕夏，他知道她一旦做了决定就不会改变了。

这一刻，他心情复杂，他知道当她不再需要他的时候，他们的人生也许再无交集，可是这样的毕夏，却是最令他动心的。

那个光芒四射、自信骄傲的毕夏，她回来了。

在说服陆怀箫同意回学校后，毕夏的心情轻松起来，她想，以后她还会和陆怀箫见面吗？见面的时候他们又会是怎样的模样？

有一首诗里说：你有你的方向，我有我的方向，我们注定会擦肩而过，缘分只能是浅尝辄止……这是不是他们最后的结局？

想到这里，毕夏依然会觉得惆怅遗憾，她望向远方，此刻她不知，还有一场危机在缓缓地朝她逼近……

——本季完——

私人定制少女馆全新力作——

《琅玕馆：浮生十二愿(上)》

唯美上市！再现经典！

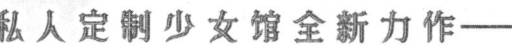

一间神秘的琅玕画馆，
一部唯美的妖兽传奇！

麒麟、蝶姬、丹鱼、狐妖，
每只画中灵兽，
为你所用，许你所求，给你所愿！
亲情、爱情、家国、抉择，
许一段玲珑愿，
不问前程，不畏将来，不改初心！

心动分享价：25.80元/本

随书附赠：
《浮生录：梦计划の手札》日程本

《恋恋星煌十二宫》　　《守护十二生辰石》

超值回馈价：25.00元/本

意林·轻文库
私人定制少女馆

为每一个女孩私人定制的甜美故事，
为每一段青春定制最独特的风景，
让私人定制少女馆陪你去寻找另一个时空里，
专属你的独家传奇吧！

随书附赠：
《星月夜·治愈系的浪漫》大开本唯美手札
《卷珠帘·糖果色的温暖》大开本浪漫甜美手札